CUANDO MURIERON LAS ALMAS

MARTA
MARTÍN
GIRÓN

CUANDO MURIERON LAS ALMAS

Título: Cuando murieron las almas

© Marta Martín Girón

Nº de registro: 2111249894614

Primera edición: mayo 2022

Segunda edición: mayo 2023

A donde las palabras no alcanzan solo llegan los sentimientos. Para ti, Marcos Nieto Pallarés.

ÍNDICE

Prólogo	11
1	13
2	17
3	35
4	45
5	47
6	49
7	53
8	57
9	67
10	69
11	73
12	79
13	83
14	85
15	89
16	95
17	97
18	103
19	105
20	111
21	113
22	117
23	119
24	123
25	135
26	141
Segunda parte	145
27	147
28	153
29	159
30	163
31	167

32 169
33 177
34 181
35 189
36 193
37 195
38 199
39 215
40 231
41 239
42 241
43 245
44 249
45 255
46 261
47 269
48 273
49 279
50 281
51 295
52 307
53 323
54 339
      Tercera parte 343
55 345
56 349
57 355
58 359
      Cuarta parte 375
59 377

Prólogo

El niño corría haciendo un esfuerzo titánico para que sus piernas fueran más rápidas de lo que lo habían sido nunca. Debía encontrar un escondite, un lugar donde, ni parando alguien a pocos metros, pudiera verlo. Sin embargo, quien le perseguía estaba cerca; lo intuía. No podía girarse, ya que el mero hecho de llevar la mirada atrás le haría ser más lento, puede que incluso le hiciera tropezar. De modo que no, no podía mirar atrás para cerciorarse de estar siendo perseguido, pero aun así sentía el aliento del peligro en la nuca, como si fuera un dragón escupiéndole su fuego. Lo más probable era que estuviera siguiendo sus pasos, o que incluso supiera a dónde se dirigía. Sí, no sabía si era su intuición o el miedo, pero algo le advertía de que estaba expuesto y, si no conseguía ocultarse, terminaría siendo atrapado.

Una zancada más grande, reuniendo la poca energía que ya le quedaba.

El lejano ladrido de un perro.

Las suelas de sus zapatillas adhiriéndose a un suelo arenoso y polvoriento. Los músculos soportando un esfuerzo extra para no dar un traspié, para no escurrirse y caer de bruces, para que su enemigo no acortara la poca distancia que debía sacarle. No, después de todo su esfuerzo, no podía resbalar y caer, si no, todo habría sido en vano, estaría perdido.

Unas cuantas zancadas más. En su boca un desierto, como ese que vio en un documental pocos días antes. En su pecho, una caja de percusión al ritmo de una contienda. La garganta, árida y agrietada como una manguera con la que hace años que no

11

riegan; en la garganta, un molesto cosquilleo amenazando con descubrir su paradero, y unas vías respiratorias irritadas por el sobreesfuerzo, sintiendo como si en vez de pertenecer a un cuerpo de apenas once años, estuvieran presas en el de ese viejo del pueblo que fumaba tantos cigarrillos.

—¡Deja de correr! —gritó una voz a su espalda. Los ojos como platos.

Durante todo el rato le habían estado persiguiendo y, ahora estaban a punto de atraparle.

—¡No vas a poder escapar!

La tos que tanto tiempo llevaba reprimiendo encontró permiso para expresarse. Ya daba igual.

—¡Eres un cobarde! —vociferó una segunda voz, con rabia.

—¡No te vas a escapar! ¡¿Me oyes, Samuel?! —gritó de nuevo el primero—. ¡Estás muerto!

12

1

Sábado, 26 de abril de 1986

La voz ronca y profunda del padre Miralles había estado resonando en mis pensamientos durante los últimos seis días. No me podía considerar una persona culta, ya que apenas fui al colegio hasta los catorce años, pero sí una buena cristiana; de modo que, como tal, a lo largo de la semana acostumbraba a reflexionar sobre el sermón del domingo anterior. Esa semana no fue menos, sobre todo ese último sábado, después de que una extraña sensación se me pusiera en el pecho durante la madrugada y me dejara media noche en vela. Me parecía absurdo. Era como si me sintiese en peligro. Como si fuera un cordero rodeado por una manada de lobos hambrientos. No entendía a qué venía esa inquietud y tampoco supe ver que mi alma trataba con desesperación de decirme algo. Las palabras del padre Miralles no eran las de Dios, lo sabía de sobra, pero durante mi desvelo, mi cabeza no paró de repetirlas una y otra vez. «Dios nos pone a prueba», dijo don Miralles en un par de ocasiones en su último sermón. Cuánta razón tenía. De una forma u otra, siempre estábamos superándonos, enfrentándonos a las atrocidades de la vida, a nuestras flaquezas morales y debilidades físicas. Nadie podía ignorar que, en el fondo, todos éramos un poco ruines; a veces, unos majaderos con menos consciencia que una rata de alcantarilla. ¿Era posible que no nos importase hacerle daño a otro con tal de mitigar nuestras miserias? El tiempo siempre tenía las respuestas.

Una vez que me levanté, ignoré ese malestar haciendo las tareas de la casa. No obstante, el sermón del domingo anterior

13

siguió haciendo eco en mi mente. Aunque no lo dijo con sus propias palabras, se lo dedicó al pobre Guillermo y sus hijos. Todos los que lo escuchamos lo creímos así. Fátima, la mujer de Guillermo... Pobrecita. Una larga y tortuosa enfermedad se la acababa de llevar por delante, como si fuera una anciana de noventa años.

Al parecer, no hay edad para morir. Qué triste. La conocía poco, más bien de vista. Treinta y cinco años. Dos hijos huérfanos. Una niña de trece y un niño de ocho. Una familia rota para siempre. Guapa como pocas en Beceite. Delgada, alta. De cabello cobrizo. De poco le sirvió ser tan bien parecida; por dentro sus vísceras estaban putrefactas. «Un cáncer», dijeron. Escuchar esas palabras era como si te dijesen directamente que ibas a morir, que fueras eligiendo el nicho y la oración para tu esquela. Yo creo que tantos aires de grandeza fueron los que le pasaron factura. Era reservada. No soltaba prenda de lo suyo. Pero luego, bien que le gustaba cotillear de los demás. Por eso yo no trataba con ella. No era del estilo de persona que me transmitiese confianza, así que, ella en su casa, yo en la mía y Dios en la de todos. Aun así, su pérdida me dolió como si se tratara de la buena de Maxi, mi vecina de al lado. Maxi era como una madre para mí. Perdí a la mía cuando apenas tenía quince años y, desde que tenía uso de razón, Maxi siempre me dio cariño, un refugio en el que guarecerme sin necesidad de darle explicaciones. Aunque se las daba. Claro que se las daba. Conocía mi vida como si fuera mi confesora. Era... Pues eso, como una madre.

El caso es, que creo que la muerte de Fátima me dolió porque era muy joven. Demasiado.

El último domingo, el reciente viudo del pueblo, Guillermo, no asistió a la cita con Dios y, aunque don Miralles le «dedicó» el sermón de esa semana, él prefirió encontrar consuelo en el

14

alcohol del bar de Lorenzo. Me lo chivó Paquita cuando salimos de la parroquia. Al parecer, el marido de Paquita había visto a Guillermo sumido en la pena y, para no dejarlo solo, lo acompañó un par de vinos para animarle. Luego acudió a la misa, con más colorctes que de costumbre. Dijo que no había podido despegar a Guillermo de la barra y que de casualidad le había dejado ir a él, palabras textuales. En fin, cada uno supera los duelos como puede. Por desgracia, yo ya sabía que no es fácil y me alegraba de no ser él.

Y aquel sábado... Aquellas malas sensaciones..., la inquietud...

El caso es que, aún no entiendo por qué pasó.

Por qué a nosotros.

Fueron seis días teniendo muy presentes las palabras del sermón del domingo anterior. Seis días de reflexión. De compadecerme de nuestro vecino viudo, de sus hijos, de la muerta. De recordar una y mil veces aquel «Dios nos pone a prueba». De rezos. De «ojalá nunca nos pase nada parecido».

Mientras limpiaba las estanterías del cuarto de mi hijo Samuel, llegué a la conclusión de que tal vez el viudo intuyó que, aquel sermón que todos pensamos que era para él y su familia, nos vendría mejor a otros. Su particular prueba ya no era una prueba, sino un calvario, y la prueba la tendríamos que superar otros. Al principio, todos nos compadecíamos del pobre Guillermo. Le había perdido la batalla a la cordura, a la entereza. A la fe. Los niños, aquellos dos angelitos... Samuel me dijo que siempre que los veía estaban llorando. No sé lo que harían los demás, pero yo rezaba por ellos, por que algún día consiguiesen recuperar al menos una parte de su felicidad.

Y aquel sábado sus lloros no fueron los únicos.

«Dios nos pone a prueba», dijo el padre Miralles. Y tenía más razón que un santo.

15

Por desgracia, algunas pruebas no se pueden superar. Hay que rezar para que no te toque. Y si te toca, que sea algo que puedas asumir, que solo te oscurezca sin llegar a romperte por dentro. Y yo rezaba. Vaya si rezaba. Pero al parecer no fue suficiente.

Y aquel sábado mi alma ya me lo estuvo advirtiendo. Ella sabía que Dios estaba a punto de encontrar la forma de ponernos a prueba también a mi familia y a mí.

2

El «*pi, pi, pi...*» me avisó de que el bizcocho estaba listo. Apoyé el molde encima de un paño, sobre la encimera, y fui al dormitorio a cambiarme.

Nuestra casa tenía unos cuantos años. Estaba construida a una altura, aunque, a decir verdad, arriba teníamos una pequeña boardilla diáfana a la que no subíamos nunca. Solo se podía acceder a ella por una trampilla. La casa se distribuía en la planta baja. En el pasillo, entre la entrada y la cocina, teníamos una puerta que comunicaba con el garaje. Los dormitorios estaban al fondo. Cerré la ventana de mi habitación y corrí las cortinas antes de empezar a vestirme. Tenía la sensación de que, de no hacerlo, cualquiera que pasara por delante de mi casa podría verme mientras me cambiaba de ropa. Y no, no es que yo fuera una *sex simbol*, pero tampoco estaba para echar de comer aparte; en un pueblo con tanto soltero, viudo y viejo verde, cualquier hembra parecía una manzana recién cortada del árbol del Edén.

Pantalón, camiseta interior, jersey de punto, medias, zapatos...

Me dirigí a la cocina. Asomé la cabeza por la ventana: parecía que hacía bueno. «Con una chaqueta tendré suficiente», pensé.

Cogí una de entretiempo, de tela fina y suave en tono beige, de las que pegan con todo, pero con las que no notas gran diferencia si las llevas puestas o no.

Miré cuánto dinero llevaba en el monedero: un billete de dos mil pesetas y algunas monedas. Tendría suficiente. Me lo guardé en el bolsillo de la chaqueta.

Las llaves de casa colgaban de la pared. A decir verdad, las mías y las de Samuel. Solo faltaban las de mi marido.

La noche anterior, durante la cena, Ignacio le preguntó a nuestro hijo si quería acompañarle al campo y luego a la porqueriza. Tenía faena: retirar unos rastrojos y darles de comer a los cerdos, entendí. Samuel no se hizo de rogar: le encantaba ir al campo con su padre. Además, estaba acostumbrado a madrugar para ir a la escuela y los fines de semana no era de los que se quedaban en la cama durmiendo. Se levantaba antes que nosotros para ver los dibujos. Aunque tuviera once años —ya era todo un hombrecito— seguía quedándose absorto delante de la pantalla. Aunque no era el único. Al parecer todos los críos del barrio estaban igual que él: locos con los dibujos. Daba igual a qué hora los echaran, ellos se levantaban y se quedaban embobados mirando la televisión. En cierto modo, los envidiaba. En nuestra época, las pocas cosas que emitían eran en blanco y negro y, dibujos, lo que se dice dibujos, había más bien pocos. Recordé que esa tarde, a las tres y media, como de costumbre querría ver *David el Gnomo*.

Eran algo más de las doce y media cuando salí de casa.

Hacía un día espléndido, de esos que no crees que se puedan estropear con nada. Se notaba que se aproximaba el verano.

Me dirigí a casa de Maxi. Un grupo de niños jugaban al pillapilla en mitad de la calle. Gritaban alegres y despreocupados. Me fijé en quiénes eran; al menos había ocho. Me extrañó que entre ellos no estuviera Samuel. «¿Seguirá con su padre?», me pregunté. Aquella fue la primera vez que me sentí rara al pensar en dónde estaría mi hijo. Reconocí a un par de críos, aunque ellos no me vieron. Estaban tan concentrados en no dejarse atrapar, que ni se dieron cuenta de que pasaba por su lado. La más pequeña era como una lagartija, escurridiza y rápida. Llevaba dos coletas que saltaban arriba y abajo como un muelle blando. Era la pequeña de Consuelo y Francisco. La habían llamado Purificación, en homenaje a la madre de Francisco. Un nombre muy pesado para una niña tan pequeña, me parecía a mí. Los niños y todos los vecinos, incluidos sus padres, la llamábamos Purita.

Con un par de golpes de nudillos, llamé a la puerta de Maxi y luego abrí.

La mayoría teníamos la costumbre de cerrar la puerta sin echar la llave; en Beceite era lo habitual. Nosotros nos incluíamos en esa mayoría. No sé cómo se viviría en el resto de España, pero en Teruel, en nuestro pueblo y alrededores, se vivía tranquilo, sin grandes incidentes. Pensaba que Dios nos había ubicado en las montañas del noroeste de nuestra preciosa provincia turolense para vivir bajo su protección. Sí, a todos se nos pasan ideas absurdas por la cabeza en algún momento, ¿no? Aunque cuando el mal quiere destrozar tu vida, encuentra los medios de llegar hasta el rincón más recóndito. Pero bueno, hasta ese momento, los pocos sustos que alguna vez perturbaron la tranquilidad de nuestro pueblo se podían contar con los dedos de una mano. Hace años, estuvimos a punto de perder a dos vecinos que se pusieron enfermos; aunque sucedió en épocas distintas. En ambos casos, los hombres enfermaron y no les quedaron fuerzas para avisar a nadie. A uno lo consiguió socorrer una vecina que llegó a tiempo; al otro, por desgracia, lo encontraron muerto. Fue una lástima. Al que encontraron muerto era un anciano que tenía demencia y vivía solo, sin más familia que sus vecinos. Y sí, debido a su estado nos llevamos más de un susto con él antes de que se fuera al otro barrio. En sus últimos meses de vida, cada vez fue más frecuente que se dejara la comida olvidada en la lumbre. El peor fue un día que tuvo un descuido con la chimenea y por poco quema toda la casa. La suya no hubiera sido la única en arder.

—¡Maxi! ¡Soy yo!

Entorné la puerta. No tenía intención de quedarme, solo dejarle un trozo de bizcocho e irme a comprar. Escuché ruido en el interior de la casa, aunque se confundía con la algarabía, gritos y risas de los niños que en ese momento correteaban calle abajo.

—¿Maxi?

De pronto asomó la cabeza por el hueco de la puerta de una habitación, la del fondo.

—Hija... Sí, te he oído. Pasa. Estaba subida a la silla, quitando el polvo de las estanterías de arriba.

Sonreí.

Tenía sesenta y cuatro años y tenía la energía de una de mi edad.

Cerré la puerta y atravesé el pasillo. Era largo, más estrecho que el de mi casa. Tenía las persianas subidas hasta arriba y los rayos del sol lo iluminaban con más fuerza y blancura que cuando Maxi encendía los dos plafones del techo, que proporcionaban una luz amarillenta y triste, como la de un velatorio.

—¿Y Emilio?

—Ah. Se ha ido a por el periódico y luego, ya sabes, al bar del Lorenzo a echar una partidita a las cartas.

—Qué bien vive. Con razón estaba deseando jubilarse —bromeé. Aunque las dos sabíamos que lo decía en serio.

Maxi rio.

—¿Qué me traes, bizcocho?

—Sí —respondí a la vez que ella me lo quitaba de las manos.

—Qué bien. Gracias. Iba a hacer yo uno. Una hora más y habría sido yo quien te hubiera llevado un trozo.

Caminó hacia la cocina. La seguí.

—Pues esta vez me he adelantado.

—Ya veo, ya.

—Huele bien —dijo, olfateándolo—. Luego para el postre nos comeremos un trocito.

Su casa tenía los mismos metros que la mía, pero su distribución era distinta. Pasillos más estrechos, habitaciones más grandes. La cocina era un ejemplo, y aunque solo tuviera un par de metros cuadrados más, hacía que la suya fuera cuadrada y le entrara mejor la mesa de la cocina.

—¿Y Samuel?

—Está con su padre. Se lo ha llevado al campo.

—Bien. Eso es bueno, que vayan aprendiendo desde jóvenes a ser responsables y a ayudar en las faenas.

La respuesta era tan obvia que no dije nada.

—Pues nada, ya me marcho.

—¿Ya? ¿No quieres tomar un café o algo?

—No, Maxi. Me voy que tengo que comprar unas cosas.

—Sí, yo también debería ir.

—Si quieres te traigo lo que necesites.

—Pues si no te importa, casi que te lo agradezco.

—Dime.

—Me traes una barra de pan. Que te la dé poco tostada. Últimamente se me clava la corteza en las encías y termino haciéndome unas llagas que me duran días. —Puso cara de pena a la vez que se señalaba la boca y se ahuecaba el pómulo para enseñarme una. Un tamaño descomunal, desagradable hasta decir basta. Debía pasar un infierno cada vez que comía. Tuve la sensación de que había perdido peso, aunque no le dije nada.

—Enjuágate con agua tibia con sal.

—¿Crees que funcionará?

—Escuece, pero sí. Yo lo uso de vez en cuando y va como mano de santo.

—Al final voy a tener que comer pan de molde, como los borrachos *desdentaos* del pueblo —soltó irónica y con cara de guasa. Me hizo sonreír.

—Que no, mujer. A ver qué encuentro. ¿Algo más? Se quedó pensativa.

—Sí. Un par de cabezas de ajo. —Sobre la encimera tenía un pollo entero; ya sabía cómo lo cocinaría—. Nada más. Si después de comer queréis pasar a tomar el café, ya sabéis dónde estamos.

La dejé en la cocina, limpiando el pollo.

Una vez en la calle, me dirigí al ultramarinos.

Cada día, de lunes a sábado, Virginia y Mateo atendían a los clientes. Mateo heredó el negocio de su abuelo hacía al menos quince años. Cuando el abuelo murió, los padres decidieron que Mateo podría llevarlo, ya que por aquel entonces el muchacho no tenía trabajo. Lo cogió con mucho gusto y le empezó a ir muy bien. Tanto, que tuvo que buscarse a un ayudante. Primero contrató a Pablo, uno del pueblo. Pero Pablo empezó a hacer las cosas a su modo, o sea, con desgana y antipatía, y en los pueblos, más que en otros sitios, ese tipo de comportamiento pasa factura: la gente empezó a chismorrear y a comprar en otra parte, incluso en el pueblo de al lado. Hasta que Mateo abrió los ojos y le dio boleto. Después de la mala experiencia con Pablo, Mateo fue más inteligente. Supo que tenía que conseguir que los clientes regresaran a su tienda y volvieran a sentirse a gusto. Así que, decidió contratar a alguien que fuera amable y derrochara

22

simpatía y amabilidad por los cuatro costados. Contrató a Virginia. Se llevaban seis años, pero se entendían a las mil maravillas. Poco a poco la gente fue regresando. Compraban lo que habían ido a buscar y también las recomendaciones que Virginia les hacía. Encantadora y atenta. Con una memoria privilegiada. Se sabía los nombres de todos y lo que solíamos comprar. Un encanto. No me extraña que con el tiempo Mateo se diera cuenta y la pretendiera. El noviazgo, que yo sepa, fue corto. Después de dos años trabajando codo con codo, se conocían como el pez al agua. Se casaron y...

—Buenos días, Inmaculada —me saludó Virginia, sonriente. Guardaba algo en una bolsa. El resto se giraron para mirarme. Escuché más saludos aparte del de Virginia, aunque no ubiqué ninguno.

—Buenos días —respondí de forma generalizada—. Qué buen día hace, ¿verdad?

—Y tanto —dijo Virginia mientras seguía cogiendo las latas y paquetes que tenía sobre el mostrador y los metía en una bolsa—. Ya le he dicho a Mateo: esta tarde nos vamos al río a mojarnos los pies.

—Pero el agua debe estar helada —soltó la vieja Tomasa. Una octogenaria con más prejuicios y quejas que otra cosa. La anciana me miró con expresión de desaprobación, torciendo el morro. Pude verle el bigote con todo lujo de detalles. Alguna cana que otra. Estoy segura de que pensó que se habían vuelto locos, que eran unos inconscientes y que a su edad ella no hacía esas locuras. «Esta juventud...», susurró, negando con la cabeza mientras Virginia se explicaba.

—Sí, señora Tomasa, pero he leído en una revista que el agua fría es buena para la circulación, y nosotros nos pasamos tantas horas de pie... Aquí tiene todo —le dijo, pasando la bolsa por encima del mostrador. La vieja Tomasa se aproximó un paso y alzó sus deviluchos brazos para cogerla—. Tenga cuidado, que pesa más de lo que parece.

Virginia le entregó la bolsa sujetándola en todo momento, con una mano asiéndola del asa y la otra por debajo, hasta que se cercioró de que la vieja Tomasa la había agarrado como Dios manda.

—No estoy tan vieja, hija —refunfuñó Tomasa, sujetando con las dos manos la bolsa—. Adiós. Y tened cuidado, no os rompáis la crisma y os lleve la corriente o cojáis una pulmonía. A ver quién iba a atendernos en el pueblo.

Soltaba las cosas tal cual las pensaba, sin disimular o fingir que hacía una broma.

«Cuánta rabia y desprecio en un cuerpo tan pequeño», pensé mientras la miraba salir de la tienda con su peculiar balanceo de pasos cortos e inestables. Sus pies eran tan pequeños… Una vez lanzaba el primer paso, parecía que no podría frenar, como si se pusiera en marcha un mecanismo oxidado y defectuoso. «Dios nos libre de que un día se le quede encasquillada una cadera y se vaya de morros contra el suelo. Y si le pasa, espero no estar cerca. No me apetecería nada tener que socorrer a una vieja tan mala».

Le sujeté la puerta para que saliera. No por simpatía, sino por educación; la que no tenía ella. Pasó por mi lado mirándome de reojo, con desdén, farfullando algo que no pude entender. Observé su cara arrugada, su bigote blanco, grueso y puntiagudo, su pelo descolorido recogido en un moño, su corta estatura, su frágil inestabilidad. Mi mente no podía recordarla de otra forma que con sus habituales ropas negras y su delantal blanco. Daba igual dónde fuera, siempre vestía así. Se enfundó el luto con la muerte de su hijo pequeño y nunca se lo quitó. Ni siquiera le conocí. Debía ser más joven que yo cuando sufrieron su pérdida. Maxi me dijo en una ocasión, que desde aquel suceso a Tomasa se le agrió el carácter. Y estaba claro que con los años la cosa estaba yendo a más. A veces me compadecía de ella. Otras, me generaba bilis.

—Bueno, Inmaculada. Dime qué te pongo —me dijo Virginia, llamando mi atención.

—Ponme dos barras y media de pan. Que estén poco hechas por fuera, por favor.

—No te preocupes, deja que busque. —Empezó a revolver la bandeja en busca de la más blanca. Tenía media barra ya cortada—. Estas dos y esta media que también es clarita.

—Vale.

—¿Qué más?

Pedí el resto.

—Que disfrutéis del fin de semana —le dije cuando ya me estaba dando el cambio.

—Muchas gracias, lo mismo digo.

—Ya me contarás si finalmente vais a mojaros los pies.

—Claro, ya te contaré. La señora Tomasa no me ha quitado las ganas de que vayamos.

Cogí las dos bolsas y me marché.

Al salir, volví a cruzarme con los mismos niños que un rato antes jugaban en la calle de mi casa. La pequeña, Purita, había perdido una de las coletas y la otra la tenía a punto de acabar del mismo modo. La goma se le sostenía en las puntas del pelo como piojos a un cuero cabelludo venoso.

Me sonreí al verla apartarse con una mano la melena de la cara mientras seguía corriendo detrás de los más mayores. Llevaba las mejillas y la frente sucias, a juego con la ropa. Los demás niños no le iban a la zaga. Parecía que habían estado revolcándose por la tierra, o más que eso. Uno tenía una enorme mancha de sangre en la pierna, a la altura de la rodilla. «¿Y Samuel?», me pregunté, «¿todavía no está con ellos? Qué raro. A lo mejor está con los niños de Guillermo. De todas formas, seguro que me toca frotar la ropa antes de meterla en la lavadora», pensé, haciéndome a la idea de que Samuel llegaría igual que esos críos, sucio, directo para meterse en la bañera.

Llegué a casa de Maxi. Esta vez no entré: le di sus cosas y ella pretendió pagarme, pero no le cogí el dinero. Un día por ella, otro día por mí.

Y me fui a casa. Debía preparar la comida.

Era algo más de la una y cuarto cuando miré el reloj de la cocina.

Saqué todas las cosas de la bolsa y las coloqué en su sitio. Menos unas chucherías para Samuel —quicos, caramelos de palo con chicle por dentro y unos *Escalofríos*—, que dejé dentro, a un lado de la encimera.

Me puse a preparar las costillas.

Las metí en el horno.

«Buena hora», me dije. «Comeremos antes de las dos y cuarto».

Estaba cerrando la puerta del horno cuando escuché la de casa.

—¿Sois vosotros? —pregunté dirigiéndome al pasillo.

—Solo yo —me contestó Ignacio.

—¿Y Samuel?

—Me dejó hace un rato. Se fue a jugar con los otros críos antes de la hora de la comida.

«Pues yo no le he visto», pensé. Aunque no le di más vueltas.

—¿Os ha cundido?

—Sí.

Mi sonrisa desapareció cuando pasó por delante de mí sin darme un beso, sin mirarme a la cara y con gesto serio. Con lo bien que se había levantado...

—¿Estás bien?

—Estoy cansado. Y otra vez me ha dado. —Se llevó la mano a la parte baja de la espalda.

No hacía ni un mes que se había recuperado de la última ciática que le duró más de una semana. Era comprensible, entonces, que llevase el morro torcido, esa expresión de hartazgo, por qué esos humos.

—Lávate un poco y siéntate en el sofá. Ahora voy y te doy unas friegas.

Se dirigió al cuarto de baño. Caminaba encogido, con la mano aún en la espalda. Sentí pena. Cada dos por tres lo mismo. Al principio aguantaba el malestar físico en silencio, pero últimamente, cada vez que le daba, se le agriaba el carácter y los demás teníamos que sufrirlo con él. Le hacía sentir mayor, más débil e inservible que muchos viejos del pueblo que habían llegado a los setenta, peor incluso que los borrachos que no le daban palo al agua, que solo sabían empinar el codo y hacer el vago. Yo empezaba a sentirme parecido, igual de inútil por no poder hacer algo que de verdad le quitase ese sufrimiento. Aunque él no creyera, cada día, sobre todo cada domingo, rezaba por él, por su salud. En el último medio año le habían dado cuatro arrechuchos. Una parte de mí empezaba a temer que tal vez Dios no ayuda a quienes no creen en él. No obstante, prefería pensar que tal vez sus favores se desvanecen con aquellos que no están abiertos a recibirlos o son reacios a aceptarlos. Quizá eso era parte del libre albedrío del que tanto se hablaba últimamente: si ellos no querían recibir una bendición, Dios no los bendecía, por mucho que en nuestro caso fuese yo quien rezase por él.

Mi marido aún era muy joven como para parecer un anciano de garrota. Tan solo tenía cinco años más que yo. Le faltaban unos meses para llegar a los cuarenta y dos. Pero el campo desgasta mucho y él llevaba desde que tenía la edad de nuestro Samuel ayudando y trabajándolo con su padre.

Pensé en decirle que le había comprado unas aceitunas rellenas, de esas que tanto le gustaban, pero entendí que no era momento para hablar de encurtidos.

Fui al armario de nuestra habitación, le saqué ropa limpia y se la llevé al cuarto de baño. Se la dejé encima de la tapa del retrete.

Cuando entré vi que se estaba desnudando.

—¿Te vas a duchar?

—Sí. Me sentará bien el agua caliente.

—¿Por qué no te das mejor un baño? Aún faltan cuarenta minutos para comer. Te da tiempo de sobra y sabes que el calor te relaja. Te sentará bien.

Me miró pensativo. Me dedicó una sonrisa forzada y asintió.

—Vale.

—Espera. Deja que te ayude.

Me acuclillé junto a la bañera, abrí el grifo del agua caliente y esperé a que saliese a una buena temperatura. Primero tibia. Luego caliente. Después ardiendo. Fue entonces cuando puse el tapón. Dejé la alcachofa en su suelo y corrí la cortina. «Voy a por sal», le dije. Ignacio se había sentado en el borde del bidé, con el cuerpo reclinado hacia delante, apoyando su peso en su brazo derecho mientras que con la mano izquierda se sujetaba la espalda. Miraba el suelo. Ni siquiera alzó la vista cuando le hablé.

Me dirigí a la cocina y llené un vaso con sal gorda.

Regresé al baño y lo vertí en la bañera.

Apenas tardé un par de minutos en ir y volver, pero cuando entré el aire empezaba a verse blanco.

Gradué la temperatura del agua.

—Ten cuidado cuando entres, no se te clave la sal en los pies ni te quemes.

—Sí, no te preocupes. Ya me apaño solo.

—Vale. Voy a traerte unos calcetines y unos calzoncillos limpios y las zapatillas de estar por casa.

—Lo siento.

—Tú no tienes la culpa.

—Siempre nos estás cuidado.

—Lo mismo que tú a nosotros.

Salí del baño y cerré la puerta.

—Por favor, Dios mío, ayuda a que se le pase pronto —susurré—. Da igual si cree en ti o no. Yo creo por los dos. Tengo suficiente fe por ambos. Además, sé que algún día dejará de negarte. Por favor… Ayúdale.

Los ojos se me humedecieron, pero no lloré. Sabía que Dios quería que fuera fuerte, que mantuviese esa fe de la que presumía, así que, inhalé profundo y fui a por la ropa que le faltaba a mi marido.

Cuando regresé, Ignacio ya se había metido en la bañera. La cortina estaba corrida. No quise acercarme.

—Te lo dejo aquí. ¿Necesitas que te traiga algo más?

—No. Ya está bien. Así voy tirando.

—¿Quieres que te traiga un aperitivo?

—No. No tengo hambre.

—Está bien. Si quieres algo, pégame un grito.

Estaba cerrando la puerta cuando me dijo: «Avísame cuando vaya a estar la comida hecha». Le respondí con un «vale» y cerré.

Pensé en nuestro hijo.

«Espero que no tarde mucho».

Escuché de nuevo gritos y risas de niños pasando por la calle. Me asomé a la puerta de la entrada, a ver si entre ellos estaba Samuel. Solo quedaban cinco de los que me había cruzado durante la mañana. La pequeña Purita debía estar ya en su casa, lo mismo que Javito con su pantalón ensangrentado y su gran herida en la rodilla. Me fijé en Lucas y Guille. Los dos eran del mismo año que mi Samuel. Javito tenía solo unos meses más, pero iba un curso por delante. El más pequeño era Guille, que estaba a punto de cumplir los once.

—¡Lucas, Guille…, ¿habéis visto a Samuel?!

Guille siguió calle abajo, saludándome con la mano como si se estuviera despidiendo de su abuela, con una expresión extraña, como de no reconocerme. Lucas, en cambio, se acercó de una carrera, aunque se quedó a unos metros de mi puerta.

—No, señora. No le hemos visto.

—¿En toda la mañana?

—No. Me voy, que me esperan para comer —dijo alejándose de nuevo. Era rápido como un coyote.

—¡Si le ves, dile que no tarde en venir!

Se fue corriendo sin decir nada más, como si no me hubiera oído.

Me quedé pensativa, viendo cómo los niños se alejaban para volver cada uno a su casa.

—¿Y este muchacho dónde se habrá metido…? —susurré. Un escalofrío me recorrió el cuerpo.

Alcé la vista al cielo y me quedé observando el azul impoluto. Las voces de los niños fueron desvaneciéndose gradualmente hasta que solo se escuchó el silencio. Ruidos de cacharros de las casas vecinas, cacerolas, platos, cubiertos... Los pajarillos cantando, volando de un lado a otro con la misma despreocupación que los críos que habían estado montando algarabía por las calles hasta hacía unos instantes.

Entré en casa y cerré la puerta.

Al dar un paso escuché cómo la arena crujía bajo mi pie.

«Está todo lleno de barro».

Cogí la escoba de la cocina y barrí el recorrido que había hecho mi marido, desde la entrada hasta el cuarto de baño.

Entreabrí la puerta. Una nube de vaho salió hacia mí, como cuando abrí la puerta del horno para sacar el bizcocho, solo que el olor a jabón esta vez no me abrió el apetito ni me hizo sonar las tripas.

—¿Qué tal el baño?

—Bien —dijo sin mostrar gran alegría.

—¿A qué hora le has dicho a Samuel que venga?

—Como siempre. Antes de las dos.

Miré mi reloj de pulsera. Marcaba la una y cuarenta y dos minutos.

No le respondí nada, solo cerré la puerta.

Dejé la escoba allí mismo, en el pasillo, apoyada contra una pared y el montón de arena que había barrido. Cuando saliese Ignacio del baño, terminaría.

Me senté en el sofá.

Sobre la mesita pequeña del comedor había un periódico. Lo cogí y miré la portada: *«El País», «Madrid, sábado 26 de abril de 1986»*. «Es de hoy», pensé. Leí el titular más destacado:

31

«La policía cree que ETA puso la bomba que mató en Madrid a cinco guardias civiles».

Se me torció el gesto y leí debajo:

«Cinco miembros de la Guardia Civil resultaron muertos y cuatro más heridos graves en un atentado terrorista registrado ayer por la mañana en el centro de Madrid. La Policía cree que la organización terrorista ETA colocó 20 kilogramos de Goma 2 en un coche bomba, que estalló en la esquina de las calles de Juan Bravo y Príncipe de Vergara al paso del Land-Rover ocupado por nueve guardias civiles. La explosión alcanzó también a cuatro civiles, que resultaron con heridas leves, y produjo destrozos en la fachada y el interior de la clínica de Nuestra Señora del Rosario».

Sentí pena por las víctimas y sus familiares y rechazo por los cobardes que buscaban alcanzar sus fines políticos impartiendo su propia justicia: el dolor ajeno.

—Qué cobardía. Cada dos por tres igual. ¿Cuándo acabarán con todo esto? ¿No se dan cuenta de que así no van a conseguir nada?

Seguí ojeando el periódico:

«Expulsado el consejero económico de la Embajada libia de Madrid».

—Bah...

«Los obispos son contrarios a que haya partidos confesionales».

Arrugué el ceño. No entendí el titular. Tampoco me importó.

«Acuerdo de la CE sobre precios agrícolas».

«Los Reyes regresaron de su visita oficial a Inglaterra. Página 20».

—Pues muy bien por ellos, a mí qué más me dará. En fin.
—Suspiré. Había más titulares, pero no me molesté en leerlos—
. Iré poniendo la mesa. Espero que Samuel llegue pronto.

El temporizador indicaba que faltaban seis minutos para que estuvieran listas las costillas. Como cada fin de semana, en vez de en la cocina, preparé la mesa del comedor para comer allí, con la televisión de fondo.

Fui al cuarto de baño. Asomé solo la cabeza. Los azulejos sudaban como un jornalero en el campo en un día de verano, el espejo estaba blanco como si le hubiera espolvoreado harina.

—Ya está la comida.

—Ya salgo.

—Aún no ha llegado Samuel.

—¿No?

—No. Espero que no tarde. No quiero que se nos enfríen las costillas.

No dijo nada. Supuse que estaba pensando lo que le diría si llegaba mucho más tarde de las dos. Ignacio trataba de inculcarle educación y buenos modales. Ser puntual significaba ser responsable, maduro y tener en consideración a los demás.

Volví a la cocina. Me asomé por la ventana. Miré calle arriba. Luego, calle abajo. Piedras y asfalto. Paredes de ladrillo, cemento y piedra. Persianas subidas. Bajadas. Ventanas abiertas, otras cerradas. Farolas enganchadas a las fachadas de las casas. Las luces apagadas. Cables cruzando de un lado al otro, colgando. Sonidos de televisiones. Tintineo de tenedores y platos. Alguna que otra conversación indescifrable. Un gato lamiéndose una pata delantera y pasándosela después por la cara, con esmero. Movimientos repetitivos. Hipnóticos. Pájaros. Calma. El cielo aún azul, aunque con alguna que otra nube blanca manchada de un apagado gris. Olor a comida por todo Beceite.

Aroma a costillas de cerdo recién hechas saliendo de mi propia cocina. *«Pi, pi, pi, pi...».* El horno, avisando de que debía apagarlo.

Pero ni rastro de Samuel.

3

A veces tenemos sensaciones que no sabemos cómo
explicar. Actuamos como si fuéramos animales. Intuimos las
cosas y no sabemos por qué. Siempre se ha dicho eso, ¿no?, que
los animales no sienten nada, que solo se mueven por instinto.
Pues a eso me refiero. Me quedé petrificada mirando por la
ventana. No sabía qué me estaba pasando, solo sentía que mi
corazón se aceleraba, que me faltaba el aire y el pecho se me
ponía rígido. Incluso, que un cosquilleo me recorría la cara, los
brazos y las piernas, como si no les llegara la sangre. Algo me
decía que algo iba mal. Un sentimiento parecido al que tuve
durante la madrugada, pero ahora más claro. Que le había pasado
alguna calamidad a mi pequeño. Pero no lo sabía explicar; no lo
pensaba racionalmente, solo lo percibía. Como quien huele el
humo de una casa en llamas, o como el que escucha los gritos y
llantos de un niño al que le están pegando.

«Dios, por favor, que no le haya pasado nada malo».

Durante un rato estuve oyendo el «*pi, pi, pi…*» del horno.
Pero era como si no pudiera oírlo, como un eco que se desvanece
entre las montañas. No podía moverme.

—¿No apagas el horno? —me preguntó Ignacio. Me asusté
y di un respingo; casi se me sale el corazón por la boca. A decir
verdad, me dio una arcada.

—Creo que le ha pasado algo —le dije, girándome y
mirándole a la cara. La mía debía ser un poema. Él se quedó
observándome con el ceño fruncido. Pensaría que me había
vuelto loca.

—¿Por qué? No. No pienses eso, mujer.

Sus ojeras contorneaban sus ojos marrones, y en ellos vi por un momento los de mi hijo. Sus pestañas finas y largas, sus grandes cuencas, sus cejas estrechas, bastante bonitas para ser las de un hombre. «Así tendrá los ojos cuando tenga la edad de su padre», me obligué a pensar, augurando su futuro.

Olvidé lo mucho que me gustaba mi marido recién salido de la ducha, con su pelo mojado, repeinado hacia un lado, su olor a limpio, su piel suave, recién afeitada...

Se acercó al horno y lo apagó. Abrió ligeramente su puerta, apenas unos centímetros. Una nube blanquecina quedó libre y se esparció por la cocina quedándose en nada. Lo único que permaneció durante minutos fue el olor a costillas recién hechas.

—¿Y si no viene?

—No digas eso. ¿Por qué no iba a venir?

Torció el gesto y se fue hacia el comedor.

Comprobé la hora. Tan solo habían pasado cinco minutos de las dos de la tarde. Pero esa tardanza no era habitual en él.

Saqué la bandeja del horno y serví las costillas de Ignacio y las mías. Las de Samuel las dejé en la bandeja, dentro, para que conservaran el calor.

Llevé los dos platos al comedor. Ignacio ocupaba su sitio a la mesa, encabezándola. Esperaba cabizbajo, con las manos entrelazadas y apoyadas sobre la madera. Cuando le acerqué su plato, las retiró.

—¿Qué tal la espalda?

—Un poco mejor. Pero ya sabes.

—¿Quieres que vayamos comiendo?

—Para eso me he sentado. Llevo desde las ocho de la mañana sin probar bocado, trabajando como un mulo. Si llega tarde...

Hizo una mueca y a continuación cogió el tenedor y el cuchillo, hundió la hoja de este último entre la carne y separó una costilla del resto. La agarró con las manos y se la llevó a la boca.

—Luego, si quieres, te daré unas friegas en la espalda.

—No. No hace falta.

—Como tú veas.

Otro bocado. La salsa le barnizó los labios pareciendo que se había pintado con carmín.

—¿Y a qué hora se ha ido?

—¿Quién?

—Samuel. Con sus amigos, digo.

—No he mirado la hora, pero supongo que eran las once y pido o las doce.

—¿Y te ha dicho a dónde iba?

—No. Nunca me lo dice.

—Ya.

Miré mi plato. Se me había quitado el apetito. Aun así, cogí el cuchillo y separé una costilla. Di un pequeño mordisco. Tenía un sabor delicioso, como siempre. En su punto de sal y cocción. Pero mi cuerpo no parecía estar dispuesto a probar bocado.

—Se le van a quedar frías —dije, dándole aún vueltas en la boca al trozo que había mordido—. O resecas. Dentro de un rato no valdrán para nada.

—Pues que se las coma frías —protestó mi marido, elevando un poco el tono—. No puede estar uno repitiendo siempre lo mismo. Ya es mayorcito. Tiene que pensar con la cabeza y ser consecuente con lo que hace.

Cortó la siguiente costilla y se la embuchó como si no hubiera comido en cinco días, como la anterior. Yo estaba reuniendo ganas para darle el segundo mordisco a la mía.

En cinco minutos mi marido había terminado de comer. Tenía esa facilidad, la de engullir el alimento como si fuera un pavo. Yo, por el contrario, comía despacio, saboreando los gustos. En lo que a mí me daba tiempo a comer un plato él podría comer cinco o seis. Y lo digo de forma literal, no comía más porque no quería ponerse como un búfalo, no por falta de apetito. Siempre tenía. En cierto modo admiraba su autocontrol. Ese día, además de mi lentitud comiendo, no tenía hambre. Cada vez tenía el estómago más cerrado. Se me había formado un nudo en la garganta que me hacía sentir constantes náuseas. No vomité, pero tampoco pude comer más de tres costillas.

—Me ha dicho Maxi que si queremos podemos pasar a tomar café.

—La verdad es que no me apetece. Estoy cansado y dolorido. Ve tú, si quieres. Yo me echaré la siesta.

—No, no pasa nada. Ya iremos otro día.

—Pásame una naranja.

Su dedo índice señaló el frutero después de apartarse el plato de delante.

Cogí una y se la di.

Volví a mirar la hora. Las dos y veinte minutos.

—No es normal que tarde tantísimo —me lamenté, soltando los tenedores sobre mi plato. Hice más ruido del deseado.

Su cuchillo acababa de seccionar la piel de la naranja. Metió el dedo pulgar en el corte para pelarla. Se quedó pensativo. También él estaba preocupado, lo vi en sus ojos. Aunque entendí que no quería decir nada para no alimentar mis miedos.

Sin embargo, ya no aguantaba más.

Con el cuerpo, empujé la silla hacia atrás y me levanté.

—¿A dónde vas?

—A buscarle. Ha tenido que pasarle algo.

—¿Y dónde vas a buscar? ¿Casa por casa?

—Donde haga falta.

Mis ojos le suplicaron que me ayudara a encontrarle.

Soltó la naranja y el cuchillo y se levantó sujetándose la espalda, generando un estruendo exagerado al raspar las patas de la silla contra el suelo. A la vez, disimuló un quejido gutural. Volví a sentir lástima por él, pero le necesitaba. Necesitaba que buscásemos a nuestro hijo.

—Voy a decirle a Maxi que hoy no iremos a tomar café y, de paso, le preguntaré si le ha visto, aunque no lo creo.

—Vale. Ahora voy.

Salí a toda prisa, casi corriendo. Solo cogí mi juego de llaves. Se me aceleró de nuevo el corazón al ver las de mi Samuel colgando.

En un abrir y cerrar de ojos estaba llamando a la puerta de Maxi y Emilio. Di un par de golpes en la madera y luego giré el pomo, sin esperar a que me abrieran. Me encontré a Emilio en mitad del pasillo, con una servilleta en la mano y masticando. Me sonrió, pero al verme, enseguida cambió la expresión.

—¿Estás bien? ¿Ha pasado algo?

No me había dado cuenta de que se me saltaban las lágrimas.

—Samuel no ha llegado a casa. —Miró su reloj de muñeca—. Debía haber vuelto a las dos.

—Son y media.

—Sí. Él nunca llega tarde. Nunca apura hasta el último minuto.

—Bueno, mujer, no te preocupes. Los chiquillos van creciendo y…, alguna vez tenía que ser la primera.

—Solo tiene once años.

Maxi se asomó al pasillo.

—¿Qué pasa, Inma?

—Que el niño aún no ha llegado —le explicó su marido.

—Bueno. Tranquila. Ya verás como aparece pronto.

—Vamos a ir a buscarle. Si le veis...

—Si le vemos le decimos que se quede aquí con nosotros. Así no estará solo.

—Vale.

Salí de su casa dispuesta a empezar la búsqueda. Ignacio llegaba.

—¿Dónde dices que fue la última vez que lo viste? —le pregunté, cada vez más inquieta. Estábamos en mitad de la calle, nos podía oír cualquiera, como Maxi y Emilio que se quedaron en la puerta, escuchando cómo nos organizábamos.

—Le he acompañado un rato, por la calle del puente. Luego ha salido corriendo y yo me he ido a la cochinera.

—¿Y tú has visto si se ha encontrado con alguien, con algún niño?

—No. Con el único que se ha cruzado ha sido..., con Abelardo.

—¿Abelardo? ¿El borracho?

—No me gusta nada ese hombre —comentó Maxi—. Siempre borracho, con esas pintas y ese tufo a...

La miré. Deseé que se callara. En ese momento no quería, no podía escuchar las maldades o las sospechas que pudieran girar en torno a nadie.

—¿Le ha dicho algo a nuestro hijo? —le pregunté a Ignacio.

—No lo sé. Él venía a lo lejos y antes de que se cruzaran yo ya había cogido la calle que va hacia la cochinera.

—Vale. Entonces, vamos por allí primero. Corre.

Ignacio no estaba para salir corriendo. Sus dolores le impedían incluso caminar erguido, pero el temor debió hacer que se le olvidara. Quise pensar que tal vez Dios decidió concederle una tregua para ir a socorrer a nuestro hijo.

La porqueriza estaba dentro del pueblo, a tan solo cinco calles, pasando la del puente. Las recorrimos lo más rápido que la ciática de Ignacio permitió. A esas horas las calles estaban vacías. Entre las dos y las cuatro de la tarde, los vecinos de Beceite solían recogerse en sus casas, compartir tiempo con sus familias, bajar la comida viendo la televisión o echándose una breve siesta. Como mucho, algunos pasaban a tomar café a casa de algún vecino, pero siempre recogidos, algo tranquilo. Los borrachos, en cambio, parecían no conocer costumbres ni normas. Una vez pisaban el bar a primera hora de la mañana, solían darles las tantas de la noche. Raro era cruzarse con uno de esos por el pueblo a una hora en la que el bar de Lorenzo estuviese abierto. Más raro aún que fuera a media mañana. Y más raro todavía que prefiriesen dar un paseo a estar bebiendo como unos descosidos.

Durante un tiempo, se rumoreó que aquel borracho, Abelardo, trató de sobrepasarse con una chica. La versión más extendida aseguraba que ella no se dejó, que le dio una bofetada y salió corriendo. Que la chica convenció a sus padres para irse del pueblo porque no quería volver a verle la cara a aquel degenerado. Era bastante más joven que él, tendría unos quince años, y Abelardo aún no se había convertido en el mayor borracho del pueblo. Muchos quisimos no creerlo. Pero hay quien dice que cuando el río suena… Con los años, cuando Abelardo ya estaba echado a perder, se escuchó otra versión. Que se veían, quedaban…, incluso que estuvieron saliendo juntos. Que les pillaron besándose o algo más subido de tono, y a los padres de la chica no les pareció bien; él no les gustaba para su hija. De modo que los padres la enviaron a Zaragoza con una tía, para que viviese y estudiase allí mientras ellos o, mejor dicho, el padre, encontraba trabajo en la capital maña, vendían la casa de Beceite y se trasladaban también a Zaragoza. En cuanto a Abelardo, dicen los más piadosos que aquello fue lo que le empujó a su adicción a la bebida. ¿Qué creer? Solo Dios sabe la verdad de lo que pasó realmente.

Mientras llegábamos a la calle del puente, me vinieron a la cabeza algunos otros rumores que se habían convertido en una sombra para Abelardo. Sin embargo, quise borrarlos de mi mente. No era el momento idóneo para echar más leña al fuego. «Va a estar bien», traté de convencerme. «Se habrá entretenido. Solo eso».

Al igual que el resto del pueblo, la calle del puente estaba desierta.

Algo me condujo a ir observando el suelo a la vez que caminaba, como si fuera a encontrar algún rastro de mi hijo. A decir verdad, buscaba sangre. Temía que algún malnacido le hubiera dado un golpe en la cabeza y se lo hubiera llevado en contra de su voluntad. Allá donde miraba, la arena tenía el mismo color claro y beige de siempre. Durante unos minutos llegué a sentir esperanza.

Mi Samuel no se iba con desconocidos. Se lo teníamos dicho. «No te acerques a nadie que no conozcas». Pero allí, de una manera u otra, nos conocíamos todos. Nadie en el pueblo era un completo desconocido.

Al llegar, vimos que la porqueriza estaba cerrada. Era imposible que estuviera allí, ya que el cerrojo solo se podía echar desde fuera. Pero, aun así, Ignacio abrió y miró dentro mientras yo me asomaba y le buscaba por cualquier otro rincón. Salvo que mi hijo se hubiera convertido en un ratoncillo de campo, lo que estábamos haciendo era absurdo. Aunque en momentos como ese, creo que la mayoría perdemos la objetividad. Hacemos por el mero hecho de no estar quietos y sentir que no estamos haciendo nada. Ninguno queremos echar la vista atrás y ver que abandonamos a nuestro pequeño a su suerte.

—¿Y qué hacemos ahora? —le pregunté a mi marido mientras echaba de nuevo el cerrojo.

Por los alrededores no había ni un alma.

—No lo sé.

Estaba pálido y con la mirada perdida.

—Vayamos a las tierras. A lo mejor se le ha olvidado algo.

Comenzamos a andar en dirección a los cultivos, donde mi marido y mi hijo habían estado esa mañana.

Estaban cerca. Siempre íbamos de un lado a otro andando. Ignacio solo cogía el tractor o la vieja furgoneta cuando tenía que transportar balas de paja o algo pesado. Y muy de tarde en tarde, cogíamos el coche cuando teníamos que ir a comprar algo a Teruel o a algún otro sitio que requiriera de transporte. Normalmente el coche pasaba días enteros guardado en la cochera, junto a los demás bártulos y cacharros antiguos. Más que una cochera parecía el cuarto de los trastos.

—¿Y si no está allí? —pregunté retóricamente. Algo me decía que el paseo sería en balde—. ¿Qué haremos después? ¿Preguntar por las casas, como dijiste?

—Mirar por las casas, por el río… Podemos llamar por teléfono a sus amigos, a ver si alguno lo ha visto.

Observé a mi marido. Su respiración se notaba acelerada, igual que nuestros pasos.

Miré al horizonte, deseando llegar a las tierras.

—A ver si ha vuelto a casa… A lo mejor está con Maxi y Emilio.

—Si está con ellos no hay problema. Después de mirar por el cultivo iremos para allá.

En pocos minutos comprobamos que las tierras, la caseta y los alrededores estaban desiertos.

«Dios, por favor. Que esté bien, que no le haya pasado nada malo».

—No entiendo dónde puede haberse metido —lloriqueé. Trataba de evitar que mis ojos derramaran mi angustia, no preocupar aún más a mi marido, pero una lágrima se me escapó. Por suerte, Ignacio no me vio. Me sequé la cara con la mano y absorbí los mocos evitando hacer ruido.

Ignacio miraba a un lado y a otro. La mano volvía a sus lumbares cada vez que parábamos de andar. Cada vez me parecía verlo más pálido.

—¿Cómo estás? ¿Te duele mucho?

Rebufó como un toro.

—Ahora eso es lo que menos me preocupa. El dolor de la espalda no me importa; eso se puede soportar.

Entendí por qué dijo aquello. Había algo peor que el malestar físico, el dolor de un alma rota.

4

Nos dirigimos a casa recorriendo otros caminos, otras calles. Los minutos seguían pasando. Eran algo más de las tres de la tarde.

La puerta de Maxi y Emilio estaba abierta. Eché a correr los últimos metros con la esperanza de que Samuel estuviera con ellos.

—¡Maxi! —La llamé al tiempo que subía el único escalón que separaba la calle de su casa.

Dentro, la luz se hizo más tenue.

Emilio se asomó. Su gesto era serio.

—¿No ha venido?

—No. Aquí no ha venido.

Maxi apareció por detrás de su marido.

—Le hemos esperado en la puerta, pero no le hemos visto.

La vista se me nubló, como si entrara en un túnel blanco que cada vez se iba haciendo más pequeño.

Noté que se me mojaba la cara, que las piernas se me doblaban.

Sentí a alguien agarrándome por el brazo. Ignacio. Emilio me acercó una silla que había junto a la puerta de la calle. A decir verdad, aunque cada vez veía menos, distinguí que había dos. Dos sillas. Debieron estar haciendo guardia, allí sentados mientras nosotros recorríamos el pueblo.

Me sentaron y…

Abrí los ojos.

Seguía en el pasillo de la entrada de nuestros vecinos.

—Ya vuelve en sí —dijo Maxi. Estaba acuclillada a mi lado—. Toma. Bebe un poco de agua.

Me acercó el vaso a los labios. Obedecí. Di un pequeño sorbo.

—Está dulce.

—Le he echado una cucharadita de azúcar para que te dé más energía.

—¿Te encuentras mejor? —me preguntó Ignacio.

—Sí. Un poco.

—Voy a llamar por teléfono a los amigos de Samuel. Ahora vengo. Tú quédate aquí con Maxi y Emilio. Si viene Samuel, avisadme.

Los ojos se me humedecieron de nuevo.

Asentí.

Vi a mi marido saliendo de casa de nuestros vecinos. Los rayos del sol iluminaron con más fuerza una parte de su cuerpo. Le amaba por dentro y por fuera. Siempre me cuidó. Siempre puso por delante a nuestra familia, nuestro bienestar. Estábamos como el primer día. Felices, enamorados. Su altura era una de las cosas que más me gustaban de él, aunque a veces andaba encorvado por culpa de los malditos achaques. A pesar de todo, seguía siendo fuerte. Se alejó dándome la sensación de que a cada pisada quisiera machacar la angustia que empezaba a apoderarse de nosotros.

Y escuché una vez más la voz del padre Miralles en mi mente: «Dios nos pone a prueba».

Entonces lo vi claro: Dios se había cansado de Guillermo y de los niños. Ahora nos tocaba sufrir a nosotros.

La cara se me volvió a mojar.

5

—Quédate con ella —le dijo Maxi a su marido.

—¿Dónde vas?

—No podemos quedarnos aquí de brazos cruzados. Voy a ir a ver si alguien ha visto al muchacho.

—Pero ¿por dónde?

—No lo sé. Ya veré. Iré preguntando a los vecinos, puerta a puerta si hace falta.

—Vale. Está bien. Pero voy yo. Tú quédate con ella. Prepárale una tila o algo para que esté más calmada.

Hablaban de mí como si no estuviera delante. Y a mí, parecía que me había comido la lengua el gato.

—Estoy bien. Yo también iré.

—No —respondió Emilio—. Quedaos aquí un rato más. Aún ni te ha vuelto el color a la cara. Cuando se te pase el vahído, ya hablamos.

Se miró los pies. Llevaba las zapatillas de estar por casa, con rayas cruzadas formando cuadros beige, verde botella y marrón chocolate.

—Voy a calzarme.

Desapareció pasillo adentro.

Otro trago de agua con azúcar pasó por mi boca dejándome mal sabor.

—¿No te gusta?

—La verdad es que no, me recuerda a los jarabes.

Me di cuenta de que tenía el gesto arrugado, cara de asco.

Calzado con un par de zapatos gastados, Emilio le dio un beso a Maxi en la mejilla y salió de casa. Tomó la dirección contraria a la de mi marido.

Por unos instantes me quise aferrar a la esperanza. Hasta que me vino a la mente la cara desencajada de aquel borracho asqueroso, las arañas vasculares de su nariz y de sus pómulos cada día más rojos, como si las venitas de la piel quisieran salirse de ese cuerpo tóxico, como si por sus torrentes corrieran litros de vino barato de cartón en vez de sangre; sus ojos entrecerrados; su aliento rancio mezclado con la nicotina impregnada en esos dientes amarillentos que no conocían el dentífrico ni un cepillo de dientes; sus manos sucias; sus uñas perfiladas por una capa de mierda incrustada que...

Me dio una arcada.

—¿Quieres vomitar? ¿Te traigo un barreño? —se alertó Maxi.

Respiré hondo y borré a aquel desgraciado de mi mente. No tenía pruebas para acusarle.

«Aparecerá. Seguro que está con un amigo.

»Nunca llega tarde a casa.

»Dios, ayúdanos».

6

Había pasado más de media hora desde que los hombres se habían ido a buscar a Samuel.

—Voy a casa, a ver si Ignacio ha averiguado algo.

—¿Habéis pensado en llamar a la Policía?

—¿A la Policía?

Maxi trataba por todos los medios de mantenerse fuerte por ambas, no decir nada que me alertase más o me hiciera perder la esperanza. Sus ojos brillaban como si lucharan por no romper a llorar, como lo hice yo en un par de momentos de flaqueza aprovechando que Ignacio no estaba delante.

—¿Y si ha sido el borracho ese?

—Eso no lo sabemos —contestó ella.

—Que Dios le libre de haberle puesto una mano encima a mi niño, porque si no…

Mis mandíbulas se habían tensado como las de un perro al que le ponen comida delante y luego se la quitan.

—No pienses en eso, Inma. Aparecerá. Ya verás como sí.

La mirada se me llenó de lágrimas, pero esta vez nacían desde la rabia y la impotencia.

—Creo que deberíais llamar a la Guardia Civil —insistió.

Me levanté de la silla, limpiándome la cara con las manos.

La observé. Las arrugas contorneaban su mirada azul, cargada de compasión. Cogió una de mis manos entre las suyas y la apretó con suavidad llevándosela hacia su pecho, mientras que con la otra secaba la lágrima que aún mojaba mi piel. Sus labios, finos como la hoja de un olivo, temblaron al hablar. «Estoy aquí para lo que necesitéis. Avísame de cualquier cosa».

Asentí.

Diez metros de arena, piedras y cemento entre su casa y la mía. Parecía el camino a la soledad.

«¿Qué te ha pasado?».

Eran más de las cuatro.

Más de dos horas sin saber nada de mi hijo.

Abrí la puerta de casa sin necesidad de llaves. Las bisagras gruñeron.

Oí a Ignacio. Hablaba con alguien por teléfono.

Me apoyé contra el marco de la puerta del comedor y escuché: «Sí. No lo sé. Sí, hemos ido a la tierra y a la cochinera. A las dos. Vale. Vale. Sí, por favor. Gracias».

Estaba de espaldas. Sentado en el brazo del sofá. Con una mano sujetaba la cortina para poder mirar por la ventana. Colgó. No se dio cuenta de que había llegado.

—Hola —saludé.

Se giró. Tenía los ojos como dos tomates maduros.

Negó con la cabeza.

Me acerqué hasta donde estaba y le abracé. Sus brazos me estrecharon con más fuerza de lo que lo habían hecho en su vida. Traté de no llorar, pero esta vez no pude aguantarme.

—¿Has hablado ya con todos sus amigos? —pregunté, buscando algo en lo que pensar para controlar mis nervios.

—Sí. Con el único que no he hablado todavía ha sido con Guillermo.

«Suficiente tiene ya, el pobre».

—¿Y qué hacemos?

Negó con la cabeza.

—Me ha dicho Maxi... No sé. Puede que tenga razón. Tal vez deberíamos llamar a la Guardia Civil.

Su cara se constriñó. Le daba tanto miedo como a mí. La Guardia Civil solo se presentaba cuando había problemas serios, cuando por lo general ya no había solución.

7

Las siete de la tarde. Los minutos corrían sin que te dieras cuenta, como cuando el agua se te cuela entre los dedos hasta que ya no te queda nada en las manos.

Tal y como nos sugirió Maxi, llamamos a Emergencias. Alguien le debió dar el número a mi marido; fue quien telefoneó. Yo tenía suficiente con estrangular pañuelos, rezar y deambular por el comedor de un lado para otro cada vez más histérica. Parecía una pantera cercando a su presa, esperando el momento oportuno para atacar. Sin embargo, la que estaba a punto de caer en las garras del infortunio era yo. Después de que durante unos eternos minutos tuvieran a mi marido esperando o contestando a preguntas absurdas, al fin le dijeron que mandarían a un coche patrulla.

De eso hacía más de dos horas.

Mientras unos no llegaban, los vecinos iban y venían por el pueblo, salían y entraban de nuestra casa. Al parecer, las visitas de Emilio puerta por puerta y las llamadas de mi marido a las casas de los amigos de Samuel, habían hecho que otros muchos vecinos se enteraran de su desaparición. Bueno, lo lógico era pensar que a esas horas todo Beceite se hubiera enterado. Algunos venían a casa, nos preguntaban para confirmar lo mismo que Emilio ya les había dicho; otros, a sacar más detalles sobre el rumor que Fulanito o Menganito les había contado. Con cara de circunstancias, algunos nos apoyaron, otros se lamentaron, otros nos aseguraron que rezarían por nosotros, pero la mayoría, sobre todo los que tenían hijos de la edad de nuestro Samuel, se ofrecieron a ayudarnos a buscarle. Gracias a la generosidad y a la compasión de estos últimos, conseguí aguantar ese par de horas sin echarme de nuevo a las calles para seguir buscando a mi hijo.

Iba por la tercera tila, pero cada vez estaba más desquiciada. Intenté no decirlo. Creo que Ignacio estaba peor que yo. Samuel era su ojito derecho, más que el mío. Eso que dicen de que las niñas son para los padres y los niños para las madres... No siempre es así. Yo hubiera preferido una niña, pero Dios nos dio a un niño sano y precioso, como quería Ignacio. Su padre le enseñaba cosas, se lo llevaba a la tierra cada vez que necesitaba un poco de ayuda, incluso hacía un par de semanas le empezó a enseñar a conducir. Nos costó tanto que me quedara embarazada... Pero al final Dios escuchó mis plegarias y nació Samuel, ese niño guapo, inteligente, maduro y responsable que toda madre sueña tener. Que fuera niña o niño se me olvidó en el momento en que vi su carita redonda y su mata de pelo negro. Pesó tres kilos y medio. Parecía un monito despeluchado de la cantidad de vello que tenía por el cuerpo. Era... Era lo más bonito que había visto en mi vida.

—Ya no puedo más —le dije a mi marido.

Alzó la mirada del suelo. Su cara era un poema: aparte del rojo de los ojos, sus cuencas estaban ennegrecidas por el cansancio; supongo que también por el dolor de la espalda. Aunque en ningún momento se quejó. Tampoco le vi derramar una sola lágrima. Debía estar conteniendo su sufrimiento. Y eso no era bueno.

—No podemos quedarnos en casa sin hacer nada, simplemente esperando a la Guardia Civil y dejando que sean los vecinos los que busquen a nuestro hijo —insistí.

—¡¿Y qué quieres que haga?! —respondió alterado, alzando la voz. Le tembló la barbilla y los ojos se le mojaron. La impotencia era un lastre difícil de soltar—. ¡Nos han dicho que les esperemos! ¡Yo también quiero salir a buscar a nuestro hijo! ¡Quiero que vuelva! ¡Que esté sano y a salvo…! Que no le haya pasado nada. —Su tono se fue apagando—. Quiero que todo sea como ayer. Felices. Una familia completa.

Me acerqué a él mientras se desahogaba. Me senté a su lado y le cogí de la mano.

—Lo siento —susurré—. Tú no tienes la culpa.

—¡Sí! ¡Tendría que haber vuelto a llamar, joder! ¡Tendría que haber insistido, meterles prisa, decirles que esto es urgente, joder! ¡Nuestro hijo está por ahí y…!

Se levantó del sofá sin acabar la frase. Fue hasta la mesita donde estaba el teléfono y descolgó. Volvió a marcar el número de Emergencias.

Maxi entró en el comedor. La gente seguía entrando y saliendo de mi casa como si estuvieran en el ultramarinos. Había estado llorando. Su mano escondía un pañuelo. Debió venir al escuchar los gritos de Ignacio. Se sentó a mi lado y me cogió la mano. Agradecí su tacto caliente.

—He llamado hace dos horas —dijo mi marido a quien tuviera al otro lado del teléfono. Trataba de contener el volumen, pero empezó hablando demasiado alto, rozando los gritos—. Dos horas. ¿Entiende? No podemos esperar toda la vida. Nuestro hijo ha desaparecido. No podemos estar en casa esperando. Tenemos que salir a buscarle. Necesitamos que vengan ya. Es urgente, maldita sea.

Después de estar un par de minutos al teléfono y volver a contestarles varias preguntas en un tono algo más sosegado, colgó.

—Dice que ya están de camino y que deberían llegar antes de cinco o diez minutos.

Quise decir «gracias», pero mis labios no se movieron.

Volvió a sentarse en su sitio del sofá, a mi lado.

8

El ruido de la gravilla aplastada por los neumáticos de un coche se escuchaba cada vez más próximo. El motor se paró. Las puertas se abrieron. Ignacio y yo nos levantamos del sofá, apresurados. Se me aceleró el corazón. «Clack», «clack»: dos portazos metálicos. Emilio se asomó al comedor; casi nos chocamos contra él. «Ya han venido», dijo nervioso.

—Ya era hora —soltó Ignacio, echando a Emilio a un lado para salir a recibirlos.

Emilio se apoyó contra la pared para dejarme pasar también a mí. Después, siguió mis pasos hasta la calle.

Una pareja de guardias civiles se acercaba hacia nuestra casa. Sus uniformes, de un color entre el verde aceituna y el azul, no dejaban dudas.

—Policía Judicial de la Guardia Civil. Buenas tardes. ¿Señores Arriaga? —preguntó el de mayor edad.

—Sí. Soy Emilio Arriaga. Esta es mi mujer, Inmaculada Espinosa.

—¿Han llamado ustedes por la desaparición de un menor?

—Sí. Nuestro hijo ha desaparecido.

—De acuerdo. Mi nombre es Ramón González; él es mi compañero, Jorge Álamos. Llevaremos a cabo la búsqueda de su hijo. Pero antes, necesitamos hacerles unas preguntas. ¿Podemos hablar en algún sitio más íntimo?

Seguí la mirada del guardia civil: me topé con las caras de Emilio y Maxi, de tres amigos de Samuel: Lucas, Irene y Rosarito, del matrimonio Huertas, de la hija mayor del panadero, de un par de viejos cotillas que solo acostumbraban a poner la oreja y fomentar las habladurías…

—Pasen a casa —dijo mi marido, apuntando con la mano hacia el interior. Se adelantó para mostrarles el camino. Los dos guardias civiles le siguieron. Miré a Maxi y a Emilio y les hice un gesto con la cabeza para que vinieran con nosotros. Eran a los únicos que deseaba tener cerca.

Ignacio les condujo hasta el comedor.

Les ofreció asiento.

—No es necesario, gracias —contestó de nuevo el de mayor edad, Ramón González. Debía rondar los cincuenta años. Bajo su gorra se intuían las primeras canas, aunque su barba se mantenía bastante uniforme, morena. El joven parecía su hijo. Cara recién afeitada, enjuta, en la que destacaban dos grandes ojos del color del café recién hecho, a juego con los de su compañero, solo que los del hombre eran más pequeños y con más arrugas. Como digo, por sus rasgos físicos podías pensar que eran padre e hijo, sin embargo, fijándote solo en sus apellidos, debías pensar lo contrario.

Maxi y Emilio se quedaron en la puerta, apoyándonos emocionalmente y controlando que no entrara nadie.

—¿Le encontrarán? —pregunté. Dios los había mandado a ellos para ayudarnos, aún había esperanzas.

—Haremos todo lo que esté en nuestras manos, señora —contestó el guardia civil más joven.

Me fijé en sus manos, ambos llevaban una libreta y un bolígrafo. Ramón González pasó varias páginas. Debió llegar a una en blanco. Nos miró, sujetó el bolígrafo entre sus rechonchos dedos y comenzó a hacer preguntas; mi marido a contestar.

—El desaparecido es menor de edad, ¿cierto?

—Sí.

—¿Qué años tiene?

—Once. En diciembre cumple doce.

—¿Alguna vez se ha escapado de casa?

—Nunca.

—¿Tendría motivos para hacerlo?

—No. ¿Por qué iba a tener motivos?

—Son simples preguntas. No pretendemos ofenderles.

—Pues no, no tiene ningún motivo para irse de casa. Es un niño querido y bien atendido. Le queremos mucho.

—De acuerdo.

—¿Cuándo fue la última vez que lo vieron?

—Cuando salíamos de las tierras.

—¿Las tierras?

—Sí, la huerta, unos cultivos que tenemos aquí cerca — indicó Ignacio haciendo gestos en el aire.

—Bien. ¿Y sabe decirnos a qué hora fue eso?

—No. Las once y algo. Las doce, como mucho. No lo sé.

—¿Estaban los tres juntos? —preguntó el más joven, mirándome a mí.

—No. Yo me he quedado aquí. Después de desayunar, ellos se han ido a las tierras y yo me he quedado haciendo la casa.

—De acuerdo.

El guardia civil Ramón González iba tomando nota de cada respuesta. Me sentía como si hubiera cometido un delito. Mi cuerpo se puso tenso. Y continuó haciéndonos preguntas.

—¿Es posible que se haya quedado en casa de algún amigo o se haya ido con algún conocido o familiar?

—No. No lo creo, francamente. Él no se iría con nadie sin decírnoslo. Le tenemos dicho que no se vaya con ningún desconocido.

—Pero aquí en un pueblo tan pequeño se conocerán todos, ¿no?

—Sí. Pero aun así sabe que no debe irse con nadie sin avisarnos.

—Está bien.

—¿Tienen alguna fotografía que puedan dejarnos?

—Claro.

Me acerqué al mueble del comedor y cogí dos marcos. Una foto era bastante reciente, la otra tendría cerca de tres años, de cuando hizo la comunión. Estaba precioso con su trajecito de marinero. Se las entregué. El agente Jorge Álamos las cogió y las quitó del marco. Se quedó con las fotos y me entregó el resto.

—¿Recuerdan cómo iba vestido?

Ignacio y yo nos miramos, meditabundos. Hablé yo. Mi marido empezó a mover la cabeza, dándome la razón.

—Unos pantalones vaqueros azul oscuro y una camiseta blanca de manga corta con un dibujo de Naranjito 82. Le queda un poco estrecha, pero aún le vale. Es su favorita. Una sudadera de cremallera, color naranja. Y zapatillas de deporte. Blancas.

—¿Sospechan de alguien que lo quisiera secuestrar o hacerle daño?

—¿Secuestrarlo? No. No.

—Díselo —le pedí a mi marido. Era el momento de compartir con ellos nuestras sospechas. Si Abelardo era inocente no tendría nada que temer.

Él me miró con el ceño fruncido. Le conocía de tantos años que su gesto me lo dijo todo: no quería hablar mal de alguien sin estar seguros. No era de esa clase de personas cotillas y chismosas, y menos aún un acusica. Solía confiar en todos, era demasiado bueno.

—¿El qué, señora? ¿Saben o sospechan algo?

Los guardias me miraron primero a mí y luego a mi marido. Si él no hablaba, lo haría yo.

—Cuando estábamos acabando en el cultivo, Samuel ha preguntado si podía irse un rato a jugar con sus amigos, y le he dicho que sí, claro, ya me había ayudado suficiente y en la cochinera me podía apañar yo solo. Así que, cuando hemos acabado, hemos subido juntos por la calle del puente y... Bueno. Nos hemos encontrado con Abelardo. Nos hemos cruzado con más gente por el camino, pero en ese momento solo estaba él, que venía hacia nosotros, y nosotros, que íbamos en su dirección. Él bajaba la cuesta; nosotros la subíamos. Así que, no me voy a andar con tapujos, agentes, yo creo que se lo ha llevado él. Los amigos de Samuel no le han visto en todo el día. Mi vecino —dijo señalando con el dedo a Emilio— ha ido puerta por puerta por las casas de algunos vecinos y nadie lo ha visto. Yo he estado llamando por teléfono a las casas de sus amigos, y tampoco. Tiene que haber sido él. Abelardo tiene que saber dónde está nuestro hijo.

Jorge Álamos, el joven, empezó un «pero...» que dejó a medias. Miró a su jefe, a Ramón —no sé si era su *jefe,* pero al menos parecía su jefe—, y este le preguntó a mi marido: «¿por qué piensa eso? ¿En qué se basa para sospechar que él pueda saber dónde está Samuel?». Aquellas eran las típicas preguntas que consiguen ponerte de los nervios, que parece que pretendan hacerte sentir como si fueras tonto. Pero las cosas estaban así: Abelardo era el último que había visto a mi niño.

Mi marido contestó de la única forma que podía contestar:

—Ya se lo estoy diciendo: nos cruzamos con él. Ese borracho no le quitaba el ojo de encima a nuestro hijo. —Era la primera noticia que tenía de eso—. El camino se dividía en dos y yo giré para ir a la cochinera. Samuel iba directo a él, y sí, le miraba como si no le hubiera visto nunca, fijamente. Creo que iba bebido, o poco le faltaría. Con la cabeza medio inclinada hacia delante. Llevaba algo en la mano, pero no me fijé. Más bien, no lo distinguía desde tan lejos. Sonrió antes de que yo girara hacia las cochineras. Creo que se dio cuenta de que me apartaba de su camino. Se quedaría a solas con Samuel y...

No pudo acabar la frase.

Ramón anotó varias cosas.

—Antes han dicho que su hijo no se iría con desconocidos.

—No. Nunca —dije tajante. No estaba dispuesta a permitir que esos dos guardias civiles dejaran a mi hijo por tonto.

Entonces me puse a pensar mientras mi marido le decía algo que no escuché. Mi cabeza estaba buscando entender qué pasó.

—A no ser que el asqueroso ese le pidiera ayuda —solté de pronto.

—¿Ayuda? —repitieron a coro Ramón y mi marido.

—Sí. Es cierto que le hemos dicho muchas veces que se aleje de los desconocidos, pero a la vez, ¿cuántas veces le hemos dicho que debe ayudar al prójimo siempre que tenga ocasión? «Servir al pobre es hacerle un préstamo al Señor; Dios pagará esas buenas acciones».

El rostro de mi marido cambió. Compungió. Ahora empezaba a entender lo que debía haber sucedido, igual que de pronto lo entendí yo. Sus ojos de resignación miraron el suelo, agachó la cabeza y yo sentí un nuevo cosquilleo de debilidad en las piernas.

—De acuerdo. Hablaremos con él. ¿Sabrían darnos su dirección?

—Vive a un par de calles de la Iglesia de San Bartolomé —les indicó mi marido—. En una casa vieja que pertenecía a sus abuelos; la última de la callejuela que cruza con la calle Calvario, al fondo a la derecha.

—Pero si lo quieren encontrar, basta con que miren en el bar del Lorenzo. Se pasa allí el día —añadí.

—¿Hay algún tipo de enemistad entre ustedes y el tal Abelardo?

—Aparte de que es un borracho y se ha llevado a nuestro niño, no.

—Está bien, señora. Aún no tenemos pruebas que nos indiquen que él ha tenido algo que ver con la desaparición de su hijo.

—¿Lo que les ha contado mi marido no les vale?

—Cualquier dato nos es de gran ayuda, pero no debemos acusar a nadie sin pruebas tangibles.

—Además —intervino Jorge Álamos—, ha dicho que se cruzaron con más gente, ¿no es así?

—Sí, pero de esos otros no desconfío de ninguno —explicó mi marido. Su voz se escuchaba triste y débil—. Eran dos viejos y un niño. Una, la señora Tomasa. Otro, el niño pequeño de los Fernández, Raulito, que solo tiene ocho años. Y el otro, el viejo Antonio, que camina con garrota. Ninguno tiene fuerzas ni para atrapar una tortuga.

—Yo sé que le ha pasado algo a mi Samuel. Soy su madre y una madre siente cuándo algo no va bien. Ese desgraciado borracho le ha debido hacer algo. No es trigo limpio. Tienen que hacer algo.

—Lo primero ahora es encontrarlo. Empezaremos su búsqueda de inmediato.

—Disculpen. ¿Podemos ayudar a buscarle? —preguntó Emilio, que se mantuvo en todo momento apartado, junto a la puerta, al lado de su mujer.

—Sí. Han pasado ya varias horas desde la última vez que lo vieron, así que, cuanta más ayuda mejor.

Emilio asintió. Miró a Maxi con expresión apagada.

Se lo agradecí en el alma.

—¿Podemos echar un vistazo a la habitación de su hijo antes de marcharnos?

—Claro.

Caminé por delante de ellos para indicarles dónde estaba su cuarto. Empujé la puerta hasta dejarla de par en par y me eché a un lado, para que pasaran si era su gusto. Ramón González entró. El otro se quedó en el umbral, a mi lado.

—¿Han echado algo en falta, ropa o cualquier otra cosa?

—No. Y si insinúa que nuestro Samuel podría haberse ido voluntariamente de casa, está muy equivocado. Jamás haría eso.

—Es mera rutina, señora.

Soy consciente de que mi cara no era de muchos amigos, más bien lo contrario. Creo que si Dios me hubiera dado poderes le hubiera fulminado con la mirada en ese mismo instante.

No respondí.

—Está bien. Montaremos el operativo para buscar a su hijo. Ya tenemos sus datos y su número de teléfono. Estaremos en contacto.

El joven esperó a que su *jefe* saliera de la habitación y luego volvieron al coche.

64

Ignacio fue detrás de ellos mientras yo los seguía con la mirada. Algo me decía que no iban a hacer nada, que solo darían vueltas por el pueblo ignorando todo lo que les habíamos dicho. Era ilógico pensar que dos agentes serían suficientes para buscar a un niño que podría estar perdido por el bosque y mal herido. Seguramente, por eso nos dejaban buscarle.

Me sentía cayendo en un pozo sin fondo, oscuro y frío. El deseo de que alguien hiciera justicia y aquel borracho pagara por sus pecados empezaba a ser igual de intenso que el de querer que Samuel apareciera sano y a salvo.

Pero Dios siguió poniéndonos a prueba.

9

El sol empezaba a ponerse tras la Iglesia de San Bartolomé. Su fachada, del color de la arena de un desierto cualquiera, iba perdiendo luminosidad y calor. En su interior, el padre Miralles mantenía su última conversación con Dios, arrodillado en el reclinatorio de uno de los bancos de madera, cerca del altar.

Tres golpes secos le sacaron de sus oraciones. Tras santiguarse, se puso en pie y se dirigió a la puerta.

Dos golpes más.

Abrió.

El rostro desencajado de Delia Campos y su mirada barnizada en llanto le robó parte de la paz que traía consigo.

—¿Qué ha ocurrido, hija?

—Perdone que me presente a estas horas, Padre, pero vengo para ponerle al tanto.

—Dime, hija. Habla.

—El pequeño Samuel, el niño de Inmaculada e Ignacio ha desaparecido.

—¿Cómo? ¿Cuándo?

—No lo sé, Padre. Esta mañana, creo. Se fue a jugar con sus amigos y no saben nada de él. Y mi hijo… Usted sabe que Lucas es muy amigo suyo. Se sientan juntos en el colegio. Padre, le podría haber pasado algo. Dios no lo quiera. ¿Y si se lo ha llevado alguien? ¿Y si le han hecho algo malo? Dios, ¿y si no lo encuentran?

—Tranquilízate, hija. Cálmate. Tenemos que mantener la fe y no adelantar acontecimientos.

Los ojos de Delia lagrimeaban como una gotera en un día de lluvia.

—Por favor, Padre, rece por él. Pídale a Dios que ayude a sus padres a encontrarlo.

—Así lo haré. Rezaremos para que aparezca pronto.

Cruzó las manos a la altura del pecho e inclinó la cabeza. Ella imitó su gesto. El padre Miralles bisbiseó algo que Delia no entendió y luego se santiguó.

—Gracias por avisarme —dijo el cura llevando sus manos a las de Delia—. Seguro que aparece. Ahora, ve a casa con tu familia y descansa. Ten fe.

—Está bien. —Vaciló, confundida ante su aparente tranquilidad. Después de observarle, apartó la vista hacia el suelo—. Buenas noches, padre.

—Que descanses, hija.

El padre Miralles cerró la puerta con llave y caminó por el pasillo central hasta el altar. Cogió una cerilla y encendió una vela. Grande y gruesa, una de las que habría utilizado al día siguiente durante la misa del domingo.

Con la luz titilando a su espalda, apagó las luces de la iglesia y se dirigió a su alcoba.

10

Cerca de las nueve de la noche.

No sé qué estarían haciendo en el coche durante tantos minutos. Yo los observaba desde la ventana del comedor. Me daba igual parecer una cotilla más. Ignacio hablaba con Emilio y con Maxi. No les prestaba atención. Me preocupaba más que ese par de guardias civiles hicieran algo. Para eso les pagaban y eran los expertos, ¿no?, para mover el culo y encontrar a mi hijo. Era normal pensar que ellos serían más eficientes que nosotros, a fin de cuentas, disponían de más herramientas para solucionar cualquier asunto. Pero no parecía el caso.

Encendieron la luz interior del habitáculo. Se estaba haciendo de noche. Ramón González ocupaba el asiento del conductor; el otro, el del copiloto. Se habían sentado torcidos, supongo que para verse mejor las caras, como una pareja de enamorados que busca unos minutos de intimidad dentro del coche del padre del chico, en un lugar apartado y oscuro. Pero esos dos no tenían pinta de estar enamorados, así que no entendía que demonios hacían ahí metidos durante tanto tiempo. Hablaban y señalaban el cuaderno en el que habían estado apuntando parte de nuestra conversación. Juraría que en algún momento incluso anotaron algo más. De palique en vez de mover el culo.

La temperatura bajaba. En menos de diez minutos sería de noche y no se vería prácticamente nada. Y mi hijo seguía por ahí, sin saber dónde ni en qué condiciones.

Ramón González abrió su puerta. Le siguió su compañero. Un portazo y luego otro. Ramón echó un vistazo fugaz hacia nuestra casa. Me vio tras la ventana, observándoles. No me inmuté. Lo seguí con la mirada hasta que llevó su atención al frente, al suelo, al frente otra vez. Llevé la vista hacia donde él la mantuvo fija. Llegaba otro coche patrulla. El ruido de la gravilla volvió a escucharse entre las voces, o más bien, los murmullos de los vecinos que rondaban nuestra casa. Sombras merodeando, como ángeles caídos buscando almas maleables. Los faros del nuevo coche me deslumbraron.

Apagaron el motor y las luces.

Ignacio apareció junto a mí y me pasó el brazo por la cintura. «Vienen más», susurró, igual de complacido que yo.

Un suspiro de Maxi.

El típico olor a persona de cierta edad de su marido.

Las farolas se encendieron.

Del segundo vehículo bajaron otros dos guardias civiles. Ramón y Jorge los estaban esperando junto al coche. Hablaron. No sé de qué, pero poco tiempo. Les entregaron una de las dos fotografías de mi Samuel y se distribuyeron. Los dos nuevos caminaron calle arriba, hacia el pueblo. Los otros dos, Ramón y Jorge, lo hicieron en sentido contrario, hacia los cultivos. Acompañé con la vista a Ramón, que volvió a dedicarme una mirada indescifrable antes de alejarse. Me hubiera gustado saber qué pensaba, si ya se había dado por vencido antes de empezar a hacer su trabajo. Caminaron calle abajo hasta que los perdí de vista.

—Inma, nosotros también vamos a salir a buscarle —dijo mi marido. Sus ojos expresaban cansancio y pena—. Hay más vecinos que tratan de encontrarle.

Asentí.

—¿Quiénes vais?

—Emilio y yo. Emilio dice que Rosario y Gustavo iban a dejar a su hijo con la madre de Rosario y que saldrían a buscarle.

Y también Aitor, Carlos, Luisa y Moisés. Esos, que sepamos. Seguro que ya se ha corrido la voz y hay más personas ayudando.

—Vale.

—¿Estás bien? —preguntó, examinándome la cara—. ¿Mareada? ¿Cansada...?

—Creo que todos estamos cansados, pero estoy bien, no te preocupes.

—Vienes con nosotros, ¿no? Maxi puede quedarse por si regresa o por si llama alguien.

—No. Id vosotros. Yo me quedo un rato con Maxi, pensando dónde puede haber ido.

Mi marido se quedó mirándome con cierta incredulidad. Sus cejas se juntaron formando una sola. Sabía que no entendía mi decisión. Pasó dos o tres segundos vacilando, observándome. Leí en sus labios sus ganas de decirme algo. Pero no lo dijo; no salió nada de sus labios, solo el beso que me dio en la frente.

—Tened cuidado.

Volvió a recuperar sus nervios e inquietud y contestó con un «sí» fugaz y esquivo.

11

De pronto nos quedamos solas y en silencio. Un silencio que se mezclaba con el jaleo que montaban los vecinos en los alrededores de mi casa. Oí que alguien le preguntaba algo a Ignacio según salía, aunque no entendí gran cosa. Tampoco me preocupaba lo que pudieran preguntarle. Si hubieran sido noticias de Samuel habrían entrado corriendo en casa, reclamando nuestra atención; no irían cuchicheando en voz baja o sonsacando detalles a mi marido. «Dios, dame paciencia», le pedí al Altísimo.

Fui a mi habitación y busqué una chaqueta algo más gruesa que la que me puse por la mañana. Me calcé.

Maxi apareció en el umbral.

—¿Te estás vistiendo?

—Sí.

—¿Al final vas a salir a buscarle?

—No exactamente. Voy a buscar a ese…, a Abelardo.

Arrugó el ceño.

—No me mires así. No estoy dispuesta a quedarme esperando a que aparezca. Seguro que él sabe algo.

—Hija, pero… No sabemos lo que ha pasado.

Mi rabia crecía por momentos. Salí de la habitación. Maxi me seguía por el pasillo.

—Por eso. Ahora vengo. Voy a ver si averiguo qué le ha pasado a mi hijo. Quiero que me dé una explicación.

—Ten mucho cuidado, Inma.

Me volví hacia mi vecina y le cogí de la mano. «Gracias», le dije, apretándosela. «Solo ten cuidado», repitió con su voz nasal. Las arruguitas del contorno de sus labios se acentuaron.

—Vale.

—Y vuelve cuando acabes.

—Sí.

Por tercera vez aquel día, vi las llaves de mi hijo colgadas del cuelga llaves. Cogí las mías. Salí. Maxi me acompañó hasta la puerta. La luz de las farolas siempre fue escasa en nuestra calle, aun así, no necesitaba la vista para sentir los ojos de algunos vecinos posados en mí. Cuchicheaban sin importarles que pudiera oírlos. No les entendía, pero sabía que solo podían estar hablando de una cosa. Y siguieron chismorreando hasta que el viejo Faustino, apoyado en su garrota, llamó mi atención preguntándome sin estúpidos rodeos lo que todos los que me seguían con la mirada, ya fuese desde la calle o desde las ventanas de sus casas, querían saber: «Hija, ¿aún no sabéis nada del muchacho?».

—No, don Faustino. Aún no. —Paré delante de él. Su mano temblorosa hizo amago de tocarme.

—Qué pena, hija. Qué pena... —lamentó, sujetando de nuevo su garrota, agachando la cabeza y negando.

Se me dibujó una mueca de asco y proseguí mi camino.

Murmullos. Cuchicheos. Ventanas abriéndose. Palabras de «espero que lo encontréis pronto» desde una de ellas.

Hice oídos sordos.

Según doblaba la esquina de la calle Diputación, vi salir del portal a la hija mayor del panadero, la misma que minutos antes estaba ante mi puerta cuando llegaron los guardias civiles. Míriam. Se había puesto un abrigo que disimulaba su cuerpecillo delgado, y recogido sus bucles cobrizos en una coleta alta.

—Señora Espinosa. —Tenía la costumbre de dirigirse a mí por mi apellido—. Solo quiero que sepa que les vamos a ayudar a buscar a Samuel. Mis padres..., bueno, todo el pueblo se ha enterado. Los que pueden han salido ya a buscarle. Vamos, que todo el pueblo le está buscando menos los viejos y los más pequeños. No pararemos hasta encontrarlo.

—Gracias, Míriam. Que Dios os bendiga.

—Somos un pueblo pequeño y nos conocemos todos. Si no nos ayudamos cuando lo necesitamos, ¿cuándo lo vamos a hacer?

—Gracias.

—No tiene por qué darlas. Sé que ustedes harían lo mismo si nos pasase a cualquiera.

Asentí cabizbaja y no pude evitar pensar «ojalá le hubiera pasado a cualquier otro».

—¿No tienen idea de a dónde ha podido ir?

La inocencia de aquella muchacha se reflejaba en su cara y en sus dudas. Me sorprendía que ni siquiera se le pasara por la cabeza que alguien hubiera podido tener algo que ver con la desaparición de mi hijo; su mente no alcanzaba a considerar la maldad que puede ocasionar un ser humano movido por el miedo, por la locura, por la envidia o por la venganza.

—No, cielo. No sabemos nada. Solo que ha desaparecido.

Agachó la cabeza. Cuando la levantó, sus ojos marrones brillaban más que antes. Míriam era de las que jugaba con los niños del pueblo como si fueran sus hermanos pequeños. Los adoraba, y ellos a ella.

—Bueno. Me voy a ayudar.

—Ten mucho cuidado. No vayas nunca sola ni te metas por sitios peligrosos.

—No, señora Espinosa. Tendré mucho cuidado. Me voy, me están esperando en la calle que va al puente.

Tras una mueca de agradecimiento, proseguí mi camino. Un par de segundos más tarde, escuché las pisadas de Míriam corriendo en dirección a la calle por la que yo acababa de subir.

Anduve pensando en lo que mi alma era capaz de desear con tal de no sufrir.

«Que Dios me perdone por desearle mal al prójimo, pero mi Samuel no ha hecho nada más que ser un niño adorable y bueno». Se me nubló la vista tras las lágrimas. Me palpé los bolsillos de la chaqueta. Encontré un pañuelo. Sentí alivio. La tela olía a que llevaba meses ahí guardado. Me soné los mocos y con la mano me sequé los ojos. Iba distraída y por eso no vi que a lo lejos venía Guillermo. El pobre viudo Guillermo.

En pocos metros dio un par de traspiés.

No me vio.

Parecía que le pesaba el cuerpo. Su mirada no se levantaba de los adoquines.

—Guillermo.

Alzó la cabeza. Barba de una semana, despeinado... La poca luz acentuaba sus ojeras. A un par de metros pude oler el tufo que desprendía a tabaco y alcohol.

Se paró justo delante de mí.

—¡¿Qué pasa, *Inmmma*?! —Creo que trató de hablarme con normalidad, pero su tono era más agudo y elevado del habitual.

—¿Estás bien?

—Mejor que nunca, ¿no me ves? —Se señaló el cuerpo con las manos. Llevaba la ropa igual de sucia y desaliñada que el resto de su aspecto. Y manchas en el jersey que caían en forma de lamparones desde su pechera hasta los pantalones. Oscuras.

Agudicé la vista para verlas mejor. Parecía sangre seca. Varias gotas en el jersey, dos o tres gotas más, en forma de lágrima, en una de sus perneras.

—¿Qué te ha pasado? ¿Eso es sangre?

Se llevó la mano a la cara y se frotó la nariz como un bebé que aún no coordina los movimientos. Sacudió la cabeza, como un mulo tozudo, y continuó andando, apartándome con un brazo de su camino.

Me quedé paralizada, viéndolo sin decir nada. Boquiabierta.

—¿A dónde vas? ¿Dónde están tus hijos?

—Eso no te *imporrrta*, cotilla. Métete en tus *marlditos* asuntos.

—Pero...

En ningún momento miró atrás o hizo amago de volver a pararse. Prosiguió su camino, dejándome de piedra en mitad de la calle. El pobre hombre había perdido la razón.

12

Por mucho que me doliera su pena, Guillermo tenía razón: debía encargarme de mis propios asuntos. Proseguí mi camino hasta que llegué al bar de Lorenzo. Aquello estaba más vacío que de costumbre. Y lo digo, no porque lo supiera de primera mano, ya que no lo frecuentaba, sino por las veces que por casualidad había pasado por delante y había visto su clientela a través de las ventanas. Ventanas con las cortinas recogidas a los lados; amarillentas por el paso de los años, por la luz del sol, por el humo del tabaco y por las fritangas que se cocinaban allí dentro.

Entré y eché un vistazo rápido. Mesas redondas de madera distribuidas por el local; por lo general, acompañadas por cuatro sillas. La barra casi vacía; la que normalmente hubiera estado ocupada por los jovenzuelos del pueblo, despreocupados, bebiendo cervezas y picoteando las tapas que el Lorenzo les pusiera para engatusarles y que siguieran consumiendo. Las diez mesas no desentonaban con el resto del bar. Se las solían agenciar los «veteranos»: unas, las más arrinconadas, los borrachos del pueblo; las otras, el resto de vecinos que de vez en cuando, sobre todo los fines de semana, iban a cenar unas tapas y a ver el fútbol. Pero, como digo, ese día el bar estaba casi vacío. Solo había una mesa, en la esquina, ocupada por sus habituales alcohólicos y, en la barra, un viejo, de espaldas a la puerta, hablando con Lorenzo. Al parecer, el viejo se dio cuenta de que había entrado alguien cuando Lorenzo se inclinó buscando espacio y llevó la vista más allá de él. Pensé que el que estaba de espaldas debía estar medio sordo para no haberme oído entrar. Lo confirmé cuando se giró y vi su cara de baboso. Era Blas Campos. Aparte del de empinar el codo, su otro problema conocido era el de una sordera parcial en uno de sus oídos. Cruzamos las miradas. Luego me examinó de arriba abajo, como buen viejo verde que era. Por algo se había ganado esa fama. Lo ignoré.

—Inma. Oye, ¿qué tal? ¿Se sabe algo? —preguntó el dueño del bar. Su tono de voz era exageradamente alto. Siempre. Estuviera donde estuviera. Como si fuera el tendero de un rastro ambulante. Alguna vez llegué a pensar que también debía estar mal del oído, aunque lo más lógico era pensar que se había acostumbrado a hablar a gritos para que los clientes le oyeran en medio del bullicio. Cuando entré, sonreía. Cuando me vio, su bigote dejó de arquearse y sus ojos me miraron con compasión.

Entré hasta quedarme a un metro de la barra, pero lejos del repulsivo Blas Campos.

—No —contesté, llevando la vista a la mesa de los alcohólicos. Estaba ocupada por tres de los habituales: el Cojo, un hombre de unos sesenta años que, siendo un niño, se quedó lisiado durante la Guerra Civil; Ezequiel Parra, de unos treinta y tantos, que había acabado siguiendo los mismos pasos autodestructivos de su padre, el cual murió atropellado un día de borrachera durante las fiestas del pueblo de al lado; y el tercero, Don Rodolfo, el que fue un día el carpintero de Beceite y los alrededores, hasta que se cortó media mano con una sierra eléctrica y tuvo que dejar su oficio. El Gobierno le concedió una pensión que él malgastaba en vino barato y chupitos de orujo. A la famosa pandilla había que sumarle, como poco, a Blas Campos y Abelardo—. ¿Has visto hoy a Abelardo?

—¿Abelardo? —Señaló la mesa que ocupaban los tres borrachos. Ellos no se inmutaron—. ¿El Abelardo de…?

—Sí.

—¿Y para qué lo quieres?

—Tengo que hablar con él.

—Pero ¿ha pasado algo?

80

—No. Cosas mías. ¿No lo has visto, entonces?

Hizo memoria. La separación de sus cejas despareció, formando una gruesa y oscura.

—Sí que lo he visto, sí. Esta mañana.

—¿A qué hora ha sido eso?

—No lo sé. Pronto. Supongo que serían las once, más o menos. No sé decirte. Pero… Es raro que tú quieras ver a ese. ¿No ha pasado nada, seguro?

—No. Tranquilo, es una tontería. ¿Sabrías dónde puede estar?

—Pues no. Yo qué sé. Como no esté en su casa durmiendo la mona…

—Pensaba que se pasaba aquí el día entero.

—Sí, normalmente tengo que echarlos a patadas para que me dejen irme a casa, pero... —Volvió a mirar la mesa de los alcohólicos y la señaló con el mentón—. A lo mejor se ha enterado de lo de tu hijo y ha salido a buscarlo.

—Ya… —No me oyó.

Hice amago de darme la vuelta y marcharme. Allí no pintaba nada.

—Si pudiera, yo también iría a buscar a tu muchacho. Pero estos no me dejan. Y no puedo dejarlos aquí solos. Ya sabes, se beberían hasta el agua del váter.

Blas Campos soltó una carcajada, aunque a mí no me hizo ninguna gracia. No tenía el cuerpo para chistes.

—No te preocupes.

Di media vuelta para marcharme.

—¡¿Quieres que le diga algo cuando le vea?! —chilló cuando vio que abría la puerta.

—No. Olvídalo. No hace falta.

81

—Bueno. ¡Suerte!

13

Necesitó dos intentos para girar el pomo. Su desestabilidad provocó que la puerta se abriera de forma brusca, chocando contra la pared, provocando un ruido sordo que se oyó en toda la casa. Sus hijos, que le esperaban temerosos desde hacía varias horas, se sobresaltaron.

—¿Qué ha sido eso? —le preguntó Alvarito a su hermana mayor. En los ojos de los pequeños se veía el miedo.

Irene chistó llevándose el dedo índice a los labios. «Calla», le susurró. «No te muevas de aquí». Alvarito obedeció. Cerró la puerta y se sentó acurrucándose junto a la cama de su hermana y la pared.

Irene se asomó con sigilo al pasillo. En su mano llevaba un libro, el más grueso y de tapas más duras que encontró en el escritorio de la habitación que compartía con su hermano. Caminó con él en alto, dispuesta a darle un golpe a quien fuera que se había colado en su casa. Su amigo Samuel había desaparecido, y pensó que podría haber alguien dando vueltas por el pueblo llevándose a los niños, como el señor ese del que su madre le hablaba cuando su hermano y ella eran más pequeños, el Hombre del Saco.

Temblorosa, anduvo hacia la puerta de la casa.

Estaba a oscuras. Oyó otro ruido. Su corazón bombeaba más rápido que nunca en su vida. Su respiración se entrecortaba. Su padre trataba de mantener el equilibrio y cerrar la puerta. El alcohol nublaba su vista, pero era lo único que también aplacaba sus infelices recuerdos.

Una sombra le hizo agarrar el libro con más fuerza. Le dolían los dedos.

—*Yasstoy* en casa —dijo su padre apoyándose en la pared.

La niña soltó el libro y corrió hacia él. Los ojos se le llenaron de lágrimas, aunque Guillermo no pudo apreciarlo. Se abrazó a su cintura.

—*Quitza.* —La apartó con flojera. La joven Irene sintió compasión de sí misma y de su hermano, pero mayor pena por su padre.

La niña encendió la luz del pasillo. Guillermo agachó la cabeza, escondiéndola. Alzó el brazo y lo colocó por encima de sus ojos. «*Apagja* la *punñetera* luz». El aspecto deplorable de su progenitor la dejó con la boca abierta. Olía que apestaba, como una destilería de whisky barato. La ropa la llevaba sucia. Gotas de sangre por su camiseta.

—¿Qué te ha pasado, papá? —le preguntó la hija, señalándole la camiseta con el dedo.

—No te *imporrta*. Me voy a *dorrmir*.

Por segunda vez, la apartó a un lado con el brazo.

Según pasaba, Irene vio restos de sangre seca en su nariz. Pero no insistió. Se limitó a verle caminar hacia el dormitorio como si fuera un anciano beodo.

Antes de llegar a la habitación, Guillermo se quitó la camiseta y la tiró por los aires, cayendo cerca del marco de la puerta. Se dejó caer sobre la cama, sin ni siquiera abrirla, bocabajo. En cuestión de minutos sus ronquidos empezaron a escucharse por toda la casa.

Desde el umbral, Irene contempló a su padre. En silencio. Sus mejillas cada vez estaban más mojadas. Su hermano seguía escondido en su cuarto. Al oír el primer ronquido, miró la camiseta. «La sangre no se quita», se dijo, recordando la voz y las palabras de su difunta madre. Se agachó, la recogió del suelo y cerró la puerta del dormitorio. Sintió que estaba húmeda, como si su padre hubiera estado sudando o le hubiera llovido. Fue a la cocina y la tiró a la basura.

14

Eran cerca de las diez de la noche y las temperaturas bajaban con rapidez. Recordé la ropa que mi hijo llevaba puesta. Con aquella sudadera tan fina no tardaría en tener frío. No era de sangre caliente, como su padre. Había salido a mí, friolera hasta la médula. Llevé la vista al cielo: las nubes lo estaban cubriendo. «Con el buen día que ha amanecido», pensé.

Había caminado varios pasos, alejándome del bar. Distraída. Estaba tan convencida de que encontraría a Abelardo en el bar de Lorenzo que después del chasco no sabía qué hacer.

«Debería ir a buscar a Samuel. Ahora lo más importante es encontrarlo lo antes posible».

Paré en mitad de la calle. Oscura y completamente vacía. El aire empezaba a levantarse. Traía consigo el inconfundible olor a arena mojada de la lluvia.

Recordé cómo transcurrió el día desde que me levanté hasta que lo vi saliendo de casa con su padre. Se me hizo un nudo en el pecho y de mis ojos empezaron a caer lágrimas. Entre los recuerdos escuché, con sus voces, palabras de Maxi, de Míriam, del padre Miralles, de mi marido, de Guillermo: «Ten mucho cuidado, Inma», «todo el pueblo le está buscando», «Dios nos pone a prueba», «le miraba como si no le hubiera visto nunca, fijamente». «Eso no te *imporrrta*, cotilla».

«Dios, ¿por qué a mí? ¿Por qué a mi familia? Creemos en ti, somos buenas personas, ayudamos al prójimo, seguimos tus leyes… ¿Por qué no castigas a los borrachos, a los delincuentes, a la gente que hace daño a los demás? Tienes que ayudarme a encontrarle. ¿Me oyes? Por favor. Tienes que ayudarme a encontrarle».

Mis dientes rechinaban y mis mejillas estaban mojadas. Caminé a paso ligero. Recorrí la calle y luego giré a la derecha. No quería que me viera nadie. Traté que mis zapatos no hicieran ruido al pisar las piedras. Cogí la siguiente calle. Ojeé las ventanas. No había nadie asomándose por ellas. Parecían estar cerradas. No se escuchaba apenas ruido. O estaban cerradas o los vecinos no estaban en sus casas. Era pronto para que se hubieran ido a dormir. «Puede que sea cierto, que todo el pueblo le está buscando. Menos los borrachos, claro». Al final de la calle giré a la izquierda. Al fondo, vi la casa de Abelardo y su coche unos metros más abajo, donde solía dejarlo siempre, llenándose de polvo y cagadas de pájaros. Miré a un lado y a otro. Ventanas cerradas. Persianas bajadas. Luces apagadas. Aminoré la marcha tratando de amortiguar aún más mis pisadas. Las casas de aquella calle eran de las más viejas del pueblo. Las paredes de las fachadas de varias de ellas se habían ahuecado. Por dentro estarían igual de demacradas. Era la zona donde vivían la señora Tomasa, el baboso de Blas Campos, un par de matrimonios con los que apenas había hablado en mi vida más que los «buenos días», «buenas tardes» algún día que me los crucé en el ultramarinos, y poco más. Las otras dos o tres casas llevaban abandonadas desde hacía años. Una de ellas estaba justo al lado de la de Abelardo. Miré atrás para comprobar que no viniera nadie. El pulso se me empezó a acelerar. Cada vez estaba más cerca de la casa de aquel sinvergüenza. Diez metros. Ocho metros. Cinco metros… Silencio. Aire soplando. Otra vez olor a tierra mojada. Un sobresalto al sentir la primera gota de agua en mi cara.

«Ahora no, Dios. Ahora no».

Un metro.

Observé las ventanas que daban a ese lado de la fachada. Estaban a la altura perfecta para poder ver el interior sin gran

CUANDO MURIERON LAS ALMAS

esfuerzo, salvo que estuvieran las persianas bajadas o las cortinas echadas, claro. En ese momento, las persianas se encontraban subidas.

Me asomé por una, por la que tuve más cerca. La cortina no me dejaba ver nada. Toqué la ventana para ver si podía abrirla. Estaba cerrada.

Miré a un lado y a otro para comprobar que seguía sola, que nadie me estaba observando. Por suerte, la única farola que iluminaba aquella callejuela estaba bastante alejada de la casa.

Me fui hasta la otra ventana. Lo mismo. La cortina tapándome la visión. Volví a intentar abrir la ventana. Mi corazón estaba a punto de sufrir un infarto. Pero estaba haciendo lo que tenía que hacer. El cristal se movió. Lo empujé hasta que tuve hueco suficiente como para apartar la cortina. Un fuerte olor a suciedad y moho salió de allí dentro. Arrugué la nariz y traté de contener el aire. Estaba todo muy oscuro. Intuí un par de sillones y un mueble en la pared. Agudicé aún más la vista. Sillas. Una mesa. Ni rastro de Abelardo. «Como no esté en casa durmiendo la mona…». «Y un cuerno, Lorenzo. Este no está en casa. El muy malnacido… Sabe Dios lo que estará haciendo». «Dios, que no se acerque a mi hijo, por favor te lo pido».

Me aparté de la ventana y me dirigí a la puerta. Me limpié en el pantalón los dedos que habían tocado aquella cortina roñosa. Aunque no sé ni para qué me molesté. Supongo que fue algo instintivo. Luego, agarré el pomo de la puerta y lo giré. Bajó, pero la puerta no se abrió. Tenía la llave echada. Hice el mismo gesto varias veces, cada vez más nerviosa. Hice más ruido del que pretendía, pero en ese momento no me di cuenta. Quería entrar y pillarle *in fraganti* o, entrar y encontrarle dormido y sonsacarle hasta que me dijera si realmente él tenía algo que ver con la desaparición de mi hijo. Deseaba no juzgarle, pero…

MARTA MARTÍN GIRÓN

Me quedé agarrada al pomo no sé durante cuánto tiempo, pensando que me estaba volviendo loca. No sabía qué pintaba allí, pero a la vez, necesitaba respuestas. Apoyé la frente contra la puerta. La madera estaba fría y un escalofrío me recorrió desde la cabeza hasta los pies. El cansancio y la tensión de todo el día se me había concentrado en las piernas. Las notaba entumecidas y débiles. Los párpados me pesaban. Y no podía dejar de llorar. Estaba viviendo una pesadilla y no veía el momento de que acabase. Me quedé paralizada escuchando cómo las gotas de lluvia caían cada vez más fuertes y rápido, cómo chocaban contra las piedras del suelo, las puertas, las ventanas, las fachadas de las casas...

«Lo importante ahora es encontrar a su hijo», recordé que dijo el agente.

«La Guardia Civil tiene razón. Pero ¿y si está ahí dentro?

»No. No creo. Le oiría. Se escucharía algo, algún ruido, su llanto, cualquier cosa. No se oye nada. Está vacío. Ahí dentro no puede haber nadie. Samuel no puede estar ahí.

»Dios, ayúdanos.

»Tengo que buscarle».

Separé la cabeza de la puerta y me sequé la cara.

Cuando me giré, vi una sombra al fondo, en el cruce con la calle Calvario. Las gotas de lluvia caían resonando como en una habitación diáfana: ruido a metal, a tejas, a minúsculos riachuelos serpenteando por dentro de los canalones. Su silueta se deformaba tras la cortina de agua, pero parecía un hombre enclenque y bajito, como Abelardo. No sé si me miraba o no, ni por qué estaba allí parado. Dudé si esperar a que desapareciera de mi vista o echar a andar.

No me dio tiempo a nada. De pronto, salió corriendo, dejándome a solas con mis preguntas y con las precipitaciones.

88

15

La lluvia caía con fuerza, como si quisiera ahuyentar mis intenciones. O al menos, así lo interpreté: Dios quería que regresara con los míos, que me olvidara de Abelardo y buscara a mi hijo.

Me alejé tratando de restarle importancia al hecho de haberme presentado en su casa, de intentar entrar y pillarle *in fraganti*.

«¿Qué hubieras hecho si llega a estar la puerta abierta, eh, valiente?», me recriminé al tiempo que sentía las gotas trazando nuevos caminos por mi cuero cabelludo en dirección a mi cara.

Los nervios hacían que me temblaran las manos y las piernas. Quería llorar, pero esa vez me negué a hacerlo. Me di cuenta de que una parte de mí estaba dándose por vencida, dando por sentado que no iba a encontrar a mi hijo. A la vez y, por el contrario, mi fe en Dios me alentaba a seguir buscando. Una cristiana como yo no podía estar destinada a tal crueldad. Lo encontraría.

En los pocos metros que separaban la casa de Abelardo de la mía me calé hasta los huesos. Las pocas personas que unos minutos antes merodeaban por la calle habían desaparecido. «Para lo único que va a servir esta lluvia es para despejar la calle de moscas cotillas». «Los que de verdad se preocupan por el bien de nuestra familia están ahí fuera, dando vueltas y buscando como locos, como si buscaran a uno de los de su propia sangre». «Esa gente sí que es buena, Dios. Bendícelos y protégelos de todo mal».

Sentí que una mano me agarraba el brazo. Y por un instante creí que se trataba de mi niño regresando a nuestro lado.

—Samuel —dije, girándome. Pero no era mi Samuel, sino Carlos, el marido de Ainhoa. La pareja llevaba junta desde hacía años, siempre los vi así. Tenían alrededor de cincuenta años cada uno y les encantaban los niños, pero el Señor no les concedió ningún hijo. Creo que por eso decidieron tener perros, a veces, uno; otras, dos; hasta tres llegaron a tener en una ocasión. Sentía pena por ellos porque entendía su sufrimiento a la perfección.

—Inma. ¿Qué tal? ¿Lo habéis encontrado?

Sentí el morro de uno de sus perros pegado a mi pierna.

—No. Aún no.

—Yo salgo ahora para ayudar.

—Te lo agradezco de corazón, Carlos —respondí apretándole el brazo y dispuesta a seguir mi camino—. Quería comentarte…

—Qué.

—Ayer… No, déjalo.

—¡Qué! Desembucha, hombre.

—Nada, que… Ayer estaba dando una vuelta con el perro y… —Llevó la mirada al animal. Era evidente que no le hacía gracia hablar del tema.

—¿Y…?

—Puede que no fuera nada, pero viendo que Samuel ha desaparecido, Ainhoa y yo hemos creído que debía comentártelo.

Mi gesto era de confusión. No entendía lo que estaba sucediendo, qué quería contarme que fuera tan importante y que hubiera debatido incluso con su mujer.

—Dímelo.

—El perro se alejó más que de costumbre. Suelo llevarle suelto porque ya sabes que por aquí no pasan apenas coches y no hay peligro.

—Lo sé.

—Pues debió oír a los críos y corrió hacia ellos. El caso es que le llamé unas cuantas veces, pero no me hacía caso, así que tuve que ir a por él. Y entonces vi a los niños que estaban... Bueno, en teoría estaban jugando, pero... Se mostraban muy violentos. Estaban corriendo unos tras otros y...

—¿Eso es lo que te inquieta, que estuvieran corriendo unos tras otros?

—No. Lo que me inquieta es que, después de estar un rato mirándolos, entendí que estaban jugando a algo parecido a aniquilarse, como si estuvieran en la guerra. Tenían cuchillos de cartón, cuerdas, se tiraban piedras... Cogieron a uno entre dos y lo ataron a un árbol y empezaron a hacer que le clavaban un cuchillo, le chillaban y le tiraban arena. A otro que le disparaban con una escopeta que, en verdad, era un tirachinas, y le tiraron piedras llegando a hacerle daño. No sé, me pareció que no era un simple e inocente juego de guerra, sino algo más serio.

—¿Y quiénes estaban?

—Solo vi a seis: Guille, Samuel, Javito, Lucas, Irene y Alvarito.

—¿Solo ellos?

—Sí, solo ellos seis.

—Debían estar jugando, nada más.

—Ya te digo, Inma, que no te diría nada si no hubiera notado que estaban portándose de forma... Demasiado violenta. Se insultaban, se gritaban, se pegaban. Se amenazaban.

—¿Se amenazaban?

—Sí. «Te voy a matar», le decían dos de ellos a Samuel.

Al oír el nombre de mi hijo se me cortó el aliento.

—¿Que le iban a matar?

—Sí. A ver...

—¿Quiénes?

—Javito y Guille. A ver, se supone que estaban jugando, pero... En fin. Lo siento. No quiero asustarte más de lo que ya debes estarlo, pero hemos creído que tenía que decírtelo.

—Bah. Te lo agradezco, pero seguro que son cosas de niños. Estarían jugando a la guerra. No sé por qué, pero les gustan esas cosas. Supongo que es cosa de la ignorancia.

—Sí, seguramente, pero...

—En fin. Gracias, Carlos, pero ahora tengo que ir a buscar a mi hijo.

—Claro. Si necesitáis cualquier cosa...

Asentí y continué mi camino a casa, asustada, confundida y cada vez más nerviosa.

Maxi debió verme por la ventana; me la encontré de cara nada más abrir la puerta.

—¿Qué tal ha ido? Estás empapada. Anda, pasa y sécate.

Entré y me quité el abrigo mientras ella cerraba. No sabía qué decirle.

—¿Estás bien? ¿Qué ha pasado? ¿Has encontrado a Abelardo?

—No.

Me quité los zapatos y fui descalza hasta mi dormitorio. Me siguió, aunque por el camino entró al cuarto de baño y cogió una toalla.

—Toma. Sécate.

Se quedó observándome.

Estaba ida. Me quedé parada en mitad del dormitorio, como un pasmarote. Con la boca abierta. Con la mente en blanco. La mirada se me quedó perdida y la pared de enfrente se convirtió en una mancha borrosa de color pálido.

Maxi guardaba silencio, aunque sabía que debía tener muchas preguntas que hacerme.

—Voy a buscarle.

—¿Por dónde?

—No lo sé. —Me giré para mirarle la cara. Había estado llorando—. Pero no puedo quedarme aquí sin hacer nada.

—Olvídate de ese hombre, Inma. No sab...

—Ya. Ya lo sé. No me refería a él, sino a Samuel. Tengo que encontrarle. Está lloviendo. Hace frío. Llevará horas sin comer nada... Tengo que encontrarle de una maldita vez.

Abrí el armario y saqué unas zapatillas deportivas que a veces me ponía para ir al cultivo con mi marido. Nada bonitas, pero al menos no calaban. Me apoyé en la cama y me las calcé junto con unos calcetines secos. De un cajón saqué un chubasquero. De otro, un jersey de cuello alto. Terminé de secarme y cambiarme.

—Me voy.

Maxi se aguantaba las ganas de llorar desde que entré en casa. La conocía mejor que nadie; era evidente. Pero sus ojillos no aguantaron el par de minutos que tardé en vestirme, y la sorprendí secándose las mejillas.

Me acerqué y la abracé como a una segunda madre. Como lo que era para mí.

—Ten cuidado, hija. Ten mucho cuidado —dijo dándome una linterna.

16

Aunque estaba acostumbrada a recibir llamadas a horas poco prudentes, el sonido del teléfono la sobresaltó. Se levantó del sofá sin ninguna prisa. «*Ring...*». Apagó el televisor. Se llevó el cigarrillo a los labios y le dio una última calada antes de apagarlo en el cenicero que tenía en la mesita auxiliar, junto al teléfono. «*Ring...*». Soltó el aire en un suspiro tóxico. «¿Sí?», contestó, imaginando que escucharía la voz ronca de su jefe. No se equivocó.

—Eva. ¿Te pillo en buen momento?

—Sí. ¿Qué pasa?

—Me han dado el chivatazo de que ha desaparecido un niño en Beceite.

—¿Años?

—Once o doce. Once, creo.

—¿Cuándo?

—Me han dicho que esta mañana.

Eva miró la hora en el reloj de su muñeca.

—Es un poco tarde, ¿no le parece?

—Yo solo te aviso. Puede ser una buena noticia. Para mañana no da tiempo a que salga, pero para pasado mañana...

—Lo más seguro es que aparezca pronto. Seguro que se trata de una chiquillada.

—Si aparece el crío, bien, pero ¿y si no lo hace? No creo que haya una noticia más suculenta que esa.

Eva resolló. La mirada se le fue a la mesita. Junto al cenicero, un paquete de tabaco y el mechero. Sacó uno. Se lo llevó a la boca y lo encendió.

—En fin. Yo ya te lo he dicho —insistió su editor.

La mujer soltó el humo con resignación.

—Vale. Iré.

17

Me cubrí la cabeza con el gorro del chubasquero y salí de casa. Esta vez fui calle abajo, hacia las tierras. La luz de las farolas, amarillenta y demasiado tenue, iluminaba el suelo cada ciertos metros. Pero no quise encender la linterna. Reservaba las pilas para cuando de verdad no se viera nada.

El ruido de las gotas chocando contra el impermeable retumbaba en mis oídos como los tambores en una contienda. El corazón se me aceleraba. Para más inri, se estaba levantando aire. Un par de ráfagas me empaparon la cara, haciendo que el frío y la humedad me destemplaran el cuerpo.

Un vecino subía en mi dirección. Iba encogido, con la cabeza agazapada entre sus hombros. Al principio no supe quién era, miraba hacia el suelo y su propia sombra le ocultaba el rostro. Debió oír mis pasos. Alzó la vista. Era Mateo, el de la tienda de ultramarinos. Me extrañó que Virginia no lo acompañara.

—Inma…

—¿Sabes dónde está Ignacio? —le pregunté, interrumpiéndole. Tuvimos que elevar la voz para podernos oír, por el aire.

—La última vez que lo he visto estaba con Emilio, cerca de las tierras de Paco.

—Vale.

—Vengo de por allí cerca. Está medio Beceite buscando a tu hijo. Seguro que lo encontramos pronto.

97

Asentí, aunque dudo que lo notara. Él se volvió a encoger para protegerse del viento y de la lluvia. Estaba empapado. Yo empezaba a temblar de frío.

—Tengo que ir a casa. Le dije a Virginia que iría a cenar y mira las horas que son.

—Claro. No te preocupes. Gracias por todo lo que estáis haciendo.

—No las merecen, Inma. Si podemos hacer algo más, dínoslo. ¿Tú estás bien?

—No, tranquilo. Solo espero que aparezca pronto. Y, sí. Yo sí. Estoy bien. Deseando encontrarle y olvidarme de todo esto.

—Vale. Bueno. Me voy. Voy a cambiarme de ropa, a cenar y luego saldré de nuevo.

—Gracias. Espero que no haga falta.

—Sí, eso sería bueno. —Sonrió con pena. Se compadecía de mí y de mi familia, como el resto del pueblo—. Seguro que es una gamberrada o un descuido.

—Sí. Dios te oiga.

Me hizo una mueca y me dio una palmadita en el hombro según pasaba por mi lado. Siguió calle arriba.

«Dios, por favor, ya está bien».

Aceleré el paso, deseando llegar a donde estuviera Ignacio.

Según caminaba, veía a lo lejos las sombras de personas yendo y viniendo, todos mojándose, ayudándonos. Se me saltaron las lágrimas.

Me crucé con un par de vecinos más. A ellos solo les pregunté si habían visto a mi marido y ellos me confirmaron que debía estar por las tierras de Paco.

Seguí.

La arena de los cultivos se había ablandado. A cada paso que daba las zapatillas se me quedaban enganchadas en el barro. Era como si la tierra me las quisiera arrancar. El agua empezó a calarme el calzado y los calcetines. El bajo de los pantalones se me llenó de pegotes de barro, como si fueran un puñado de bálanos pegados a la concha de un mejillón. La tela húmeda me tocaba la pierna cada vez que me movía.

Recordé lo que Carlos acababa de contarme de los niños:

«"Se perseguían unos a otros...". "Lo amenazaban". "Cogieron a uno entre dos y lo ataron a un árbol y empezaron a hacer que le clavaban un cuchillo, le chillaban y le tiraban arena"... La verdad es que no entiendo por qué les gusta tanto jugar a esas cosas. Se nota que no entienden lo que significa realmente». Decidí olvidarme del tema; demasiadas cosas tenía ya en la cabeza.

En el horizonte se veían las luces de las linternas de los vecinos. Me dejé guiar por ellas para dar con mi marido. Caminé durante al menos media hora hasta que por fin lo encontré. Seguía con Emilio.

—Has venido —dijo al verme.

La lluvia se había convertido en chispeo. Ambos iban protegidos cada uno con un paraguas.

—Sí. No podía quedarme en casa.

Agachó la mirada.

Reanudamos la marcha.

No pregunté nada. Ellos tampoco a mí. A la vista estaba la respuesta a cualquier pregunta.

Caminamos.

Y caminamos.

Arena. Barro. Árboles. Arbustos. Mirando aquí y allá. Gritando su nombre y rezando por escuchar su voz llamándonos, dándonos su ubicación. Chispeo. Aire. Después, calma. Las gotas dejaron de mojarnos. El cielo empezaba a mostrar alguna estrella entre nubarrón y nubarrón. Silencio. Chapoteo de los zapatos pisando los charcos. Algún que otro grillo atreviéndose a empezar su cántico nocturno. Y nada, ni rastro de Samuel.

—¡Ignacio! ¡Inma! —Un vecino corría en nuestra dirección. Se me aceleró el pulso. «Lo han encontrado», pensé. Sentí ganas de llorar, un nudo en la garganta. Comencé a caminar hacia él, como si me hubiera vuelto muda. Mi marido sí reaccionó, le pegó un grito para preguntarle: «¡¿Le habéis encontrado?!»

—No. Aún no.

Era el padre de Míriam. Traía una bolsa de plástico colgando del brazo.

Se me arrugó el ceño y paré en seco cuando escuché el «No. Aún no».

—¡¿Y por qué gritas así?! —le recriminé. Se me saltaron las lágrimas de nuevo.

El hombre agachó la cabeza.

—Lo siento, no pretendía asustaros. Solo venía porque, bueno, llevo un rato buscándoos para daros unos bocadillos. Es más de la una de la mañana y seguramente no hayáis comido nada en todo el día.

—Gracias, Luis —le dijo mi marido, cogiendo la bolsa que le ofrecía.

—¡No quiero comer! ¡Solo quiero que aparezca mi hijo! ¡Quiero que aparezca…!

Emilio me acarició los hombros tratando de consolarme. Me tapé la cara con las manos. Quería despertar de aquella pesadilla.

—No estáis solos, Inma. El pueblo entero os apoya y ninguno dejaremos de buscarle hasta que aparezca.

—Lo siento, Luis —respondí llorando—. Lo siento mucho.

—No te preocupes. Entiendo por lo que debéis estar pasando. —Miró a mi marido y le dijo: «Voy a seguir. Cualquier cosa ya sabéis dónde encontrarnos».

18

En la bolsa había siete u ocho bocadillos de buen tamaño, envueltos en papel de aluminio y un par de botellitas de agua. Ignacio le dio a Emilio un bocadillo y una de las botellas. Se lo comió en un periquete. Le ofreció otro. No quiso. Mi marido, aunque más despacio, se comió otro. Raro en él. A mí me dieron uno de tortilla de patatas. Le di tres o cuatro mordiscos. Masticaba despacio. Sentí náuseas. Dejé de comer. Envolví lo que sobró y me lo guardé en uno de los dos bolsillos del chubasquero.

Todo sin parar de andar. Sin descansar un minuto.

Los ojos me pesaban.

Las piernas me dolían.

Tan pronto tenía frío como calor.

Calculo que al principio había más de setenta u ochenta personas buscando a Samuel. Pasadas las tres de la madrugada tan solo quedábamos diez o doce.

Cada dos por tres me venían a la mente las palabras del padre Miralles: «Dios nos pone a prueba».

Mi fe caminaba por un hilo cada vez más fino.

19

El pueblo de Beceite dormía en su mayoría ajeno al frío y a la desesperación de la familia Arriaga. Otros, los que menos, seguían recorriendo el término y los aledaños del pueblo, empecinados en encontrar al pequeño Samuel.

Los minutos transcurrían sin noticias. Al mismo ritmo que las manecillas de un reloj, el recelo iba asentándose cada vez en más mentes, lapidando sus esperanzas.

El silencio era generalizado. Los malos augurios eran enmudecidos en las propias gargantas de quienes los pensaban. Conocían a Inma, una mujer religiosa, creyente, devota. Ella solía decir, «Dios lo escucha todo». Por eso los vecinos no querían abrir la boca para compartir lo que la mayoría temían.

Eduardo Montenegro y Jesús Sánchez no fueron los únicos que ampliaron su radio de búsqueda hacia el bosque o el río, sin embargo, ellos fueron los únicos que cogieron un coche y condujeron varios kilómetros siguiendo el curso del río Matarraña.

El paso de la lluvia había convertido el campo en un barrizal. El cielo escampaba.

Sus linternas iluminaban los caminos por los que habían pasado cientos de veces para pasear a sus perros de caza. Ese día no iban armados. Tampoco los acompañaban los perros.

Anduvieron por los senderos. Los bajos de sus pantalones se mojaban con el barro que les salpicaba al andar.

—¿Quieres un cigarro? —le preguntó Eduardo a Jesús.

—Sí.

Eduardo se sacó la cajetilla del bolsillo interior de su cazadora. Ambos pararon. Unos golpecitos en la cajetilla con los dedos índice y corazón, entumecidos por el frío, ayudaron a que el cigarro asomara. Se lo acercó a Jesús. Este dejó de frotarse las manos y calentárselas con su vaho y lo cogió. Eduardo se llevó otro a los labios, sacó el mechero y le ofreció fuego a su camarada. La lumbre del mechero iluminó sus rostros. Las cejas pobladas y juntas de Jesús estuvieron cerca de chamuscarse. Tras sendas caladas y un par de comentarios de «qué frío hace», «y tanto», «¿seguimos?», se pusieron en marcha.

Las gotas de la lluvia recorrían las hojas de los árboles, uniéndose entre ellas y formando gotas de mayor tamaño. El aire, ahora más suave que un par de horas atrás, las empujaba hasta hacerlas caer al suelo. A veces, esos goterones caían sobre la calva de Eduardo o el abrigo de caza de Jesús.

Decidieron seguir el cauce del río, caminar por un costado. Dirigían la luz de la linterna a cualquier bulto que resultara sospechoso, a cualquier ruido que se escuchase cerca.

El cansancio se acumulaba en sus cuerpos.

Cinco grados. La bruma serpenteando por el río, el aire soplándoles en la nuca, la ropa aún húmeda...

—¿Dónde puede haberse metido? —preguntó Eduardo, dándole una calada a su quinto cigarro. La nicotina entrando en sus pulmones le hacía avivar su calor corporal como si estuviese frente a una hoguera, aunque el efecto placebo le durase un breve instante.

—¿No crees que le haya pasado algo?

—¿A qué te refieres?

—No sé. ¿Insinúas que se ha ido él solo, por su cuenta?

—No lo sé. Tal vez. No entiendo lo que se le puede pasar por la cabeza a un crío de su edad. En nuestros tiempos las cosas eran distintas. ¿Qué tiene, once, doce años? Yo creo que a esos años no pensaba en nada. Hacía lo que me decían y *pa lante*. Había que echar una mano en casa si queríamos comer, así que, ¿qué más había que pensar? Y eso, dando gracias que ni siquiera vivimos la guerra, que cuando acabó aún éramos unos mierdecillas.

—¿Mierdecillas? Yo ni siquiera había pisado este mundo. Nací en el 45, así que haz cuentas.

—Pues yo tenía dos años. Un mocoso en toda regla.

—Pero tienes razón, las cos...

Jesús dejó de hablar al encontrar algo flotando en el agua. Alumbró con su linterna y dio varios pasos para verlo mejor.

—¿Qué pasa?

—¿Qué es eso? —Con el mentón, Jesús señaló el bulto que había llamado su atención. Pero Eduardo no le atendía, sus ojos oteaban con esfuerzo e inquietud la zona iluminada por su compañero.

Se aproximaron a la orilla tanto como pudieron, temiendo confirmar lo que ambos y la mayoría en Beceite presentían.

Sin pensárselo dos veces, Eduardo se metió en el agua. Su organismo reaccionó como si una miríada de agujas estuviese atravesándole los músculos y los huesos. La respiración se le entrecortaba a medida que el afluente alcanzaba una nueva parte de su cuerpo. Temió quedarse anquilosado y no poder llegar a la otra orilla, pero la adrenalina le ayudó a olvidar el dolor y avanzó, paso a paso, lo más rápido que sus articulaciones podían. Jesús seguía iluminando.

Troncos.

Ramas.

Un trozo de tela flotando.

Los dedos de una mano.

—¡Samuel!

Empapado casi hasta el cuello, Eduardo cogió al niño. Sintió miedo. Las manos le temblaban, pero esta vez no solo por el frío.

El cuerpo del muchacho se había quedado encallado donde la corriente era más suave, entre la maleza, las rocas y una vela vieja ennegrecida.

Eduardo buscó con desesperación alguna muestra que le advirtiera de que Samuel Arriaga seguía con vida. Él sabía cuándo una criatura había exhalado su último aliento, reconocía el vacío que quedaba en su mirada.

Lo zarandeó.

—¡Samuel! ¡Samuel, hijo, ¿me oyes?!

Siguió zarandeándolo.

—¡Vamos! ¡No nos hagas esto, hombre! ¡Despierta! ¡Tus padres te están buscando! ¡Samuel!

Apartó las ramas y la tela que se habían enredado en su cuerpo, las mismas que lo habían sujetado e impedido que lo arrastrara la corriente. Lo cogió en brazos y, dando traspiés, cruzó los cuatro metros del río hasta llegar junto a Jesús.

—¡No te quedes ahí parado mirando, hostias! ¡Ayúdame!

Jesús permaneció paralizado unos instantes mientras Eduardo tumbaba al niño sobre el suelo con el máximo cuidado que las prisas por comprobar su pulso permitieron. Se agachó junto al muchacho y le cogió la muñeca. No notó nada. Aproximó su mejilla a su nariz y su boca. La brisa de aire que acarició su dermis no provenía de los pulmones del pequeño. Entretanto, Jesús se había situado a la cabeza del niño, iluminándolo. Eduardo le abrió uno de los párpados. «Ilumina aquí», le pidió a su amigo. Este obedeció. Se agachó y aproximó la linterna al rostro de Samuel. Entonces ambos lo vieron. La dermis del muchacho estaba blanca. También sus labios. Su mirada, vacía como la de un cervatillo recién abatido.

20

Volvimos a casa con las manos vacías. Estaba tan agotada que ni mis ojos generaban lágrimas. Ignacio... Sí, venía conmigo, pero llevaba tiempo sin pensar en él. Me olvidé de si le dolía la espalda, de si estaría cansado o cualquier otra cosa que tuviera que ver con él, con sus sentimientos o con su estado físico. Me daba todo igual.

Me descalcé en la misma entrada. No porque pensase en no ensuciar el suelo. Ya digo que no pensaba en nada. Solo me descalcé y dejé las deportivas allí, junto al taquillón y el paragüero. También me quité el chubasquero y lo dejé colgando de un paraguas, rozando el suelo. Llevaba los pies como dos témpanos húmedos. Los calcetines seguían empapados, igual que el bajo de mis pantalones.

Al entrar en el comedor vi a Maxi. Debía haberse quedado dormida.

Me senté en un sillón.

—Deberíais volver a casa —les dijo mi marido a Maxi y a Emilio, que en ningún momento se apartó de nuestro lado—. Tenéis que dormir.

Maxi miró con cara de circunstancia a Emilio, negando muy despacio. Aquel intercambio de miradas fue una conversación en la que Maxi le preguntaba «¿no lo habéis encontrado?, y él contestaba «no, no ha habido suerte».

—Mañana, con el día, seguiremos —dijo Ignacio—. Tal vez debamos buscar más lejos.

—¿Creéis que se lo ha podido llevar alguien? —preguntó Maxi. Sé que llevaba haciéndose esa pregunta mucho tiempo, aunque hasta ese momento no se había atrevido a expresarla en voz alta. Tal vez pensó que me enfadaría, pero llegado a ese extremo debíamos ampliar las posibilidades.

—Mañana, cuando salgáis, avisadme. Sea la hora que sea —solicitó Emilio. Me quedé observándole. Para sus años, tenía una buena mata de pelo, más incluso que mi marido. Siempre la llevaba repeinada hacia un lado, como mi abuelo, como aquel galán de la película *Lo que el viento se llevó*, Clark Gable. En su caso, lisa y blanca. Aquella noche, en cambio, entre la lluvia y el aire llegó despeluchado. Parecía que había metido un ratón en la lavadora y se lo había puesto en la cabeza.

—Será mejor que os deis una ducha y os acostéis a descansar —dijo Maxi mirándonos uno a uno.

—Yo no tengo ahora cuerpo para ducharme —le respondí.

—Pues tómate un vaso de leche caliente y duerme.

Incliné el cuerpo hacia delante. No tenía intención de moverme de allí.

Maxi se dirigió a la cocina. Escuché que abría la nevera y luego cogía un cazo del armario.

Mi marido se sentó en el sofá de al lado del sillón donde yo estaba. Emilio se fue a la cocina con su mujer.

Al cabo de cinco minutos regresaron.

—Tomad.

Cada uno nos dio la taza con leche caliente que llevaba.

—Si necesitáis algo, ya sabéis dónde encontrarnos —dijo Emilio.

—Avisadnos de cualquier cosa —insistió Maxi.

21

—¿Y ahora qué hacemos? —le preguntó Jesús a Eduardo, que continuaba acuclillado junto al cuerpo de Samuel—. ¿Le hacemos el boca a boca?

La ropa de Eduardo seguía escurriendo el agua del Matarraña, formando un charco a su alrededor. Con movimientos lentos y temblorosos, se quitó la cazadora *multibolsillos* y la colocó sobre el niño. «Ya es tarde. Hemos llegado tarde. Demasiado tarde», respondió absorto y pausado. Jesús pronunció un «pero...» que se quedó huérfano de argumentos, de ideas, de ganas. Bajó la mirada hasta posarla en el haz de luz que salía de la linterna que sostenía agitado. Eduardo se dejó caer sobre las piedras y la arena. Sus nalgas no sintieron nada; la aterida humedad de su ropa empezaba a insensibilizar su cuerpo. Sin embargo, no llegar a tiempo le estaba resultando más lacerante que el contraste térmico. Era consciente de que aquella estampa le acompañaría hasta el final de sus días: cada vez que atravesase el bosque, cada vez que pusiera un pie en el Matarraña, cada vez que abatiera la vida a un animal..., evocaría la muerte en los ojos de un niño indefenso. Lo supo antes de iniciar su búsqueda; era consciente de que podrían encontrarlo muerto; pero debía hacerlo. Si hubiera sido su hijo hubiera deseado que todo el mundo se movilizara. Por eso tuvo que hacerlo.

Durante unos instantes ambos hombres permanecieron enmudecidos, con sus miradas perdidas en el pequeño Samuel. «¿Qué le habrán hecho al pobre niño?», susurró Eduardo sin alzar la vista de su cuerpo rígido y violáceo. Por su pelo aún resbalaban gélidas gotas del río. La escasa luz de la linterna dibujaba sombras sobre sus sinuosidades del rostro: tan pronto le hacían parecer más adulto, como otras, más niño.

—¿Qué hacemos entonces? —insistió Jesús a media voz.

—Tenemos que avisar a la Guardia Civil.

—¿Lo dejamos aquí?

—No. Vete tú. Yo me quedo con él, no vaya a ser que venga un animal y encima se lo coma. —Hubo un silencio. Eduardo interpretó que su colega no sabía cómo proceder, y a él empezaba a temblarle el cuerpo—. Vuelve al pueblo y busca a los guardias que han venido. Si no los ves, coge un teléfono y llama al cuartel.

—¿Y luego?

—Haz lo que te digan. Supongo que querrán que les indiques el camino. Yo os espero aquí.

—Me llevo el coche.

El castañeo de dientes trabó el «sí» de Eduardo.

—¿Estarás bien?

—Sí. Vete.

Cuando Jesús llegó a Beceite se encontró con un par de agentes de la Guardia Civil. Detuvo el coche en mitad de la calle y bajó sin apagar el motor.

—¡Guardias! —Corrió hacia ellos—. Señores, hemos encontrado al niño.

—¿Dónde? ¿Cómo está?

La expresión de Jesús se torció. Miró al suelo y negó con la cabeza.

—Estaba tirado en el río. Mi amigo se ha metido para sacarle, pero ya estaba azul.

—Joder —se lamentó Jorge Álamos, pensando en cómo asumirían la noticia aquellos dos padres desesperados a los que prometieron hacer todo lo posible por encontrar a su pequeño.

—Avisa a los demás compañeros. Que regresen de inmediato. Y avisa al cuartel, que nos manden a un par de ambulancias, y se encarguen de avisar al juez y al forense —dijo Ramón González a su compañero antes de dirigirse al informante—. ¿Podría llevarnos hasta el lugar donde lo han encontrado?

—Claro.

Un par de horas más tarde el escenario del crimen estaba repleto de agentes de la Policía Judicial de la Guardia Civil. El guardia que había tomado declaración a Jesús Conde hacía lo propio con Eduardo Lozano después de que los enfermeros de una de las ambulancias estabilizaran su hipotermia. A ambos les hicieron las mismas preguntas: ¿Cómo se llama? ¿Qué años tiene? ¿Tiene familia? ¿Dónde vive? ¿A qué hora lo han encontrado? ¿Conocía a la víctima? ¿Desconfía de alguien que quisiera hacerle daño a Samuel Arriaga Espinosa o a su familia? ¿Sabía que había desaparecido? ¿Por qué han venido usted y su amigo hasta esta zona? ¿Sabía que tenían que buscar en el río? ¿Ha visto algo extraño?

Salvo el nombre, la edad y la familia, ambos aportaron similares respuestas: «Hace un par de horas». «Sí. Era el niño de Ignacio e Inma». «No. No se me ocurre nadie». «Sí. Todo el pueblo lo sabía». «Supongo que por intuición. Todo el mundo buscaba por el pueblo y pensamos que seríamos más útiles alejándonos un poco». «No. Mirábamos por todas partes». «Solo a un niño muerto tirado en un río».

Mientras los guardias buscaban pistas, huellas, la ropa del pequeño o cualquier pesquisa, las luces portátiles alumbraban la zona donde el forense trabajaba y sacaba sus primeras alarmantes conclusiones.

22

Aunque me costó despertarme, escuché varias veces el timbre. Era como en esas ocasiones en las que oyes un ruido, lo identificas, pero estás tan agotado que te cuesta volver a la consciencia. Creo que a todo el mundo le ha pasado alguna vez. Aparte del sonido, percibí que mi marido se levantaba. Encendí la luz de la lámpara de mi mesilla. Ignacio ya iba por el pasillo, a oscuras.

Volvió a sonar el timbre. Miré la hora: las seis y cuarenta y siete de la mañana. Me puse las zapatillas de estar por casa y la bata y fui hacia la puerta. Oí que Ignacio ya había abierto. Alguien hablaba. Pulsé el interruptor de la luz del pasillo. Al fondo, de espaldas, estaba mi marido. Delante de él distinguí los uniformes de la Guardia Civil. El corazón empezó a latirme frenético.

Ignacio los invitó a pasar. Cerró a cámara lenta.

—Buenas noches, señora —me saludó Ramón González. Aún no había amanecido. El joven, Jorge Álamos, hizo un gesto con la cabeza, pero no abrió el pico.

Yo no pude responder. Estaba con la boca abierta y temblando, imaginando lo que iban a decir. Si no, ¿para qué presentarse a esas horas?, ¿y por qué esas caras de desolación? Ramón González siguió hablando:

—Me temo que tenemos malas noticias. Hemos dado con su hijo. Lamento decirles que lo han encontrado muerto.

Se formó un pitido en mis oídos y no pude oír más. Veía que sus labios se movían, pero no sé qué decían. El «piiiiiiiii…» lo silenció todo: mis oídos, mi mente, mis pensamientos, mis energías… Me quedé con la mirada perdida, hasta que Ignacio me cogió de la mano. Sus ojos no aguantaron más el llanto y empezaron a mojar sus mejillas. Me abrazó. Yo parecía un muñeco de trapo sin fuerza ni voluntad.

El «piiiiiiiii…» se fue silenciando y comencé a oír las explicaciones del guardia González: «…lo han encontrado en el río Matarraña…». «El juez y el forense han llegado hace un rato…». «… habrá que hacerle la autopsia para determinar la causa de la muerte». «… no podrán hacer el velatorio hasta…». «Les avisaremos en cuanto nos enteremos de más…». «Les acompañamos en el sentimiento».

Los guardias civiles se fueron.

Mi marido se quedó en el sofá, con las persianas bajadas. Inclinado hacia delante. La cabeza escondida entre sus manos. Por los sonidos y el movimiento de su cuerpo supe que estaba llorando.

Yo me fui a nuestra habitación. Cerré la puerta y me tumbé en la cama.

«Dios nos pone a prueba. ¿Cómo? ¿Usando a un hijo de mala madre para matar a una criatura indefensa?».

«No puedo ver a mi Samuel.

»Le van a rajar como a un cochino».

No podía dejar de darle vueltas a la cabeza. La claridad de los primeros rayos de sol fue entrando por los agujeros de las persianas.

Me quedé dormida de puro cansancio.

23

La noticia corrió por Beceite como la llama por una mecha. Un par de golpes de nudillos en la puerta. Eran Emilio y Maxi. Ignacio abandonó su sitio en el sofá y fue a abrir. Le dolía la cabeza como si la noche anterior hubiera estado bebiendo más de la cuenta.

—Lo sentimos tanto... —dijo la mujer nada más verle. Ambos traían el rostro descompuesto, los ojos inyectados en sangre.

Ignacio no contestó.

—¿Inma...?

—Está en la habitación. Lleva ahí desde que se fue la Guardia Civil. He preferido dejar que duerma.

—¿Podemos hacer algo? —se ofreció Emilio.

—No lo sé.

—Ojalá haya podido dormirse un rato —comentó Maxi, mirando hacia el fondo del pasillo, hacia la oscuridad que dejaban las puertas cerradas.

—He preparado carne guisada. He hecho suficiente para los cuatro.

—Te lo agradezco mucho, Maxi. Aunque ahora mismo tengo el estómago cerrado.

—Sí. Lo entiendo. Pero tendréis que comer algo en algún momento. Si os apetece, podéis venir y comer con nosotros en casa. Pero si preferís estar solos, luego os traigo una cacerola. ¿Vais a ir a la iglesia?

—No. Yo no. Y a Inma tampoco creo que le apetezca ir.

—Bueno. Pues...

—Id. No os preocupéis por nosotros.

—Está b...

Emilio se quedó con la palabra en la boca al escuchar que se abría la puerta del dormitorio de sus amigos. Inma había salido de la cama. La persiana seguía bajada. La tenue luz de la lámpara de su mesilla le sirvió para encontrar el jersey y el pantalón más oscuros que guardaba en el armario. Zapatos y calcetines negros. Ropa interior negra. Hasta su mirada se había oscurecido. Su pelo castaño recogido en una coleta.

—Hola, cielo —la saludó su marido con dulzura.

—¿Vais a misa? —le preguntó a Maxi, ignorando a Ignacio.

—Sí.

—Dadme un momento. Voy con vosotros.

Se dirigió al baño. Tardó un minuto en hacer aguas menores.

Entretanto, Ignacio fue al dormitorio a ponerse unos pantalones, un jersey y unos zapatos. «Esperadme. Voy con vosotros», le dijo a Emilio.

—¿Vas a venir con nosotros? —le preguntó Inma al verle arreglado.

—Sí. Quiero acompañarte.

Inma le observó con pesar, preguntándose cuál era el motivo por el que su marido quería ir con ellos a la iglesia. ¿Para acompañarla a ella? ¿Por su hijo? ¿Por él mismo?

Emilio y Maxi caminaban unos pasos por delante de ellos.

El cielo estaba encapotado, la temperatura, en cambio, se mantenía parecida al día anterior.

—¿Quién llamó antes por teléfono? —le preguntó Inma nada más salir de casa.

—Han llamado varios vecinos para darnos el pésame. Luis y Toñi, Eduardo el que…

—Ya. No me importa quiénes hayan llamado. No…, no… —Suspiró—. No quiero saber nada —balbució—. No quiero saber nada.

Ignacio le rodeó los hombros con el brazo y continuaron andando.

En el trayecto hacia la iglesia se cruzaron con varios vecinos. Algunos les ofrecieron sus condolencias; otros, los observaron sin disimulo, compadeciéndose de ellos, a veces, comentando a quien tuvieran al lado la desgracia que les había caído encima.

Inma caminaba sin alzar la vista del empedrado, aguantando estoica el llanto. Al ver la entrada de la iglesia temió no saber cuánto más podría soportarlo.

Los vecinos se congregaban a las puertas de San Bartolomé. Faltaban diez minutos para que empezara la misa. Ese domingo, las bromas y las charlas triviales no se escucharon. De sus bocas solo salían palabras de impresión y especulaciones, lamentos por los padres y por el niño muerto. Era de lo único que se hablaba en Beceite.

Según se aproximaban, cuantos estaban allí se arremolinaron a su alrededor. Inma se sintió como un pedazo de carne tirado en un estanque de pirañas. Saludos, condolencias, ofrecimientos, llantos, pañuelos, suspiros, manos apoyándose en sus hombros… Sintió que iba a desvanecerse.

24

Me sentía tremendamente agobiada entre tanta gente. A muchos ni siquiera los conocía, en el sentido de no haber hablado nunca con ellos. Sabía quiénes eran de vista, pero nada más. Aun así, era consciente de que tendría que pasar por ese trago tarde o temprano. Lo más seguro era que esa misma tarde pudiéramos empezar el velatorio de mi pequeño, y si no nos daban el pésame a las puertas de la Iglesia lo harían durante el velorio.

Las campanas estaban a punto de replicar. Hubo quienes después de transmitirnos sus condolencias entraron en la iglesia. Estoy convencida de que si no se hubieran movido del sitio no le habría visto. Pero se movieron y le vi. Allí, al fondo de la calle, sin acercarse, mirando desde lejos, con esa cara de malnacido que solo el asesino de mi hijo podía tener.

A unos metros. Quince. Veinte. Treinta, a lo sumo. Sentí que se burlaba de nosotros. Había matado a mi hijo y encima tenía el descaro de presentarse allí, delante de todo el mundo y quedarse mirándonos. No estaba dispuesta a consentirlo.

—¡Tú, malnacido! ¡¿Qué le has hecho a mi hijo?! ¡¿Eh?! ¿Qué le has hecho?! —le grité. Y lo hice con tanta rabia que me hice daño en la garganta.

Di un par de pasos hacia él. Alguien me sujetó del brazo, creo que mi marido. Abelardo retrocedió los mismos pasos que yo di hacia delante.

—¡Di! ¡¿Por qué?! ¡¿Por qué a él?! ¡¿Qué te ha hecho mi hijo para que lo mates?! ¡¿Eh?! ¡¿Dime?! ¡¿Qué te hizo?!

Ignacio se puso delante de mí y me abrazó, con los ojos llenos de lágrimas, tratando de calmar mi llanto y mis nervios. El padre Miralles apareció de pronto entre la muchedumbre. «La

Guardia Civil hará justicia», me dijo mi marido, sujetándome, abrazándome, como si se cobijase en mí. Sus labios llegaron a rozar el lóbulo de mi oreja. Pero aquello no me calmó en absoluto, más bien todo lo contrario. No había nada que pudiera consolarme. Nada.

—¡Suéltame! —Grité, tratando de empujarle. Tan solo pude apartarle un poco. Sus dedos se clavaban en mis brazos. Su fuerza era mucho mayor que la mía. El padre Miralles hablaba, se esforzaba en decirme algo que no quise escuchar. Yo solo tenía ojos para mirar a aquel desgraciado: su cara desencajada, cada vez más pálido—. ¡Tiene que pagar por lo que ha hecho! —chillé—. ¡¿Me oyes?! ¡Vas a pagar por lo que has hecho! ¡Que alguien vaya! ¡Que alguien lo detenga! —Miré a mi marido—. ¡Suéltame! ¡Tiene que pagar por lo que ha hecho!

En ese momento Ignacio me soltó y salió corriendo detrás de él. Abelardo desapareció de mi vista nada más doblar la esquina de la calle Palacio. Mi marido tardó unos segundos más en hacerlo.

Yo también hubiera salido corriendo detrás si el padre Miralles no me hubiera detenido. «Hija. Tranquilízate. Dios procurará justicia». Me agité un par de veces, pero desistí.

Mi respiración se aceleró. Me sentía tan impotente... Entre el padre Miralles y Emilio me llevaron hasta dentro de la iglesia sujetándome cada uno por un brazo. Me sentaron en uno de los bancos más próximos a la puerta. Maxi me miraba, lloraba, me daba aire con el abanico que siempre llevaba encima.

Aquella fue la primera vez que le deseé la muerte a alguien.

No creo que pasaran ni cinco minutos, cuando mi marido entró en la iglesia. Llevaba la mano en la espalda. Desde la tarde anterior no le había vuelto a ver doliéndose. Vino hasta mí. Los demás empezaron a preguntarle: «¿Qué ha pasado?», «¿Estás bien?», «Tenéis que decírselo a la Guardia Civil...», bla, bla, bla.

124

Todo el mundo daba su opinión, aunque la única que podía hacer algo era la Policía Judicial de la Guardia Civil, y en principio, parecían ignorarnos.

El padre Miralles se dirigió al altar. Consiguió que el barullo fuera menguando y que la gente ocupara un sitio. Ignacio y yo nos quedamos atrás, en el último banco, junto a Emilio y Maxi.

—¿Qué ha pasado? —le pregunté en voz baja para que nadie nos escuchase. Él contestó en el mismo tono, pero cabizbajo y pálido—. ¿Te ha dado otro dolor en la espalda?

—Llevo así desde ayer —respondió de mala gana—. Y se ha escapado, como era lógico. Con estas molestias no he pido seguirle.

Sentí lástima por él, pero no me arrepentía de haberle presionado.

—Habrá que insistir y volver a hablar con la Guardia Civil —dije.

Empezó la misa del domingo. La voz del padre Miralles resonó por todas partes. Maxi y Emilio se esforzaron en mirar al frente.

Alguien cerró la puerta a nuestra espalda. La luz se hizo diáfana, mortecina.

Nos santiguamos.

—Sí. No nos queda otra.

—¿Hacia dónde ha ido?

—No sé. Parecía que hacia su casa. O…

—Pues vamos —dije, haciendo amago de ponerme en pie. Me sujetó del brazo y me di un culetazo contra el banco.

—¿Que no escuchas? Te he dicho que me duele la espalda. Si por poco no puedo ni caminar.

—Ya, pero...

—¿Y qué vas a hacer? —subió el tono. Fue como si quisiera gritarme—. ¿Eh? ¿Qué piensas hacer? Tiene que ser la Guardia Civil quien lo detenga.

—Algo podremos hacer.

Los nudillos de la mano con la que me agarraba se le marcaron, como si se le fueran a salir los huesos a través de la piel. En sus ojos vi odio.

—Pues yo no aguanto estar aquí sin hacer nada —le respondí, cada vez más irritada. Las personas de los últimos bancos debieron oírme; algunos se giraron.

Me puse en pie a la vez que daba un tirón para zafarme de él y me dirigí a la puerta.

Luz tenue. Olor a incienso. Mis pisadas intercalándose con las palabras del padre Miralles, al que oía como un zumbido molesto.

Escuché movimiento a mi espalda, gente girándose sobre sus asientos, algún que otro murmullo. Abrí el portón de madera maciza, como tantas otras veces lo había hecho en el pasado, aguantando su chirrido y su peso, pero esta vez abandonando una misa antes de tiempo, dejando al padre Miralles y al resto, allí, pensando y compadeciéndose de nosotros, de mí. Empezaban a darme igual sus chismorreos.

No miré atrás.

Caminé lo más rápido que me daban las piernas. Ignacio se quedó sentado, dolorido, tal vez impotente, asistiendo a una misa a la que nunca tuvo intención de asistir más que por acompañarme.

Seguí caminando. El corazón me latía con fuerza, como caballos salvajes.

Sabía el camino que debía recorrer. Si aquel borracho desgraciado se había ido a su casa, lo encontraría. Y esta vez me daba igual si alguien me veía o no, solo quería cogerle de la pechera y hacerle hablar, que me dijera por qué había matado a mi hijo, exigirle una explicación.

Estaba acelerada, como mi corazón. Pensando qué le diría. ¿Cuántas veces piensas en lo que vas a decir y luego terminas soltando otra cosa bien distinta? No podía hacer otra cosa que pensar, planificar si empezaría insultándole, dándole un puñetazo o tratando de sonsacarle una explicación.

Se notaba que muchos vecinos estaban en la iglesia porque apenas había gente por la calle. Mejor, así nadie me interrumpiría, ni me pararía para darme el pésame.

«¿Y si no está en su casa?», pensé. «Pues si no está en casa ya veré dónde lo busco. Lo mismo el muy canalla se ha ido al bar del Lorenzo a disfrutar de los orujos como si no hubiera hecho nada». «Sé que ha sido él. Estoy segura. Ignacio sabe que tuvo que ser él. Eso de que le mirara con cara de pervertido...». «Asqueroso...». «Pagará por todo».

Estaba a tres calles de su casa. El corazón me bombeaba con más fuerza todavía que cuando salí de la iglesia. No sé si porque estaba cerca o porque iba caminando muy rápido. ¡Dios!, parecía que se me iba a salir por la boca. Y las piernas... Era como si no fueran mías. Las tenía tensas, duras, como dos patas de palo que me harían caer de bruces al menor tropezón.

Me temblaba el pulso, todo el cuerpo.

—¿¡Inmaculada!?

Alguien me llamó. Un hombre. No me sonó su voz. Lo ignoré, sin ni siquiera girarme a ver quién era. Y de nuevo, volvió a llamarme. «¡Señora Espinosa!». Al escuchar que se dirigía a mí por el apellido me paré. Al darme la vuelta, encontré a los guardias civiles.

Caminaron hacia mí. Yo me quedé paralizada, como cuando te han pillado con las manos en la masa. Creo que hasta empalidecí.

—Señora Espinosa. Hola. Necesitamos hablar con ustedes. ¿Sabe dónde se encuentra su marido?

—Está en la misa.

—Sería conveniente que fuéramos a buscarle.

—¿Ha pasado algo?

—Hemos hablado con el forense. Tenemos los resultados de la autopsia.

Mi boca se quedó entreabierta después de decir un «ah» que casi no oí ni yo. Mi cabeza se convirtió en una mezcla de aturdimiento, asombro, miedo… Pánico.

Ramón González empezó a andar en dirección a San Bartolomé, desandando los pasos que yo acababa de dar. El joven, Jorge Álamos, esperó hasta ver que me ponía en marcha.

Ramón González en primer lugar. Jorge Álamos detrás, a un metro de su jefe. Yo, la última, a un par de metros que se convirtieron en tres, luego en cuatro… Tuvieron que adaptar su velocidad a la mía. De pronto parecía que llevaba a cuestas una losa de mil kilos. Mi energía se fue esfumando al recordar las palabras «forense» y «resultados de la autopsia».

Llegamos a la escalinata de la iglesia.

—Voy a avisarle —les dije, afligida. Volvía a temblar. Solo imaginar lo que podrían haber averiguado…

Abrí la puerta y de nuevo el chirrido de sus goznes. Como era de esperar, unos cuantos se dieron la vuelta para ver quién era. ¿Quién no ha hecho eso alguna vez? Creo que ese día hasta yo me hubiera girado. Mi marido fue uno de ellos. He de reconocer que me sorprendió verle todavía allí, que no se hubiera levantado e ido a casa. Quizá lo pensó, pero el dolor le obligó a «tragarse el sermón del individuo ese», como él solía decir cuando yo regresaba a casa cada domingo: «¿Qué, ya os habéis tragado el sermón del individuo ese? Mucho hablar y poco dar ejemplo», decía. «Por mucho que lleve alzacuellos o sotana, no puedes fiarte de esa gente. Son malos. Siempre lo han sido. Aunque la mona se vista de seda...».

Mi hueco en el banco seguía libre. De izquierda a derecha estaban: mi hueco, Ignacio, Emilio y Maxi.

Le hice un movimiento con la cabeza. No necesité entrar del todo para que se diera por aludido y viniera hasta mí, con pasos cortos, encorvado y cara de perro rabioso.

—¿Qué pasa ahora? —preguntó, parándose antes de llegar al umbral.

—Ven.

Fue decirle aquello y que él alzase la cabeza y viera a los guardias civiles. Su cara se transformó.

Me miró. Los miró.

Salimos.

Cerramos la puerta. Sonido a hierro oxidado rozándose y la voz del padre Miralles cada vez más baja.

—¿Qué...? —La expresión de mi marido era lamentable. Estaba pálido como una tubería cubierta de cal, ojeroso, con los párpados caídos, la barba de dos días...

—¿Podríamos ir a un sitio tranquilo?, ¿a su casa, por ejemplo? —preguntó Ramón González.

Ignacio asintió.

Estábamos a tres minutos.

Silencio durante el trayecto. Solo el ruido de nuestros zapatos pisando las piedras. Despacio, debido a los dolores de mi

MARTA MARTÍN GIRÓN

marido y a mi falta de energía. Me cogí de su brazo, del que no se llevaba a la espalda normalmente.

Al entrar en casa encendí la luz de la entrada. Las puertas de las habitaciones estaban cerradas, y las que estaban abiertas tampoco ofrecían claridad ya que las persianas, menos la de la cocina, estaban bajadas. Me dirigí al comedor. Ellos me siguieron. A oscuras, llegué hasta la cortina. Me conocía cada recoveco de aquella casa como si llevara viviendo en ella cien vidas. Subí la persiana.

—Siéntense, si quieren —les dijo mi marido.

Él se sentó en su sitio del sofá y yo a su lado. Los guardias ocuparon los dos sillones de los lados. Me fijé en su tela granate. Apenas hacía un par de años que los habíamos cambiado. Samuel eligió el color. Decía que le gustaban «de un solo tono, sin flores ni estampados de viejos», y después se reía como si alguien le hubiera contado un chiste, porque a su padre sí le gustaban los motivos florales. Le gustaba picarle. Era tan alegre y risueño... Ramón González se puso a hablar, haciéndome volver a la realidad.

—El forense ha terminado de examinar el cuerpo de su hijo. Ha determinado que la causa de la muerte ha sido por un golpe en la cabeza. Se ha desnucado. Sin embargo, aunque baraja varias hipótesis, opina que debía haber alguien con él. Un par de vecinos de Beceite encontraron su cuerpo en el río, no obstante, su hijo no pudo haber llegado hasta allí por su propio pie después de recibir el golpe. Murió prácticamente en el acto, de modo que alguien debió arrojarle al río una vez muerto. —Miré a mi marido. Me cayó una lágrima sobre el regazo. El guardia civil agachó la cabeza y se miró las manos. Tomó aire por la boca como una ballena cuando come—. Para su tranquilidad, debo comunicarles que no tiene signos de violencia física o agresión sexual. Sé que es un consuelo pobre, pero yo, desde luego, pienso en mi hija que tiene trece años y, si le hubiera pasado lo mismo que a su hijo, Dios no lo quiera, dormiría mucho más tranquilo por las noches sabiendo que al menos ningún desaprensivo se ha sobrepasado con ella. —Ignacio me cogió de la mano—. En fin. Eso es lo más relevante que deben saber.

—Entonces, ¿quiere…, quiere decir que no ha sufrido? —pregunté, temblorosa, con un hilo de voz.

—Murió rápido.

La cara se me llenó de lágrimas al pensar en mi pobre niño, en lo felices que hubiéramos sido, en las veces que lo imaginé de mayor, convertido en todo un hombre hecho y derecho, casado, con hijos, viniendo a comer cada domingo a casa, incluso, ayudando todavía a su padre con las tierras. Sentía un agujero en el pecho que me ardía como un hierro al rojo vivo. Y de nuevo, de la pena pasé a la ira.

—Tienen que detenerlo —dije con los dientes apretados, recreándome en las palabras, como si se arrastrasen por un suelo pegajoso—. Ese hijo de puta, borracho y malnacido tiene que pagar por lo que ha hecho.

Todos me miraban.

—Aún no tenemos pruebas como para detenerlo, señora.

—¡Pues búsquenlas! —chillé fuera de mí. Ignacio me apretó la mano—. ¡Yo les diré dónde está! ¡En su casa! ¡Está en su maldita casa mientras mi hijo está tirado en una mesa y le tienen abierto en canal! ¡Como un cerdo antes de ser despiezado! ¡Y ese borracho está libre, burlándose de nosotros, riéndose en nuestras malditas caras! —Me dejaron gritar todo lo que quise. Mi mandíbula estaba cada vez más tensa y mi rabia cada vez más desbordada. Pero bajé el tono—. Si no le detienen ustedes lo haré yo.

—Les pedimos un poco de paciencia, señora Espinosa. Entendemos que están muy nerviosos, que están sufriendo mucho —trató de calmarme el guardia joven. Tenía una voz agradable y hablaba despacio, en un tono comedido. Tal vez por eso acompañaba al otro, que parecía que había estado arreando vacas toda su vida. Trataba de expresarse de forma educada, pero nadie le podía quitar esa voz cavernícola y chillona con la que hablaba. El joven lo compensaba. Seguramente, Samuel habría tenido una voz cálida y armoniosa como la de aquel chico—. La pérdida de un hijo debe ser el dolor más grande del mundo, pero tienen que dejarnos investigar. Si hay un culpable, lo encontraremos y dará cuentas ante la justicia.

—¿Justicia? En este país ya no hay justicia. Los asesinos deberían...

Me callé. Cuántas veces había dicho que había que perdonar, que todo el mundo puede cometer un error, que Dios es el que se encarga de hacer justicia.

—Abelardo Frutos Domingo. Ese es su sospechoso, ¿no? El que creen que mató a su hijo —preguntó retórico Ramón González—. Tenemos su dirección. Ahora iremos a hacerle una visita. Si encontramos indicios de que tenga algo que ver con la muerte de Samuel, procederemos a su detención. Ustedes ahora solo deben pensar en velar a su pequeño.

—Lo traerán aquí, ¿verdad? —preguntó mi marido.

—¿Se refiere al cuerpo de su hijo?

—Sí.

—De acuerdo. Aquí. Si ustedes lo desean de ese modo, así se hará.

Eché un vistazo al comedor. Con retirar la mesa a un lado y los sofás a otro habría espacio suficiente para... Para mi hijo muerto.

—Claro que lo deseamos —dije—. Esta siempre será su casa, siempre le sentiremos presente.

—Entonces, nada de tanatorios, ¿no?

—¿Qué? No. Déjense de inventos. Aquí tenemos costumbre de velar a nuestros difuntos en casa. Siempre se ha hecho así, y así debe seguir siendo. De modo que, ustedes ocúpense de atrapar al que lo asesinó y nosotros… Nosotros nos ocuparemos de despedirle.

25

Velamos a nuestro hijo en casa, tal y como le solicitamos a la Guardia Civil. Nos lo entregaron con la ropa interior que les dimos, «así no tendrán que ver sus cicatrices», nos dijeron «ya le hemos aseado». Aun así, le lavé con agua y jabón el resto del cuerpo: las zonas de su piel que quedaban al descubierto. Entre mi marido y yo vestimos a Samuel con sus ropas del domingo. Le peiné de lado, como cuando íbamos a misa. Aunque él solía desmelenarse al poco tiempo. Intentaba hacerme creer que se despeinaba por el aire o por ponerse a jugar con los otros niños, pero creo que lo hacía él adrede y me soltaba esa mentirijilla para que no le regañara. Ni que le hubiera ido a regañar por eso. A pesar de todo, era un chiquillo muy despierto. Conseguía hacerme sonreír hasta en los momentos más duros. Mientras le pasaba con esmero las púas del peine desde la raya hasta las puntas, volvió a conseguirlo. «Esta vez no te despeinarás, mi amor». Le di un beso en la mejilla y fui a por su colonia *Nenuco* al cuarto de baño. Al volver, me eché un chorro en las manos, me las froté y se las pasé por el pelo, por las mejillas, por el cuello y por la ropa. «Estás precioso, como siempre». Su padre me miraba sentado a los pies de la caja donde mi niño o, mejor dicho, lo que quedaba de él, pasaría el resto de su existencia hasta convertirse en polvo. Siempre he pensado que es una tontería no pensar qué nos pasará después de morir, y no me refiero al alma, sino a nuestros cuerpos. Salvo que nos incineren, todos pasaremos a ser comida para los bichos. Un ciclo macabro.

Nuestra casa se convirtió en una estación de paso para vecinos, conocidos, familiares… Hubo quienes nos trajeron sándwiches, empanadillas, croquetas, empanada, tortillas de patata... Pero aquello no dejaba de ser el velatorio de un niño de once años. Llantos, pésames, silencio, almas errantes vestidas de negro... Nunca había visto así a mi marido. Aunque sé que se esforzaba por evitarlo, cada dos por tres se le caía alguna lágrima. Maxi y Emilio estaban de la misma guisa. Yo, tenía mis momentos, aunque la mayor parte del tiempo...

El padre Miralles se presentó en casa. Junto con nuestra familia más cercana, estuvo acompañándonos toda la tarde y toda la noche.

Luisa era la hermana pequeña de mi marido. Llevaba casada ocho años y tenían una niña de cinco; una muñequita preciosa, Paloma, con el pelo castaño, tirabuzones gruesos y mejillas sonrosadas. Aunque ese día no pude verla. Lógico. Dejaron a mi sobrina con los padres de mi cuñado Alejandro. Un velatorio no es lugar para un niño y menos cuando el fallecido es otro niño.

Además de ellos, vinieron mis primos de Jaén, Rocío y Juan, y mis tíos Jacinto y Carmen. En los últimos quince años los habíamos visto dos veces; una, el día de mi boda, y otra, en el funeral de mi padre. Demasiados kilómetros de distancia. Aun así, en cuanto se enteraron de lo de Samuel, cogieron el coche y condujeron hasta aquí. Creo que les avisó Maxi. Y bueno, esos son los familiares que vinieron a despedir a mi hijo. No se puede decir que tuviéramos mucha familia. Mis padres y mis suegros ya habían muerto. Yo no tenía hermanos. Ignacio, además de a su hermana Luisa, solo tenía a unos tíos con los que no se hablaba desde hacía veinte años. Temas de herencias y esas mierdas. De modo que con ellos no se podía contar; ni ganas de hacerlo. Dudo incluso de que se enterasen de lo que había sucedido, pero si se enteraron, me daba absolutamente igual que no hubieran venido. Y por mi rama, mi padre tenía un par de hermanos, pero uno también había muerto y el otro vivía en Francia. De modo que la familia de consanguinidad era escasa.

Aun así, mi verdadera familia, a los que quería como a uno más de los míos, sabéis quiénes eran: Maxi y Emilio. Eran los únicos que realmente me importaba tener cerca.

El padre Miralles me invitó a ir a un sitio más tranquilo donde poder hablar. «Deberíamos hablar de la inhumación de Samuel», dijo. «Sí», le respondí cabizbaja. Ignacio estaba en el cuarto de baño. Llevaba ya un rato dentro; no le gustaba estar con mucha gente y nuestra casa se había convertido en el lugar más transitado del pueblo. «Un momento», le pedí. Me acerqué a Maxi y le puse al tanto de que el padre Miralles quería hablar con nosotros. Sabía que estaría pendiente de que no nos molestara nadie. «Vayamos a mi dormitorio, padre». Caminé por el pasillo delante de él, abrí la puerta y le invité a entrar mientras yo daba un par de golpes en la del cuarto de baño y con la boca pegada a la madera le decía a mi marido que cuando acabase me buscase en el dormitorio. Me cercioré de que me había oído antes de ir con el padre Miralles.

Cerré la puerta.

—¿Cómo te encuentras? ¿Estás mejor, hija?

—No. Usted sabe que no. No entiendo cómo…

—Lo sé. Pero no se pueden cuestionar los motivos del Altísimo.

—Ya.

Se acercó y me cogió las manos y empezó a acariciarlas con su dedo pulgar.

—Si necesitas cualquier cosa, tanto tú como tu marido, ya sabes dónde encontrarme. La casa del Señor estará abierta para tu familia siempre que lo necesitéis.

—Lo que quiero es que Dios haga justicia, que los guardias civiles o la Policía o quien sea le atrapen y pague por lo que ha hecho.

—¿Quieres decir que sospechas de quién ha sido?

—No se haga el tonto, padre. Sé que ha sido Abelardo.

Saqué mi mano de entre las suyas.

—¿Abelardo Frutos?

—Ese. Ese es el malnacido que ha matado a mi hijo.

—Pero ¿cómo lo sabes?

—Ignacio le vio antes de separarse de Samuel.

Se abrió la puerta.

—¿Qué pasa? —preguntó mi marido nada más entrar. Llevaba los ojos hinchados, igual que la nariz—. No estoy para sermones, padre.

—No, hijo. Tranquilo. Solo he querido hablar con vosotros para preguntaros cuándo queréis que sea la misa y la inhumación.

—Lo dice como si pudiera elegir. Si por mí fuera le diría que, dentro de setenta años, cuando mi hijo ya se hubiera convertido en un viejo y yo llevara mucho tiempo bajo tierra y no tuviera que vivir este calvario.

—Lo siento.

—No se hace una idea de lo que duele perder a un hijo, al motivo de tu alegría, a lo único por lo que tratas de ser mejor persona, de ser…, de…

—Bueno, Ignacio. No olvide que aún se tienen el uno al otro. Inmaculada y usted son una pareja fuerte, sana, se aman.

Ignacio me miró después de que lo hiciera el padre Miralles, pero apartó la vista enseguida. No entendí aquel gesto. ¿Acaso le había hecho yo algo? ¿Ya no me amaba?

—Es normal que en estos momentos se sientan abrumados y confusos, pero deben apoyarse el uno en el otro.

—¿Sí? ¿Hasta cuándo? ¿Hasta que ella me eche la culpa de la muerte de nuestro hijo? —El blanco de los ojos se le puso rojo. Empezó a elevar el tono.

—Yo no voy a culparte —dije acercándome a él, buscando cogerle la mano. Pero apartó el brazo como si estuviera sacudiendo un látigo.

—Eso lo dices ahora.

—Pero... No tengo motivo para culparte.

—¡Sí! ¡Sí los tienes!

Retrocedí un paso. Se me hizo un nudo en la garganta.

—¡Yo era responsable de él! ¡Yo tenía que haber cuidado de Samuel!

Las lágrimas se me saltaron. Volví a acercarme.

—Baja el tono, cielo. No has tenido la culpa.

—Si lo hubiera cuidado...

—Tú no tienes la culpa.

—Si hubiera hecho las cosas de otra forma...

Se llevó las manos a la cabeza, se hizo un ovillo en el suelo y comenzó a llorar como un niño. Me puse de rodillas a su lado y lo abracé. Traté de calmarlo como pude, acunándolo igual que hubiera hecho con nuestro hijo. Cada quejido suyo me desgarraba aún más el alma. «Lo siento. Lo siento», dijo varias veces. «Tú no has tenido la culpa, cielo. Tú no has tenido la culpa».

Por dentro lloraba tanto o más que mi marido, con pena y desconsuelo, pero al mismo tiempo mi rabia se iba haciendo cada vez más grande, como una bola a punto de explotar.

El padre Miralles nos dejó a solas.

A los cinco minutos volvió con un par de vasos de agua. Nos los dio, bebimos y concretamos la hora de la misa que oficiaría Miralles antes del entierro de mi pequeño.

El último adiós.

26

«Hay una mujer que quiere hablar con vosotros», me dijo Maxi cuando salí del dormitorio. Mi marido se quedó dentro, tratando de relajarse.

—¿Quién?

—No lo sé. Solo me ha dicho que se llama Eva María no sé qué y que quería hablar con los padres de Samuel. Creo que no es de por aquí.

—¿Dónde está?

—En la cocina. ¿Quieres que te acompañe?

—No hace falta. Lo que sí necesitaría es que te sigas encargando de la gente que vaya llegando. Ignacio se ha tumbado en la cama. Está destrozado. Le iba a llevar una aspirina a ver si se le pasa el dolor de la espalda y consigue descansar un rato. Le vendría bien quedarse dormido un par de horas.

—Si quieres se la llevo yo.

—Pues sí, Maxi. Te lo agradezco.

—Estamos aquí para lo que necesites, ya lo sabes.

Le quise sonreír, pero no pude. Nos separamos.

Al entrar en la cocina encontré a una mujer sentada a la mesa. Morena. Pelo largo. Rostro afilado. Labios carmesí. Arreglada como una ejecutiva. «Esta no es de por aquí, no».

—Soy Inmaculada Espinosa. ¿Quería verme?

—Sí. Hola. Mi nombre es Eva María Pueyo. Permítame, lo primero, transmitirle mi más sentido pésame. No puedo imaginar por lo que deben estar pasando —dijo a la vez que se ponía de pie y colocaba la silla contra la mesa.

—Gracias, pero no, no creo que pueda imaginárselo. ¿A qué ha vendido?

—Sí. He venido porque trabajo en el *Diario de Teruel*. Un amigo nos dijo que su hijo había desaparecido. Pensé que sería bueno que cubriéramos la noticia para poder encontrarlo lo antes posible. Aunque...

—Me temo que llega un poco tarde para eso, ¿no le parece?

—Sí, es una pena. Le doy mi más sentido pésame. Pero...

—Lo siento. Pero ahora no tenemos cuerpo ni ganas de atender a ningún periódico ni diario ni nada que se le parezca. Queremos velar a mi hijo como merece, en la intimidad de su familia y de los vecinos que le querían. Así que, si no le importa... —Hice un gesto señalando la puerta.

—Sí. Pero aun así creo que sería bueno para ustedes que la gente conociese lo que le ha pasado a Samuel.

—¿Bueno para nosotros, dice? Lo siento, pero no entiendo en qué puede ser bueno que todo el mundo se entere de que mi hijo ha sido asesinado.

—¿Piensa que asesinaron a Samuel?

—No hable de él como si le conociera de algo.

—Yo solo he venido a...

—Usted solo ha venido a mi casa a pitorrearse de mí y de mi familia. Así que, ya se está largando.

—No. Todo lo contrario. He venido a ofrecerle mi ayuda. Si escribiese un artículo para el diario podría servir para presionar a la Guardia Civil para que encuentre al asesino de su hijo; si es que finalmente se determina que lo asesinaron.

—¿Si es que lo asesinaron? Váyase ahora mismo.

—Pero...

—¡Váyase! No le consiento que se presente en mi casa y pretenda hacernos parecer estúpidos. Lo asesinaron. Claro que lo asesinaron —dije elevando el tono hasta prácticamente chillarle.

—No hay por qué ponerse así —respondió calmada.

—¡Me pongo como me da la gana! ¡Váyase ahora mismo y olvídese de nosotros! Solo quieren vender más y más, ¿verdad? Pues ya puede irse a buscar a otra parte, porque de aquí no va a sacar nada.

—Está bien, señora Espinosa. Ya me voy. De todas formas, le dejo mi tarjeta con mi número de teléfono. Si algún día cambia de opinión, estaré encantada de hablar con usted y con su marido.

La dejó sobre la mesa. El blanco de la cartulina contrastaba con el esmalte de sus uñas en tono rojo pasión y el contorno amarillento de sus dedos índice y corazón. Cogió un maletín que tenía apoyado contra una pata de la mesa —no sé cómo no pude verlo antes— y se dirigió a la puerta con la cabeza alta, dejando a su paso un desagradable olor a tabaco. Parecía no haberse alterado lo más mínimo. Yo, en cambio, ardía de rabia por dentro.

—De nuevo: siento lo de su hijo —repitió antes de irse de mi cocina.

No me preocupé de acompañarla a la salida. Me senté en la silla donde poco antes se había acomodado ella y respiré hondo varias veces para tratar de calmarme. Odiaba lo que estaba pasando. Odiaba al maldito Abelardo. Odié a esa mujer sin escrúpulos que lo único que quería era ganar dinero a costa del sufrimiento ajeno.

Leí lo que ponía en la tarjeta: su nombre, su número y «Diario de Teruel». Sentí asco, pero en vez de a la basura la eché dentro del frutero que tenía sobre la mesa.

Segunda parte

27

18 de julio de 1986

Llevaba un rato despierta, dando vueltas por la casa. Ignacio se había ido a comprar el periódico hacía unos minutos. Desde que Samuel…, me daba la sensación de que cada día dormía menos, incluso, que evitaba pasar el tiempo conmigo. Se le había tatuado un contorno oscuro alrededor de los ojos que le hundía la mirada, como si estuviera enfermo. La primera vez que se levantó de madrugada sin hacer ruido para irse al sofá, me sentí… No supe qué pensar. Era como si por la zona del pecho y del estómago me hubiera quedado hueca y doliera. Al principio lo esperé en la cama, pero los minutos pasaban y tuve que levantarme a ver si le pasaba algo. «Puede que esté enfermo», me dije. Lo encontré sentado en el sofá, en su sitio de siempre, con todo a oscuras, salvo por la mínima luz de las farolas de la calle que entraba por los agujeros de las persianas. La mirada fija en la pantalla del televisor apagado y una línea brillante bajándole desde los ojos a la barbilla. Tuve la intención de acompañarle, de sentarme a su lado hasta que se calmara. «Quiero estar solo», me dijo cuando me vio dar dos miserables pasos. Y ahí no supe qué decir. Nada. No dije nada. Me limité a cumplir su voluntad. Di media vuelta y recorrí el pasillo hasta volver al dormitorio, me tumbé en la cama y me quedé en vela toda la noche esperando a que regresara. No lo hizo. Ni esa ni las decenas de veces que desde entonces abandonó nuestro lecho en mitad de la noche para estar solo, sin mí. Alguna vez oí su llanto. En otras, sus ronquidos. La mayoría, no escuché nada.

Apenas nos hablábamos. Le obsesionaba pensar que yo le responsabilizaba de lo que pasó. Una absurda mentira que suponía otra carga en mi espalda; como si no tuviera suficiente dolor con haber perdido a nuestro hijo. El olor del café recién hecho se propagó por la cocina. Quité la cafetera del fuego y apagué el gas. Me movía sin energía. Había perdido seis o siete kilos desde lo de Samuel.

La manecilla larga del reloj de la pared de la cocina estaba a punto de llegar al seis. La corta pasaba del ocho. Era raro que Ignacio aún no hubiera vuelto de comprar el periódico. Le esperaba para desayunar juntos; era lo único que religiosamente compartíamos: las comidas.

Cogí el bote de las galletas: apenas quedaban tres o cuatro. Las tazas. El azúcar. Las cucharillas. La botella de leche. Fui a la despensa a por una caja nueva de galletas. Al lado, vi un par de envoltorios amarillos y marrones: Bollycao.

«Mamá, tienes que comprar Bollycaos», me pidió Samuel estando en el ultramarinos un par de días antes a su desaparición.

—Vale, pero no puedes comer estas porquerías todos los días.

—Es un bollo con chocolate, mamá. Como cuando tú comes pan con un trozo de chocolate. Pero a mí me gusta más el Bollycao. Está más blandido y me lo puedo llevar a jugar.

—Está bien. Pero prefiero que no los comas todos los días.

—Sí. Vale. Un día sí y un día no. ¿Vale?

—Vale.

Y con una sonrisa en la cara, se fue corriendo a por un paquete de tres mientras Virginia terminaba de ponerme el jamón cocido y el queso que le había pedido para hacer unos sándwiches a la plancha para cenar esa noche.

Cogí los dos Bollycao del estante, el paquete de galletas María y salí de la despensa. Los bollos los tiré a la basura.

148

Oí la puerta de casa.

Me sequé la cara.

Las llaves de Ignacio tintineando al colgarlas.

A mi espalda, escuché pasos. Luego se pararon. Ignacio entró en la cocina. Soltó el periódico enrollado sobre la mesa. El ruido me sobresaltó. Me giré y le observé. Llevaba sin afeitarse al menos una semana. Evitó mirarme a la cara. Solo hizo amago de darme un beso en la mejilla. En vez de sus labios noté su barba pinchándome.

—Iré a la tierra a echar un ojo. Luego a limpiar la cochinera y ponerles comida a los animales —dijo arrastrando una silla y sentándose a la mesa. Cogió el periódico y lo desplegó. Aunque lo tenía delante de sus narices, su mirada estaba perdida. Conocía esa expresión.

—¿No vas a acompañarme? —pregunté, dejando el paquete de las galletas junto a la taza aún vacía. Me senté.

—No.

—Pero…

Me quedé sin saber qué decir. Se me hizo un nudo en la boca del estómago y se me aceleró el corazón. Me sentí como si la única persona que me quedaba en el mundo me estuviera traicionando.

—No vas a conseguir nada.

—Pues al menos quiero que me den una explicación —dije alzando el tono. Me tembló la barbilla. No quería llorar.

—¿Otra vez? ¿Cuántas veces te van a tener que decir lo mismo?

—Las veces que hagan falta. Tienen que hacer algo. No puede ser que hayan pasado tres meses y no hayan hecho nada;

que ese puto borracho siga suelto por el pueblo, viviendo su vida tan feliz.

—¿Feliz? Creo que ya te encargas tú de que no viva tan feliz como dices.

—Cualquier padre que viera que la Guardia Civil no está haciendo nada y que no le están dando explicaciones haría lo mismo que yo. Así que no sé qué me reprochas. Tú tendrías que estar siendo el primero en estar buscando justicia. ¡Haciendo algo, demonios!

—¿Haciendo algo? No se puede hacer nada. Samuel está muerto. Punto. ¡No-podemos-hacer-nada! ¡No va a volver! ¿Entiendes? Yo soy el primero que quisiera que vuelva, que todo siguiera siendo como antes, pero por mucho que lo desee las cosas no van a cambiar. ¿Entiendes?

—Lo único que entiendo es que tú antes no eras así. Hace años hubieras cogido la escopeta de tu padre y le hubieras pegado cuatro tiros a cualquier hijo de mala madre que nos hubiera hecho esto. Tal vez por mí no, pero al menos lo hubieras hecho por tu hijo.

—¿Qué insinúas?

—Que parece que me odies.

—Yo no te odio, pero es probable que tú a mí sí.

—Ya te he dicho una y mil veces que tú no tienes la culpa de lo que le pasó. Se iba a jugar con sus amigos, como todos los días. Tú no podías saberlo, no podías haber hecho nada.

Agachó la cabeza. Se le habían llenado los ojos de lágrimas. La mano que tenía sobre la mesa se cerró en un puño.

—Yo no voy a ir al cuartel. No puedo estar así toda la vida. Dicen que no tienen ninguna prueba. Y nosotros no podemos hacer nada.

—Por eso tenemos que presionarlos, para que busquen mejor.

—¿No lo entiendes?

—¡Sí! ¡Sí lo entiendo, Ignacio, pero necesito que alguien pague por lo que le han hecho a mi hijo! —Mi voz sonó desgarrada, tanto como lo estaba mi alma.

—Deberías ir a hablar con el padre Miralles. A lo mejor él consigue calmarte.

—Yo no necesito calmarme. No estoy loca.

—Nadie ha dicho que lo estés.

—Pues no entiendo por qué me mandas a ver al padre Miralles. ¿Acaso ahora crees en Dios?

—Sabes que no. Pero tú sí.

—¿Yo? Yo ya no sé en lo que creo ni dejo de creer.

Sus ojos me observaron penetrantes. Los míos estaban cansados de llorar.

Cogí la cafetera y serví café en las dos tazas.

Apartó el periódico a un lado, doblándolo a la mitad. En la portada había la foto de un niño, aunque no pude verla bien porque estaba del revés y su movimiento fue tan rápido que no me dio tiempo. No quise preguntar qué había pasado. Se acercó la taza, se echó un par de cucharaditas de azúcar y lo removió distraído.

Lo mismo hice yo con la mía.

Silencio.

Un chorro de leche fría, directamente de la botella.

El tintineo de las cucharillas contra la porcelana. El tono del café volviéndose de un marrón más claro y opaco.

Silencio y más silencio.

Ninguno hicimos intención de tocar las galletas.
Bebimos el café a pequeños tragos.

Absortos.

Compartíamos habitación, pero ninguno de los dos estábamos presentes. Nuestros cuerpos se movían de forma mecánica. Nuestra mente volaba castigándose, buscando el motivo, buscando respuestas, buscando cómo encontrar algo que nos devolviera la paz.

28

Conduje hasta el cuartel de la Guardia Civil sin saber si Ramón González y Jorge Álamos estarían allí. Me daba igual. Si no los encontraba, volvería al día siguiente. Iría tantas veces como hiciera falta. Estaba cansada de oír sus largas, de que las pocas veces que nos informaron de algo fuera de forma esquiva y por teléfono. Que me lo dijeran a la cara. Que se atrevieran a mirarme a los ojos y me dijeran que no tenían nada. Ya que eran unos inútiles, que al menos tuvieran el valor de dejar de esconderse.

Aparqué prácticamente en la puerta. Teníamos un Seat Ronda del 82. Lo compramos con parte de la herencia que le correspondió a mi marido cuando murieron sus padres. De repente nos juntamos con dos coches. El Seat y la vieja furgoneta Renault F4 FASA del 78 que usaba mi suegro para trabajar el cultivo y que también heredamos, junto a las tierras. Tenían mucho dinero; eran de los más ricos del pueblo, por así decirlo. Uno de sus abuelos fue terrateniente, aunque con la Guerra Civil el matrimonio perdió buena parte de su fortuna. Aun así, siempre fueron como hormiguitas; les gustaba guardar todo lo que pudieran por si volvían las vacas flacas. Al final, lo que consiguieron fue dejárnoslo todo a nosotros. Con el dinero que heredamos pagamos también lo que nos quedaba de la hipoteca y nos siguió sobrando un buen pellizco. Además de comprar el coche, ese mismo año, cuando yo rondaba los treinta y tres, Ignacio me animó a que me sacase el carnet de conducir. Y lo hice. Si no hubiera sido por él dudo que lo hubiera hecho nunca. Me convenció con argumentos como: «¿Y si algún día me tienes que llevar a mí o al niño al médico?», «¿y si me pasa algo y te las tienes que apañar tú sola?», «¿has pensado que tu hijo algún día se hará mayor y tal vez no quiera seguir viviendo en un pueblo, que quizá se quiera ir a vivir a una ciudad para estudiar o tener un buen trabajo?». Planteándotelo así, ¿cómo no sacártelo? Antes de salir del coche, miré la fachada del cuartel con el escudo de la Guardia Civil. Se me apretó la mandíbula.

Abrí la puerta.

Hay días de verano en los que te vistas como te vistas sabes que va a dar igual: el bochorno es insoportable. Te bajas del coche y sientes una bofetada de calor. Te despegas la blusa del cuerpo y notas que llevas un cerco de sudor en las axilas, otro en la espalda. Por suerte, no desprendes olor. Te recoges el pelo en un moño y sientes una mínima ráfaga de aire en la nuca: sigue siendo caliente. Más agobio. El calor parece que quiere atravesar tu piel. Falda por debajo de la rodilla. Sandalias. La planta de los pies húmeda como el resto del cuerpo, como tus muslos, que se van rozando con cada paso que das. Hay días de verano que son insoportables.

La sombra del edificio alcanzaba la puerta del cuartel, y aun así ardía. La empujé.

Al entrar… Lo recuerdo como si lo estuviera viviendo ahora mismo: enfrente, un mostrador ocupado por un hombre sentado al otro lado, con su habitual uniforme verde azulado. Al escucharme, alza la cabeza y me observa. Camino hacia él. Me sigue con la mirada hasta que me tiene delante. Me llama la atención un ventilador girando de lado a lado, colgado de la pared que hay a su espalda, moviendo los papeles que tiene sobre las mesas, esparciendo el bochorno y el olor a sudor de aquel tipo por todas partes. No sé cómo no se da cuenta y lo apaga. Le pregunto por los guardias González y Álamos, aunque en verdad con quien quiero hablar es con González; es el que lleva la voz cantante. Me contesta que han salido a tomar un café. «Así hacen su trabajo», pienso. «Malditos vagos incompetentes». «¿Y dónde está el bar?», le pregunto. Me responde con un esquivo: «Ah, bueno. Puede esperarles aquí. No creo que tarden». Pero no conforme con su respuesta, le doy las gracias, le digo que ya volveré en otro momento y me doy media vuelta y me marcho.

Sí, lo recuerdo como si lo estuviera viviendo de nuevo. La rabia que sentí no se puede describir con palabras. Al salir, el calor en la calle era más leve que el que me ardía a mí por dentro.

Miré a un lado y al otro de la calle: una caja de ahorros, un banco, una panadería... Al otro lado: una floristería, un bar, una cafetería...

«Deben estar en uno de esos dos».

Caminé a paso ligero. Crucé por mitad de la calle de doble sentido. Un coche me dio un pitido más largo que lo que yo tardé en dedicarle un «vete a la mierda, imbécil». Las sandalias me *chancleaban* y se me escurrían. Si hubiera cruzado corriendo, lo más probable es que hubiera perdido alguna.

Miré la fachada del bar. Los cristales eran opacos y no se distinguía el interior. Entré. Una barra con taburetes altos de madera. Varias mesas. Un camarero limpiando las vitrinas, una señora de mediana edad sirviendo una mesa a la que estaban sentados un hombre, una mujer y un niño de unos tres años. Un repentino tufo a tabaco me hizo contener el aliento. En la barra, dos hombres: uno, leyendo un periódico y fumando; el otro, removiendo lo que intuí que era un café. Otra mesa ocupada por dos hombres jugando al ajedrez, acompañados por dos vasos de tubo bien cargados de orujo.

Tan rápido como entré, salí.

«Espero que estén en la cafetería».

Recorrí los pocos metros de distancia hasta la cafetería. El *aromilla* a repostería recién hecha perfumaba la calle, aunque, a

155

pesar de que olía a gloria, sentí náuseas. La fachada era bastante más elegante que la del bar: doble puerta de cristal, un par de ventanales con la carpintería de color blanco, iluminado, limpio...

Según abrí me los encontré de frente, aunque al fondo del local, en una mesa que había junto a una de las ventanas. Ni siquiera me fijé en si había más gente o no. Al verlos, fui directa hacia ellos. El más joven estaba de espaldas a la entrada, pero a Ramón González le vi perfectamente: sonriente, despreocupado, charlando como si el mundo fuera un lugar bonito y seguro, como si los niños no murieran a manos de majaderos, como si no hubiera robos, violaciones o maltratos, como si no tuvieran nada que investigar.

Al verme, fue perdiendo la sonrisa hasta quedarse con cara de circunstancia. Se le alzó una ceja y me siguió con la mirada. Su compañero se dio cuenta y se giró para ver qué le había cortado el apetito y las ganas de hablar.

—Señora Espinosa... —dijo sorprendido Jorge Álamos, arrastrando la silla con el culo—. ¿Qué hace aquí? ¿Va todo bien? —Parecía sinceramente preocupado.

Me puse delante de su mesa. Mis piernas quedaron a pocos centímetros. Un mínimo movimiento y mi falda la hubiera rozado. Dos cafés y dos tostadas a medio comer.

—Ustedes dirán —respondí, mirando a González.

—No la entiendo.

—Ah, ¿no? —No pude contener el tono, que se elevó notable y gradualmente a lo largo de nuestra conversación.

—¿Es por el caso de su hijo? Ya le hemos informado de lo que tenemos.

—Dirá de lo que no tienen. ¿Qué están haciendo, si puede saberse?

—Señora, le puedo asegurar que seguimos investigándolo. Sin embargo, es posible que deba hacerse a la idea de que, si no hemos encontrado pistas hasta ahora, dudo que las encontremos en los próximos días.

—¡Ah! ¿Y ya está? —Sonreí de medio lado, sarcástica. El tono bastante alto—. ¿Eso es todo lo que me tienen que decir? —Más alto—. ¿Eso es todo lo que van a hacer, dejarlo pasar, sentarse aquí a tomar café y comerse sus *tostaditas*? —Y más alto—. ¡Esto no puede quedar así! ¡¿Entienden?! ¡Cumplan con su trabajo, maldita sea! ¡Para eso les pagan, ¿no?!

Sentí que la gente se giraba para mirarme, que dejaban de conversar para escuchar mis gritos.

—Tranquilícese, Señora Espinosa. ¿Quiere sentarse?

—No. No he venido aquí a tomar café con ustedes. Quiero respuestas, quiero que muevan el culo.

—Eso hacemos. Y seguiremos haciéndolo hasta que se esclarezca el caso de su hijo. Sin embargo, a lo que me refería antes es a que tal vez lo más prudente es que seamos realistas. Hay casos que no se resuelven nunca. Tal vez debería ir bajando las expectativas.

—¡¿Las expectativas?! ¡Son unos inútiles! ¡Saben que fue Abelardo Frutos Domingo! ¡Tienen su nombre! ¡Tienen su dirección! ¡Le detuvieron y le soltaron a los dos días! ¡¿Por qué?! ¡¿Eh?! ¡¿Por qué?!

Noté que alguien me agarraba del brazo y a continuación me decía «señora, por favor, baje el tono. Está montando un escándalo y me va a espantar a la clientela». Pero me zafé de su mano de un tirón, mirándola con odio. Aquella señora tendría cerca de cincuenta años, seguramente tendría hijos; quizá no en ese momento, pero sabría entenderme. «Suélteme ahora mismo».

—Vayamos al cuartel. Allí podremos hablar más tranquilos —ofreció Álamos.

—¡Yo de aquí no me muevo hasta que diga todo lo que tengo que decir! ¡Que se enteren todos! ¡Que se enteren de que no hacen su trabajo, que permiten que un asesino, el asesino de mi hijo, ande suelto! ¡Y si les dan vergüenza mis palabras, hagan su trabajo!

—No hay ninguna prueba que apunte a Abelardo Frutos de forma fehaciente. No hay testigos, no hay marcas ni huellas que lo relacionen con la muerte de Samuel. Ya le he dicho más de una vez que no tenemos nada. Cuando le tomamos declaración negó todas las acusaciones. Sin pruebas o sin una confesión por su parte no podemos detenerlo. Lo siento. Lo único que podemos hacer y vamos a seguir haciendo es seguir investigando.

—Pues no es suficiente —dije a punto de echarme a llorar—. Usted dijo que tenía hijas, ¿no?

—Sí. Dos.

—Si le hubiera pasado a alguna de sus hijas, ¿seguiría aquí tan tranquilo, desayunando, riendo, charlando, descansando...? Yo creo que no. Estoy segura de que no pegaría ojo, que movería cielo y tierra hasta encontrar a su asesino.

Agachó la mirada.

—Tienen que detenerlo. ¿Me oye? Deténganlo de una maldita vez, porque no pienso descansar hasta que se honre la memoria de mi pequeño.

29

Estaba a poco más de un kilómetro de Beceite, transitando por la carretera A-2412. Guillermo —el viudo— caminaba por la cuneta. Lo reconocí por sus descarnados brazos, sus piernas de jilguero arqueadas, su culo escurrido, su pelo moreno, su bronceado de albañil a dos tonos y esa forma suya tan peculiar de andar, como si se le hubiera perdido el caballo.

Di un par de pitidos para llamar su atención.

Paré en mitad de la carretera, a pocos metros por delante de él. No venía nadie. Me incliné sobre el asiento del copiloto para bajar la ventanilla. Empecé a darle vueltas a la manecilla. Costaba más que moler a mano los granos del café. Su intención fue la de pasar por al lado haciéndome un gesto con la cabeza y diciéndome «hola».

—Hace mucho calor, ¿quieres que te lleve?

—¿Qué? No. No hace falta. Ya estoy acostumbrado.

Me recordó a mi marido: las ojeras, la barba de varios días, los pómulos marcados.

—Venga, anda. No te hagas de rogar. Faltan un par de kilómetros hasta el pueblo.

Vaciló.

—No quiero molestar. Además, voy sucio.

Se miró la ropa. El pantalón cubierto de polvo, la camiseta con manchas marrones.

—Da igual. No pasa nada.

—Está bien.

Un quejido acompañó su movimiento para subirse. Cerró de un portazo y después de un «gracias» en voz baja y apagada,

159

miró la carretera. Hacía meses que no le veía sonreír. Tenía la mirada sin brillo, como la de un perro maltratado. Me puse en marcha. La ventanilla siguió bajada. No quise decirle que la subiera, aunque siempre me resultó molesto sentir el aire dándome en la cara. A falta de un par de kilómetros, ya daba lo mismo. Serviría para renovar un aire caliente por otro aire caliente.

Cerca de las dos de la tarde. El asfalto dibujando cortinas ondulantes como si fueran una fuga de gas. Aroma a campo mezclado con el olor de su ropa impregnada de productos químicos, a veces a un poco de sudor.

—¿Qué tal estáis tú y los niños?

—Ahí vamos.

Le miré de reojo. Él seguía con la vista al frente, como si evitase mirarme a la cara. Se hizo un silencio. Yo tampoco tenía muchas ganas de hablar. Me concentré en separar los olores y apreciar solo el aroma a campo.

—¿Y vosotros? Lo de Samuel…

—Sí, ya. Pues mal. Muy mal. Todavía no han detenido a…

Me mordí la lengua para no lanzar pistas. Me observó.

—¿A Abelardo?

—Sí. ¿Cómo…?

—Todo el pueblo sabe que sospechas de él.

—Sí. Pero no hacen nada, ¿verdad? Se limitan a chismorrear y punto.

—¿Y si no ha sido él?

Solté el pie del acelerador y le miré sin decir nada. Mi ceño se arrugó como una pasa.

—¿Y si fue un accidente? —insistió.

—¿Un accidente? ¿Cómo? No. No lo creo. No. Fue él.

—No. Claro.

Agachó la cabeza y se tocó las manos.

—Eso ya lo había pensado, ¿qué te crees? Pero no tiene sentido. Si fue un accidente, ¿cómo llegó al Matarraña? Alguien lo tuvo que llevar a cuestas hasta allí para tirarlo y que se lo llevara la corriente. Su asesino pretendía que nadie lo encontrara.

—¿Podrías parar aquí?

—Eh... ¿Aquí? Sí, pero...

—Tengo que hacer una cosa antes de llegar a casa.

Obedecí. Paré en mitad de la carretera después de comprobar que seguía sin venir ningún coche, pero..., no sé cómo explicarlo, le noté raro. Esquivo. Volví a tener la sensación de que evitaba mirarme a la cara. ¿Vergüenza? «Puede que hablar de la muerte de Samuel le recuerde a su mujer», pensé. Aun así, las circunstancias de cada uno fueron tan distintas que seguía sin encontrarle lógica.

—Bueno. Ya nos veremos —le dije.

—Sí.

—Dales un abrazo a los niños. Hace mucho que no los veo. Se llevaban tan bien con Samuel que... —Fui bajando el tono a medida que él se bajaba del coche y me dejaba prácticamente hablando sola.

Cerró dando otro portazo. Le observé caminar: cabizbajo, con los hombros subidos, como si quisiera esconderse de otra cosa que no fuera el sol. Las primeras casas se encontraban a pocos metros, pero él tomó otro rumbo: un sendero de arena que conducía al bosque. Mientras lo seguía con la mirada a través del retrovisor, me pregunté qué sería más doloroso, si para unos padres perder a su hijo de once años o para un niño perder a uno de sus padres.

Se me llenaron los ojos de lágrimas.

«Dios nos ha abandonado».

30

—¡Inma! —oí a mi espalda cuando me disponía a entrar en casa.

Se trataba de Carlos. Lo acompañaba su esposa Ainhoa y su perro Rocky; el animal no tardó en venir corriendo hasta mí para *saludarme*. Sin embargo, por mucho que me gustasen los animales, no estaba de humor para sentir un hocico en mi entrepierna.

—¡Rocky! ¡Ven aquí! —le gritó Carlos. El animal miró a su dueño.

—Lo siento, Inma —se disculpó Ainhoa.

—Tranquila —dije con resignación.

—¿Qué tal estás? —preguntó ella.

—No os mentiré. Estoy harta de esta situación.

—Lo sentimos mucho. Debes estar pasando un calvario.

—Es lo peor que le puede pasar a alguien —declaré con odio.

—¿La Guardia Civil ha averiguado ya algo? —se interesó Carlos.

—¿Averiguado, esos? No. Y no lo entiendo. Está claro que fue él.

—¿Él?

—Sí. Ese asqueroso… Abelardo.

Intercambiaron una mirada cómplice y luego habló Ainhoa.

—¿Y si no ha sido él?

La miré con cara de desprecio, alzando el labio y una ceja.

—¿Has pensado en lo que te dije el día que desapareció? —intervino Carlos.

—¿El qué?

—Lo de los niños.

Mi gesto mutó del desprecio a la incredulidad.

—¿Los niños? Los niños son solo niños, Carlos. Juegan, como todos hemos hecho cuando teníamos su edad. ¿Acaso tú no jugabas? ¿No le tirabas tierra a otros niños?

—Ya, pero...

—¿Y si fue un accidente? —preguntó Ainhoa.

—¿A qué te refieres?

—A que tenían una forma muy peculiar de jugar a la guerra; les gustaba interpretar su papel lo mejor que sabían. No quiero decir que mataran a Samuel de forma intencionada, pero ¿y si se les fue de las manos? Ya te contó Carlos que ataron a uno de los niños y vio cómo le tiraban arena y piedras, y cómo fingían que le clavaban cuchillos. Podrían haber cogido una piedra y darle en la cabeza y...

—Si hubieran hecho daño a mi Samuel habrían venido corriendo a contárnoslo a alguien. ¡Son niños, no demonios!

—Abelardo tampoco es un demonio. Es un borracho, sí, eso no lo puede negar nadie, pero es inofensivo, Inma —alegó Carlos.

—Ya. Abelardo es Jesucristo y los niños unos panda de demonios, ¿no? Sí. Creo que lo que no entendéis es que a mi niño lo mató un tarado y luego se deshizo de su cuerpo de forma intencionada. Lo desnudó y lo tiró al río Matarraña para que nadie lo encontrara. ¿De verdad creéis que un grupito de cuatro o cinco niños podría matar a otro niño, desnudarle, trasladarle hasta el río y tirarle corriente abajo?

—Yo he visto a dos esos niños llevar en volandas a un tercero. Y no un metro ni dos, sino un buen trecho —replicó Carlos—. Insisto en que si lo hicieron los niños no creo que lo hicieran de forma intencionada, pero imagínate por un momento que así fuera, que le mataran por accidente. Les entraría un miedo espantoso. Es normal que llegasen a pensar en deshacerse de él, ¿no crees?

—¿Y fingir durante tanto tiempo? ¿Todos ellos? —No daba crédito a lo que mis oídos estaban escuchando.

—El asesino de mi hijo es Abelardo, y hasta que no encuentre algo que me demuestre lo contrario o pruebas que me lleven a otra parte, él seguirá estando en mi punto de mira.

31

20 de julio de 1986

Hacía rato que Ignacio se había ido al cultivo. Iba todos los santos días, como si allí encontrase refugio. Otra treta con la que conseguía esquivarme. Aunque empezaba a traerme sin cuidado. Lo único que verdaderamente me preocupaba era pararle los pies a Abelardo.

Eran cerca de las diez de la mañana cuando me levanté.

Fui a la cocina a tomarme un café con leche. Aún quedaba un poco del día anterior, así que me eché ese.

Una taza, una cucharilla, un poco de azúcar y leche de la nevera hasta llenar la taza.

Me senté a la mesa.

A un lado, junto al frutero, un periódico enrollado. Lo giré hacia mí y lo estiré: *El País*. «Domingo 20 de julio de 1986». Leí el primer titular: «El informe oficial culpa a los trabajadores del accidente de Chernobil».

Noté que se me arrugaba el gesto.

«¿De verdad fue culpa de los trabajadores? Pues sí que la liaron bien», me dije.

Seguí leyendo: «El accidente de la central nuclear de Chernobil (Ucrania) fue culpa de una serie de errores humanos, concretamente de los trabajadores de la instalación, según las conclusiones de la comisión investigadora, que ayer fueron hechas públicas tras ser examinadas, en una reunión especial, por el Politburó del Partido Comunista de la Unión Soviética (PCUS)». «El balance de víctimas mortales en el accidente, ocurrido el pasado 26 de abril, es, según el informe oficial, de 28

167

personas, y no de 26 como se dijo en un principio, mientras que 203 fueron afectadas por radiación [...]».

—26 de abril —susurré. La mirada se me emborronó y de pronto ya no veía lo que tenía delante. Me quedé ida, pensando en Samuel, en el día que desapareció, en el momento en que nos dieron la noticia: aquel mismo 26 de abril—. Nunca se me va a olvidar esa maldita fecha.

Doblé el periódico y lo dejé donde lo encontré.

—Y ese demonio aún anda suelto.

Se me apretó la mandíbula.

Sabía que no podría dejarlo pasar mucho más tiempo.

32

Raro era encontrarnos despiertos compartiendo la misma habitación sin la comida como excusa. Lo conseguíamos únicamente cuando cada uno estaba inmerso en sus cosas. Aquel fue uno de esos momentos. Ignacio estaba tumbado en la cama, escuchando el transistor. Yo, sentada a su lado, con la espalda apoyada contra el cabecero, sujetando entre mis manos *La casa de los espíritus*, la novela de aquella escritora revelación, Isabel Allende. Aunque más que leerlo, me limitaba a pasear la vista sobre sus líneas mientras de fondo escuchaba el zumbido constante y molesto proveniente de la radio. Y mis pensamientos, que seguían dando vueltas, terminando de concretar lo que venía planificando desde esa misma mañana.

Miré la hora. Eran cerca de las once, pero no tenía sueño y, aunque me entrase, haría lo imposible por permanecer despierta. Al cabo de un rato, mi marido apagó el transistor y lo dejó sobre su mesilla. «Buenas noches», me dijo. Me incliné para que me diera su típico beso de medio lado en la mejilla. Cada vez eran más vacíos. «Buenas noches». Según apagó su lamparita, me giré para que la luz de la mía cayera de lleno sobre las páginas y, de paso, hacerle sombra con mi cuerpo. Noté que se acomodaba dándome la espalda.

Intenté leer.

Imposible: la cabeza insistía en ir a lo suyo.

Casi las doce.

—Podías apagar la dichosa lámpara de una vez —protestó Ignacio, sobresaltándome.

Estuve a punto de empezar una discusión, de decirle que si quería soledad o estar a oscuras podía irse al comedor, como había estado haciendo prácticamente a diario durante los últimos tres meses. No descartaba que lo hiciera esa misma madrugada. Solía levantarse a eso de las tres o las cuatro. Y ese día más que nunca me interesaba que fuera así, de modo que me callé. Preferí apagar la luz y hacer como que me iba a dormir, intentar no moverme para que se quedara dormido y así tener el resto de la casa para mí.

El tiempo fue pasando. Me preguntaba qué hora sería.

Aguanté un poco más.

Los primeros ronquidos.

Media vuelta sobre la cama: su culo apoyado contra mí.

Más ronquidos.

Un movimiento sutil para quitármelo de encima.

Silencio durante un par de minutos.

«Duérmete, venga».

Ronquidos.

«Ya era hora».

Un rato más escuchando su concierto nasal, reuniendo coraje.

Me levanté con sigilo. A tientas llegué hasta el armario. Abrí la puerta y saqué la ropa, las zapatillas de deporte y la linterna que me había dejado preparadas.

Cerré el armario despacio. La madera chirrió.

Me encogí de hombros, como si fuera a recibir una colleja de mi padre. «Calla, hostia».

Caminé hacia la puerta. Pasos cortos, de puntillas.

La entorné hasta cerrarla por completo y seguí caminando a oscuras hasta el comedor.

Y en ese momento es cuando te planteas si lo que vas a hacer es lo que deberías. Pero, aun así, continúas con tu plan. Procuras evitar hacer cualquier ruido que despierte a tu marido —no quieres que se entere de nada para que no te fastidie los planes—. Te quitas el pijama a toda prisa, tropezándote, cómo no, y tiras sobre el sofá primero la camiseta, luego el pantalón, y coges la ropa que te habías dejado preparada: pantalón de chándal negro, camiseta gris oscura, calcetines, zapatillas. Guardas la linterna en el bolsillo derecho de tu pantalón, por aquello de que eres diestra, para tenerla bien a mano. Una goma del pelo para recogértelo en una coleta. Sientes los nervios a flor de piel, el corazón acelerado. Notas la respiración alterada. De puntillas, como si fueras un ladrón de poca monta, te diriges a la entrada para coger las llaves. Y las coges haciendo malabares para que el tintineo no te delate. Con los dedos en forma de pinza, juntas una llave con la otra y esa con la siguiente, las sujetas y tiras del llavero hacia arriba. Se descuelga sin problema. «Bien», te dices, y de inmediato te felicitas por no haber echado la llave, valga la redundancia, cuando cerraste la puerta —el único momento del día en que la cierras para dormir a pierna suelta sin miedo a que nadie se cuele en tu casa en mitad de la noche. Desde el día en que murió tu hijo todo son desconfianzas—. Has logrado tu objetivo cuando abres, pisas la calle y consigues cerrar con la misma discreción que empleaste para todo lo anterior. O eso crees.

Había bajado la temperatura y yo iba en manga corta. A pesar de estar en pleno julio, sentí que el vello se me ponía de punta. Miré la hora: eran cerca de la una de la mañana.

Caminé calle arriba hacia el bar de Lorenzo. A través de la cristalera vi que estaba acompañado de los cuatro borrachos de siempre, incluido Abelardo. Me apañé para que no me vieran, cruzando por delante de la fachada de una carrera.

«¿Dónde si no iba a estar ese asqueroso?».

Y seguí andando. Sigilosa, pero lo más rápido que podía sin que se escuchasen mis pasos. Llegué a la calle el Calvario.

Doblé la esquina.

Miré las viviendas. Unas ventanas abiertas; otras cerradas. El sonido de una televisión. Grillos. Piedrecillas crujiendo al ser aplastadas por mis pies. La calle desierta. Una pareja hablando en voz baja, aunque se les entendía todo. Los imaginé en su lecho, esperando a conciliar el sueño. Si hubiera querido me habría enterado de toda la conversación, pero además de no ser una cotilla tenía otro objetivo. Llegué hasta la última casa de la calle. Sentí rechazo con solo acercarme; náuseas. Apoyé la mano en el picaporte y lo giré con decisión. Este cedió. Me sonreí. Eché un vistazo a la calle antes de entrar: seguía despejada. Una vez dentro, cerré con disimulo.

El culo de los cerdos olía mejor que esa casa.

«No se ve nada».

En ese momento recordé que llevaba conmigo una linterna.

La encendí y comencé a enfocar a todas partes. El comedor revuelto, algunos cojines tirados por el suelo, las sillas descolocadas. Una baraja de cartas sobre la mesa. Un vaso con un culo de bebida, al que nadie sabe por qué, me incliné para olerlo: alcohol. Las náuseas jugando a la montaña rusa dentro de mi cuerpo. Migas de pan y los bordes de varias lonchas de salchichón o chorizo esparcidas por la madera de nogal. Una navaja medio abierta.

«Un cerdo en todos los sentidos».

Anduve por el pasillo hacia las habitaciones.

La primera a la derecha: un cuarto de baño. Eché un vistazo desde el umbral, pero no me atreví a entrar. El lavabo amarillento. La tapa del váter subida, dejando bien a la vista los regueros ennegrecidos de suciedad y otras cosas que resbalaban por la cerámica. Varios ojales de las cortinas del baño rajados, quedando la tela descolgada por uno de sus extremos y las anillas como viudas abandonadas. Una toalla tirada en el suelo, debajo de la percha de la que debía estar colgada.

No quise mirar más. Retrocedí un paso y me dirigí al siguiente cuarto.

La cocina.

Con las ganas de vomitar todavía rondándome la garganta, pasé de largo.

Siguiente puerta a la izquierda: un dormitorio.

La cama deshecha. Debía ser su cuarto. Olía a él: tabaco, fritanga y alcohol. Me llevé el cuello de la camiseta hasta la nariz y, ayudada de la tela y de mi mano, traté de no respirar su pestilencia.

Inquieta, me puse a revolver en su armario. La ropa estaba de la misma guisa que el resto de la casa: tirada, desordenada, engurruñada, sucia. Buscaba alguna prenda que aún tuviera restos de sangre. El golpe que le dio a Samuel en la cabeza le sirvió para matarlo, pero en la autopsia ponía que también sufrió una hemorragia.

Moví las camisetas, los jerséis, las sudaderas…

Abrí un cajón. Luego otro. Calzoncillos, calcetines, pañuelos de tela, chapas, llaveros, bolígrafos, cuadernos… De pronto, encontré algo que no esperaba. «Diario de Teruel». Busqué la fecha. «Lunes, 28 de abril de 1986».

—¿Por qué…?

Sin moverme del sitio, acuclillada y apoyándome en el suelo, abrí el periódico sin saber qué buscaba; al menos de forma racional. Pasé una a una las hojas, alumbrándolas con la linterna. Una. Otra. Otra… Al llegar a la número veinte, vi doblada la esquina superior de la página de la derecha. Se me arrugó el ceño a la vez que el corazón se me aceleraba aún más. Aquello no era una coincidencia, sino más bien algo premeditado. Una parte de mí quería ver lo que intuía que encontraría; otra, salir corriendo de allí y no mirar atrás. Busqué como un perro adiestrado para rastrear trufas y ahí estaba, un titular hablando de mi hijo: «El joven de once años vecino de Beceite, Samuel Arriaga, ha sido hallado muerto».

Sentí mis latidos tan fuertes que hasta resonaron en mis oídos. A diferencia de mis ojos, la boca se me quedó seca. No quise leer el resto de la noticia. Cerré el periódico y lo devolví al lugar donde lo había encontrado. Al lado había una caja de buen tamaño. Al abrirla vi que contenía revistas. Las ojeé por encima. Algunas no estaban enteras. Había muchos recortes y hojas sueltas. Guardaba sobre todo fotografías de mujeres jóvenes, de famosas, de niñas, de niños. Propaganda de lencería para cualquier edad...

«¿Y la Guardia Civil no lo detiene? ¿Qué más pruebas necesitan? ¿Acaso no les vale con esto?».

Cerré la caja y la metí en el cajón.

«Pues si quieren pruebas, tendrán pruebas».

Me sequé los ojos y cogí del armario una camiseta fina de manga larga, la enrollé formando un cilindro y me la guardé como pude en el bolsillo.

Se apagó la linterna.

Me puse de pie nerviosa. Llevaba demasiado tiempo allí dentro.

«¿En serio? No, por Dios. Aún no. Aguanta un minuto más», le dije a aquel inútil cacharro, dándole unos golpes contra mi mano. Pero no sirvió. No veía nada.

El cuerpo empezó a temblarme.

«Como venga y me pille...».

Resollé tratando de calmarme.

Caminé a oscuras hacia la puerta. Tropecé con algo que había por el suelo. El ruido me sobresaltó, pero seguí. Y de pronto, escuché lo que parecían pasos acercándose.

Me quedé paralizada en mitad del pasillo, tratando de agudizar el oído. El comedor era de paso y la puerta de la calle la tenía justo enfrente. Miré hacia las ventanas. Una de ellas estaba abierta, por eso podía oír los pasos en mitad de un silencio atronador.

Corrí hacia uno de los sofás. Me escondí detrás a la vez que escuchaba la puerta abriéndose.

Cerré los ojos con fuerza y recé por que se fuera a su dormitorio, que no se parase en el comedor, que viniese solo, que estuviera borracho como una cuba y se quedara dormido nada más tumbarse en la cama.

Encendió la luz. Contuve mis ganas de vomitar. Cerré los ojos apretando los párpados. «Por favor, Dios. Por favor...».

Se chocó contra algo. «Jo-der, me cago en la *puzha sillaaa*. ¿Qué *co-joones*...?». Por su tono, venía más perjudicado de lo que podría haber deseado. Mi espalda reposaba contra la tela mohosa de su sillón, pero no era momento para andarme con escrúpulos. Aguanté inmóvil, conteniendo incluso la respiración. Mis manos estrujaban con fuerza la linterna y el bolsillo donde había guardado su camiseta. Le oí dirigirse a trompicones hacia el pasillo. Un sonido de algo cayendo contra el suelo: un zapato que debió salir volando por los aires. Un golpe contra la pared: él perdiendo el equilibrio.

El segundo zapato impactando contra el suelo no se hizo esperar.

«Se ha dejado la luz encendida. ¿Va a volver?».

—*Jo-derrr..., hostia puta luzz...*

Retrocedió despotricando, y la apagó de un manotazo.

Tragué saliva.

«Métete en la cama. Dios, que se meta de una maldita vez en la cama».

Ruido de él entrando en el cuarto de baño.

Sonido de pis cayendo en el agua de la taza del váter, a ráfagas intermitentes.

Asomé ligeramente la cabeza. Seguía orinando.

«No aguanto más. Me voy».

—*¿Que no qui-e-res salirrr o qué...?*

No podía haberme visto. No entendía con quién hablaba.

Estaba a tres metros de la salida.

Miré la manilla. Luego, las llaves sobre el mueble del recibidor. Por último, el pasillo.

«Vamos».

Y volví a rezar, esta vez por que no saliera todavía del baño, por que no me oyera corretear por su casa. A toda prisa, me dirigí hacia la puerta. Salí y cerré lo más suave que pude, controlando mis temblores. Estuve a punto de echar el corazón por la boca.

Retrocedí dos pasos sin perder de vista la puerta y hui corriendo calle arriba.

Avancé sin parar y sin mirar atrás, hasta pasar la calle Calvario.

33

Entré en casa con el corazón en un puño, con las pulsaciones desbocadas, con la camiseta de aquel desgraciado escondida en mi bolsillo izquierdo y la linterna en el derecho, con el cuerpo bañado en sudor, no por el calor, sino por el miedo que había pasado.

—¿De dónde vienes? —me preguntó Ignacio nada más entrar en el comedor, dándome un susto tremendo. Estaba sentado en su sitio del sillón, a oscuras. Intuí su figura, con la espalda apoyada contra un cojín y las manos reposando sobre sus piernas.

—¿No podías avisar de que estabas ahí?

—Te he preguntado que de dónde vienes.

—De dar una vuelta.

—¿Tú sola? ¿A estas horas?

—Sí. Y no, no vengo de dar una vuelta. Vengo de la casa de Abelardo.

—¿Qué?

—Sí. Ya que tú no tienes cojones para hacer nada, lo estoy haciendo yo.

Encendió la lámpara de la mesita auxiliar que teníamos entre el sofá y uno de los sillones.

—¿Te has vuelto loca?

Se puso de pie.

—No. Es más, ahora ya no tengo la menor duda de que fue él. —Me miró con el ceño fruncido, esperando a que me explicase—. He encontrado en su armario un periódico de un par de días después a lo de Samuel, el *Diario de Teruel,* y tenía señalada la página donde salía la noticia de su muerte. Y también he encontrado revistas y recortes con fotos de mujeres y niños. Ese está loco. Aparte de ser un borracho es un maldito depravado.

—Pero...

Agachó la cabeza y se dejó caer sobre el sofá.

—Mira —le dije, sacándome la camiseta del bolsillo—. Le he quitado esto.

Alzó la vista y volvió a observarme cejijunto.

—¿Qué es eso?

—Una prueba.

—¿Cómo que...?

—Sí. ¿No quieren pruebas? Pues tendrán pruebas.

—Pero...

—No lo entiendes, Ignacio. La voy a manchar con sangre, y otro día me volveré a colar en su casa y la meteré en el armario. Luego llamaré a la Guardia Civil y les diré que... Bueno, no sé, ya se me ocurrirá algo para que entren en su casa y la registren.

—Creo que de verdad te has vuelto loca. ¿Tú te has parado a pensar qué pasaría si se enteran?

—No pasaría nada.

—Eso no te lo crees ni tú. Estás interfiriendo en una investigación policial. Tú no puedes meterte en casa de nadie a buscar nada y mucho menos a poner pruebas falsas. —Se puso de pie y caminó hasta mí.

—¿Tú de parte de quién estás? ¿Acaso le defiendes?

—No. Estoy tratando de que no te metan en la cárcel. ¿Entiendes? —dijo arrancándome la camiseta de las manos y lanzándola por los aires. Ni siquiera vi dónde cayó.

—¡Yo no voy a estar así! —grité, rompiendo a llorar—. ¡No voy a seguir con ese malnacido dando vueltas por Beceite, cruzándomelo por la calle, permitiendo que se acerque a otros niños!

Me cogió por los hombros y me estrechó entre sus brazos.

—Algo se nos ocurrirá, cielo. Pero no puedes hacer lo que pretendías. No estoy dispuesto a que te metan en la cárcel. No pienso perderte a ti también. —Me separó y me miró a los ojos—. Prométeme que no harás nada, que no volverás a colarte en su casa.

Asentí de mala gana.

—Prométemelo.

—Que sí. Te lo prometo.

34

20 de agosto de 1986

Fregaba los platos mientras recordaba por mil y una veces la madrugada que me colé en la casa de Abelardo. Sobre todo, la estúpida promesa que le hice a mi marido. Estaba harta de hacer lo correcto, de ser una ciudadana ejemplar esperando a que la Guardia Civil moviese el culo o Dios obrase un milagro. Sí, aunque desde el entierro de mi hijo no había vuelto a pisar San Bartolomé, de vez en cuando aún pensaba en Dios y le rezaba. Supongo que algunas creencias no se desvanecen de la noche a la mañana.

Escuché un par de golpes en la puerta. A continuación, que se abría.

—Inma, ¿estás en casa?

Mi querida Maxi. Sonreí nada más escuchar su inconfundible voz nasal.

—¡Estoy aquí! ¡En la cocina!

Oí que cerraba.

Sus pasos aproximándose.

—Hola. ¿Cómo estás? Hacía días que no te veía.

Sin apartar las manos del fregadero, me giré para mirarla. Venía con su típico vestido veraniego abotonado por delante, estampado con flores abstractas, unas grandes, otras pequeñas, de colores vivos: verde lima, amarillo, naranja, rosa…, de hombrera estrecha y escote prominente, dejando a la vista un canalillo salpicado de pecas, arrugas y las habituales manchas enrojecidas de una señora con sus años. Calzaba sus sandalias

181

preferidas de tiras cruzadas y un par de centímetros de cuña. Las uñas pintadas de rosa intenso.

Me examinó de arriba abajo.

—Sí. Es cierto. Últimamente estoy desganada. No me apetece ir a ningún sitio, ni hacer nada. Y con este calor...

—Ya.

Se aproximó a la mesa y apartó una silla para sentarse.

—Iba a los ultramarinos. He pensado que tal vez te apetezca acompañarme.

—¿Qué hora es?

—Las once y algo.

—Bueno. Vale. De paso compraré el pan.

—Vale. ¿Quieres que te ayude?

—No hace falta.

—Como quieras.

—E Ignacio, ¿qué tal?

—¿De qué?

—El otro día nos cruzamos Emilio y yo con él y se le veía muy desmejorado. Bueno, y a ti no hay más que verte. Te estás quedando en los huesos. ¿Comes bien?

Suspiré.

La espuma resbalaba desde la vajilla hasta mis manos y de ahí al desagüe. Tenía razón, incluso en las manos se me notaba que había perdido peso.

—Sí, como bien. Y no te preocupes, me voy a quedar más sexy que la Raffaella Carrà; aunque morena, claro. No pienso oxigenarme el pelo.

«¿Yo, bromeando?», pensé, pero al menos conseguí que Maxi se riera. Por ella merecía la pena el esfuerzo de fingir que estaba saliendo de mi tormento.

—Lo malo, hija, es que en un pueblo no vas a lucir tanto como ella en la televisión.

—Tranquila, no aspiro a ser como una de esas de Los ángeles de Charlie.

Volvió a reír.

Cerré el grifo y coloqué el último plato en el escurridor.

—Me pongo las sandalias y nos vamos.

—Te espero aquí.

Asentí y me fui al dormitorio.

Tardé dos o tres minutos en cambiarme el calzado, orinar y recogerme el pelo en una coleta.

Cuando llegué a la cocina, Maxi estaba jugando con la fruta del frutero.

—Aquí tienes la tarjeta de una mujer —dijo con la tarjeta entre los dedos. La contemplaba como si fuera la foto de las últimas vacaciones en la playa.

—¿Una tarjeta?

—Sí. Está un poco manchada, pero… De una tal Eva María Pueyo. Me suena ese nombre.

—Claro que te suena. Es la periodista que vino el día d…

—Ah, ya, ya, ya. Ya sé quién es. Aquella periodista. —Asintió como un tentetieso—. Ya. Bueno. Y no has vuelto a saber nada de ella, ¿no?

—No. Me dejó la tarjeta por si quería hablar, pero…

—Ya. Bueno. Guárdala —dijo abriendo el cajón de la mesa de comer en la que estaba apoyada. La metió dentro—. Nunca se sabe lo que un día podríamos llegar a necesitar.

—No me gusta que se entrometan donde nadie los llama.

—Bueno, mujer, solo hacen su trabajo. Si no preguntaran no se enterarían de las cosas y no las podrían escribir y nuestros maridos, entre otros muchos, no tendrían periódicos que comprar.

Sonreí con desgana.

Empujó la silla con el cuerpo y se puso en pie. Volvió a mirarme de arriba abajo.

—Como la Raffaella Carrà, dice. —Negó con la cabeza sonriendo—. Vámonos, anda.

De camino al ultramarinos nos cruzamos con un grupo de niños corriendo calle abajo. Entre ellos estaban Guille, Javito e Irene, sonrientes, como si no echaran en falta a mi hijo. Se habían olvidado tan pronto de él...

Sí, los primeros días hubo caras mustias, ojos y narices rojas, cabezas gachas. Pero ahora... Solo cuatro meses después y, todos volvían a hacer su vida normal. Menos Ignacio y yo, que habíamos perdido la felicidad, la motivación, el sentido de vivir.

Era todo tan indignante...

En más de una ocasión me topé con gente del pueblo, por lo general sentados en un banco pasando la tarde, dicharacheros y riendo a carcajadas, hasta que me veían acercarme. En ese momento cambiaban las caras, se ponían serios, se daban codazos unos a otros para avisarse, para interpretar sus papeles y fingir que seguían apenados por la muerte de Samuel. Me preguntaban que qué tal lo llevábamos mi marido y yo, tan solo por guardar las apariencias, porque en el fondo, nuestra familia y nuestro sufrimiento les importaba un pito. Las primeras veces me la colaron. «Bueno. Supongo que con el tiempo empezaréis a sobrellevarlo». «No querría estar en vuestro lugar». «Ha sido una auténtica tragedia...». Ya digo, al principio aguantaba sus estúpidas palabras de consuelo. Sin embargo, con el paso de los días aprendí a despacharlos: «Me voy, que tengo prisa», o «ya hablaremos en otro momento, que me he dejado la comida en el fuego». No estaba dispuesta a aguantar los cinismos de unos cuantos. Por suerte, eran un grupo pequeño y bastante fácil de identificar.

—En vaya pueblo de cotillas nos estamos convirtiendo.

—¿Qué? ¿A qué viene eso ahora?

—No, nada. Déjalo. Cosas mías.

Creo que lo que más me dolía era que los niños, sus amigos, se hubieran olvidado de él. «Son cosas de niños», me repetí miles de veces. «Ellos afrontan la muerte de otra forma. Pero seguro que todavía se acuerdan de él. Seguro que le echan de menos». Necesitaba pensar que así era.

Otro grupito de niños corriendo en dirección contraria: Lucas, Irene, Rosarito…

—Hace mucho que no veo a los niños de Guillermo.

Maxi me miró pensativa.

—Ni yo.

—Creo que la última vez fue un par de días antes de la misa de su madre.

—Pues ahora que lo dices, sí, creo que yo también. Es raro que no se les vea por la calle, jugando con los demás niños. Perder a una madre es trágico, pero su padre debería hacer para que los niños salgan de casa y al menos les dé un poco el aire.

—Pues sí. ¿Tendrá miedo de que se olviden de ella?

—Eso es absurdo. ¿Acaso tú o tu marido vais a olvidaros algún día de Samuel? No, ¿verdad? Pues ellos tampoco se van a olvidar de su madre.

Sabía bien de lo que hablaba. Maxi también perdió a su madre cuando apenas tenía siete años. En infinidad de ocasiones me había relatado lo poco que recordaba de ella, cuando la vestía para ir a misa los domingos, cuando le cepillaba el cabello, cuando le preparaba un pedazo de pan con mantequilla y miel o chocolate. Me habló tanto de ella, que hasta yo misma parecía haberla conocido; hasta yo le había cogido cariño.

—¿Sabes que el otro día vi a Guillermo?

—Ah, ¿sí? ¿Dónde? Y no, cómo lo voy a saber, si desde hace días no te veo. ¿Qué te dijo?

—Poca cosa, la verdad. Eso sí. Echaba un pestazo a..., ya sabes.

Maxi arrugó el ceño y luego hizo un gesto encogiendo los dedos índice, corazón y anular, apuntándose con el dedo pulgar a la boca y moviendo la mano varias veces.

—¿A pimple?

—Sí. Alcohol, sudor, gasolina... Yo no sé ese hombre si algún día va a levantar cabeza. Se le ve estropeadísimo y perdido como un burro en una ciudad.

—Bueno. Quería mucho a la pobre Alicia. Supongo que aún es pronto.

—Sí. Pobrecita. Aunque él y los niños casi me dan más pena aún.

—¡Inma!

Me giré para ver quién me llamaba.

Era Delia, la madre de uno de los amigos de Samuel. Tenía cara de circunstancia.

Acabamos las tres paradas en mitad de la calle, a pocos metros del ultramarinos.

—Te he visto y, bueno, solo quería saber qué tal estabas —dijo, poniéndome la mano en el brazo. A Maxi le dedicó un simple y esquivo «hola» al que Maxi respondió haciéndole un gesto con la cabeza.

—No sé qué contestarte.

—Ya. Te entiendo. No hay un solo día que mi Lucas no se acuerde de tu hijo. Eran como uña y carne.

—Le he visto hace un rato jugando con los otros niños.

—¿A Lucas? Sí. Claro. Es normal, no deja de ser un niño. Pero me habla de él y me cuenta batallitas de ellos y con los amigos. Sé que cada noche habla con él. Le oigo susurrando. Yo hago como si nada, pero me da mucha pena. Aunque claro, lo mío no es nada comparado con lo que tú debes estar pasando. Estarás destrozada. Bueno, ya se te ve. Te estás quedando en los huesos. Y tu marido igual. El otro día lo vi a lo lejos, saliendo de la iglesia, y me costó reconocerlo.

—¿Saliendo de la iglesia, mi marido? Creo que lo has debido confundir con otro.

—No. Imposible. Me crucé con él. Yo iba hacia allá, él venía hacia mí… Vamos, que no hay duda. Fui a preguntarle, pero me dijo que llevaba prisa y, de todas formas, con él no tengo la misma confianza que contigo.

—En fin. Que solo quería saludarte, saludaros —rectificó—, y decirte que si algún día necesitas cualquier cosa ya sabes dónde encontrarme.

—Te lo agradezco.

—No las merecen. En fin. Que vaya bien.

Le hice una mueca y seguimos andando.

35

Mientras Maxi compraba embutido, yo recorrí los pasillos de la tienda por si necesitaba algo aparte del pan. Vi los dichosos bollos rellenos de chocolate. «¿Hasta cuándo se me va a hacer un nudo en la garganta cada vez que los vea?».

De lejos observé que Virginia hablaba con Maxi. No las oía, pero sonreían. Sentí envidia por su vida despreocupada.

Me acerqué al mostrador.

—¿Qué tal, Inma? —preguntó Mateo saliendo de la trastienda.

—Hola.

Miró lo que había soltado sobre el mostrador: un bote de tomate frito triturado y un paquete de espaguetis.

—¿Qué tenemos por aquí? ¿Traes bolsa?

—Sí.

Alcé el brazo para mostrársela, aunque me ignoró.

Tecleó en la caja registradora.

—Me pones también un par de barras de pan. Blanquitas, a poder ser.

—Sí, claro. Las guardamos para vosotras —dijo mirándonos a Maxi y a mí.

Sonreí.

—¿Y qué tal lleváis el calor metidos aquí todo el día? —les preguntó Maxi.

—Bebiendo mucha agua —contestó Mateo con la gracia que él siempre mostraba a los clientes.

—Como por las tardes cerramos, algunos días aprovechamos y nos vamos al río o al Parrizal. Con meter un solo dedo en el agua se te quitan los calores de golpe —dijo Virginia riendo.

Su marido dejó las dos barras de pan sobre el mostrador.

—Pues son: veinte y veinte del pan, más sesenta de los espaguetis... Total: ciento setenta pesetas.

—Saqué doscientas y se las dejé al lado de las barras. Mientras él cogía el cambio, guardé el pan en la bolsa.

—Esto hacen... —Su tono cantarín. Su mano en alto esperando a la mía; la mía con forma de cuenco colocándose debajo— Ciento ochenta..., y, doscientas pesetas. ¿Bien?

—Muy bien, Mateo. Gracias.

—Gracias a vosotras, que se nota que nos queréis.

—Es que nos cuidáis mucho, hijo —dijo Maxi.

—Nos cuidamos mutuamente —intervino Virginia.

Mateo se acercó a su mujer. «¿Quieres que siga yo?». «Pueesss... Casi que sí», le dijo ella. Parecía cansada. Cuando entramos su piel no se veía tan paliducha como entonces.

—¿Te pasa algo, niña? —le preguntó Maxi—. Tienes mala cara.

Virginia y Mateo se miraron. Tenían una complicidad tan bonita...

Se sonrieron. Virginia agachó la cabeza, como si se ruborizara. «¿Se lo decimos?», le preguntó Mateo susurrando. Pero susurrando demasiado fuerte, ya que las dos le oímos. «Está bien», respondió ella. Se llevó las manos a la tripa y se la miró sonriente. Y ya se sabe que a buen entendedor pocas palabras bastan. Antes de que abriera la boca para decirlo, me sentí desvanecer. Recordé el momento en que supe que me había quedado encinta. El embarazo. El parto. Los primeros días.

Cuando se le cayó el cordón umbilical. Los primeros dientes. Los cólicos. Sus primeros pasos. El día en que tu hijo dice mamá por primera vez. Cómo te late el corazón, cómo el alma se siente tan dichoso que el cuerpo en el que está contenida parece que no le es suficiente. Los desvelos. Las risas. Los llantos. Las fiebres, toses y dolores. Los juegos, el tiempo juntos, las bromas.

Una cortina de lágrimas desdibujó sus rostros de felicidad. Y mientras Virginia nos daba su gran noticia yo seguí absorta. Oí que decía «estoy embarazada», a Maxi dándole la enhorabuena, vi a Mateo acariciando el vientre de su esposa; de nuevo sus miradas, sus carantoñas, un beso en la mejilla. El brillo en sus ojos. Mi cuerpo consiguió gesticular una sonrisa y articular un «enhorabuena» antes de volver a encontrarme con los recuerdos de Samuel. Desde pequeñito le enseñé a rezar y juntos nos apoyábamos contra la cama, de rodillas, con las manos entrelazadas y orábamos un Padre Nuestro y un Ave María. Su voz resonó en mis oídos como cuando tenía cinco, seis, siete años…, cuando su tono aniñado era tan melódico como el de un querubín. Aterciopelado y puro. «Cuatro esquinitas tiene mi cama. Cuatro angelitos hacen mi guarda. Lucas, Juan y Matías. Nuestro Señor y la virgen María. Señor Jesucristo que bendices tu altar, bendice mi cama que me voy a acostar». Su manita recorriendo su cuerpo, dibujando una cruz. Su beso de buenas noches en mi mejilla. Su forma de subir a la cama dando un salto. «Tápame bien, mamá, que luego tengo frío». «Ya lo hago, hijo». «Sí, pero remétame la colcha para que no se me salga». Una sonrisa compartida. Un beso de mis labios en su frente, en sus mejillas.

Cuatro angelitos guardaron su cama durante once años, pero no pudieron hacer nada lejos de ella, contra el demonio de Abelardo.

Me sequé las lágrimas con la mano, tratando de que no me vieran.

—Ay. Lo siento, Inma —dijo Virginia, saliendo de detrás del mostrador—. No queríamos...

—No, no. Yo sí que lo siento. Lo siento mucho —sollocé—. No... Solo... Lo siento. Lo siento mucho.

—Tranquila. Entendemos tu disgusto.

—Me alegro muchísimo por vosotros, pero...

Mateo me dio un pañuelo de papel.

—Ve a por un poco de agua —le dijo Virginia a su marido.

—No hace falta. —Pero ya se había ido a por ella—. Quiero que sepas que me hace muy feliz vuestra noticia. De verdad. Os lo juro. Sois una pareja maravillosa y vais a criar a un niño sano, fuerte y bueno.

—Aún es pronto, solo estoy de tres meses, pero... —Llegó Mateo con el vaso de agua. Me lo dio y bebí un par de tragos. Volví a secarme la cara, a sonarme la nariz. Me dio otro pañuelo. Cuando alcé la vista encontré que la pareja me miraba con una sonrisa de cariño—. Decía que... Bueno. Mateo y yo hemos estado pensando nombres y, si fuera niño y a ti y a tu marido os pareciera bien, nos gustaría llamarlo Samuel.

Me quedé muda. Mi llanto frenó de golpe. ¿Felicidad? ¿Perplejidad? ¿Sorpresa? ¿Agradecimiento? ¿Rechazo?

—Pero si no os parece bien, no se lo pondremos. Por supuesto que no.

—No sé qué deciros. Gracias a los dos, supongo. Sois de lo mejor de este pueblo.

Me sorbí los mocos.

Bebí otro trago de agua. Le devolví el vaso a Mateo. Ellos me miraban expectantes y risueños, hasta que les dije:

—Creo que lo mejor será que me vaya a casa. Pero, gracias.

36

Lunes, 25 de agosto de 1986

De nuevo en la cama, cada uno a lo nuestro: él, tumbado, con su transistor; yo, sentada contra el cabecero, con mi libro de Isabel Allende, prácticamente por la misma página que la última vez que intenté leerlo. Mi concentración puesta en Virginia, Mateo y su futura paternidad.

—El otro día estuve en el ultramarinos —dije, tratando de…, no sé, tal vez de recuperar lo que fue nuestro matrimonio.

Por el contrario, obtuve indiferencia y silencio como respuesta. Varios segundos con el locutor de la radio llenando nuestra distancia.

—Virginia está embarazada.

Su vista recorrió primero el transistor, luego el techo, hasta quedarse perdida en la sábana que cubría nuestros cuerpos.

—Me alegro por ellos.

—Sí. Yo también. Han pensado que si es niño tal vez podrían llamarle Samuel.

Sus ojos buscaron mi cara. Se recolocó como un anciano artrítico hasta sentarse.

—¿Qué?

—Me dijeron que era una posibilidad. Siempre y cuando el bebé sea niño y a nosotros nos parezca bien, claro. Son muy buena gente. No van a hacer nada que nos siente mal o nos duela.

—Pero…

Negó con la cabeza.

—Yo también tengo dudas. No quiero que el nombre le traiga mala suerte a la pobre criatura. Y no sé cómo me sentiría al escucharlos llamarle. Era el único Samuel del pueblo; cuando alguien pronunciaba su nombre solo podían estar refiriéndose a él.

—Tal vez deberían pensar en otro nombre. Uno que represente algo para ellos, vamos, que les dé alegría. No creo que ponerle el nombre de un niño muerto les vaya a... No sé. Tal vez el nombre de uno de sus abuelos. —Suspiró—. Es un gesto muy bonito. Eso seguro. Pero... —Negó despacio con la cabeza.

—Ya. Te entiendo.

—¿Desde hace cuánto lo sabes?

—Pues..., desde el miércoles pasado.

—¿Y por qué no me lo has dicho antes?

—Trataba de saber primero qué me parecía a mí. Y tampoco imaginaba cuál iba a ser tu reacción.

Resolló.

—Pues ya me lo has dicho. Voy a ver si me duermo. Mañana quiero madrugar.

Me dio un beso en la mejilla y se colocó dándome la espalda, de nuevo lento y tosco.

—Que duermas bien.

—Igualmente.

Me giré hacia mi mesilla y recoloqué la lamparita para darle sombra a Ignacio con mi cuerpo. Después, me quedé mirando las letras de la misma página durante demasiados minutos.

37

Miércoles, 3 de septiembre de 1986

—¿Les has dicho ya que se busquen otro nombre? —preguntó de pronto, mientras se echaba un par de cucharaditas de azúcar en la taza aún vacía.

—¿Cómo?

—¿Que si se lo has dicho ya?

—No.

—No sé a qué esperas.

—Tampoco hay que ponerse así, ¿no?

La cafetera sobre el fuego y el café empezando a subir. Saqué la botella de leche de la nevera y la dejé sobre la mesa, con desgana.

—No me pongo de ninguna manera. No me gusta. No quiero que otro niño lleve su nombre.

—A ver si te crees que era el único Samuel del mundo.

—En este pueblo sí, lo era. Solo él. Y quiero que siga siendo así. Al menos hasta que me muera o mientras yo pueda evitarlo.

—Ellos nos lo han preguntado de buena fe. No es para que te pongas como un basilisco.

—Que no me pongo de ninguna forma —dijo elevando el tono—. Han pasado muchos días desde que te lo dijeron. Así que ya está bien. Díselo. Diles que no quiero, que se lo agradezco, pero que se ahorren el detalle.

—¿Ahora soy tu recadera?

—¿Prefieres que vaya y se lo diga yo? No voy a ser tan educado como contigo.

—¿Educado?

—Sí. Más que ellos.

—Creo que se te está yendo la cabeza.

Dio una palmada sobre la mesa a la vez que me fulminaba con la mirada. Corrió la silla hacia atrás, empujándola con el cuerpo. La mandíbula se le tensó y las aletas de la nariz se le abrieron como las alas de un águila que pretende echar a volar. Sentí desazón, pero no miedo.

—¡En vez de pensar en los demás, en lo que quieren o dejan de querer, deberías pensar más en tu marido! ¡O en ti misma! ¡¿Acaso a ti no se te destemplaría el alma cada vez que alguien le llamase?!

Su cara era la de un perro rabioso. Me miró a los ojos, desafiante y, con los dientes apretados, como si sujetase a su presa entre los incisivos, terminó con un «eres una estúpida».

Estuvo a punto de darse la vuelta, de abandonar la cocina y dejarme con la palabra en la boca, pero no iba a permitírselo.

—Y tú eres un pusilánime. Un eunuco cobarde. En vez de molestarte por que unos amigos quieran honrar la memoria de Samuel poniéndole su nombre a su bebé, deberías haber estado haciendo algo para que el malnacido de Abelardo pagase por lo que le hizo a nuestro hijo. Pero no. Te has dedicado a deambular como un fantasma, a no hablarme, a echarme en cara algo que no llego a entender, a encerrarte en ti mismo, a huir de la cama a medianoche, como si yo tuviera la culpa. ¡Eres un imbécil! ¡Y por si no te ha quedado claro: yo no maté a tu hijo, lo hizo él! ¡Deberías ir a por él y pegarle un tiro en la cabeza! ¡Sacar los huevos del cajón y hacer algo, maldita sea!

—Ah, ¿sí? Si tan fácil crees que es y tan valiente eres, ¿por qué no lo haces tú?, ¿eh, valiente? Si quieres, luego te traigo la escopeta y se lo pegas.

Salió de la cocina dando un portazo.

Mis uñas se habían clavado en las palmas de mis manos. Mi rostro se había convertido en un reflejo del suyo: mandíbula tensa, dientes apretados, ojos inyectados en sangre, nariz dilatada…

Oí las llaves.

Otro portazo.

Mi corazón se aceleró aún más.

«No me tientes».

38

Viernes, 5 de septiembre de 1986

Como era habitual, a principios de septiembre el calor en Beceite empezaba a darnos una tregua. Yo no encontré mejor tarea que ponerme a sacar lustre a los cristales. El tiempo pasa rápido cuando, en mitad de tu vacío, tu desgana y tu sufrimiento, al fin encuentras algo con lo que entretenerte. A veces limpiar cristales puede ser una forma de evadirte. Apenas me quedaban los de dos habitaciones.

Acostumbraba a dejar las ventanas abiertas hasta conseguir que el olor a amoniaco desapareciera de la casa. Aunque, me costaba identificarlo después de haber estado varias horas inhalándolo.

Esa mañana las nubes le habían perdido la batalla al viento. Hacía corriente. Tuve que sujetar un par de puertas con unas sillas para evitar los portazos y, de paso, un infarto prematuro. Pero era agradable. El airecillo se colaba por mi camiseta. Rozaba mi piel como la caricia de una pluma. Cuántas veces acaricié a Samuel con las plumas de palomas que encontrábamos por la calle. «Hazme más cosquillas», me decía, subiéndose la camiseta y tumbándose sobre mi regazo para que recorriese su espalda con ellas. Juegos de niños y de madres, supongo.

Aire.

Olor a amoniaco y jabón.

Mis recuerdos arañando en el pasado, buscando algún resto de mi hijo.

Hacía unos minutos que Maxi había venido para dejarme un trozo de empanada casera. Ni siquiera le vi la cara. Estaba de espaldas cuando entró.

—¡Uy! Estás liada con los cristales. Bueno. Solo he venido para traerte un trozo de empanada que acabo de hacer. —Cuando me di la vuelta ya iba de camino a la cocina. Su bata floreada se contoneaba dibujando ondas.

—Voy.

—No hace falta, hija. Te la dejo aquí encima. —Supuse que sobre la encimera.

—Vale. Gracias.

Siguió hablando desde la cocina, no sé qué andaría haciendo.

—Bueno, me voy corriendo que tengo cosas en el fuego. Si luego te quedan fuerzas, te puedes pasar por casa y seguir con los míos —bromeó. Me hizo sonreír—. Te dejo la radio puesta.

No me dio tiempo a decirle que prefería seguir en silencio. Oí cómo la clavija entraba dentro del enchufe y de repente sonaba la música. La subió lo suficiente como para escucharla desde cualquier parte de la casa.

—¡Adiós! ¡Y que te cunda!

—¡Vale! ¡Gracias! —Ya había cerrado la puerta.

Una vez más me quedé a solas, con mis manos protegidas por unos guantes de goma que no me dio tiempo a quitarme, sujetando la ventana que acababa de quitar de su rail, frotando en círculos, borrando las manchas con forma de gotas y de contornos marrones, del polvo y el barro de las últimas lluvias.

«Malditas tormentas de verano. Como no te des cuenta y bajes las persianas a tiempo acabas con los cristales hechos un Cristo. Eso, por no hablar del bochorno que levantan».

Ahora, esos tonos tiznaban el paño con el que los limpiaba. Y de fondo, la letra de aquella canción de Gabinete Caligari, sus alondras, sus copitas para ahogar las penas y sus ganas de sentir el amor. Su musiquilla de tango. La voz nasal del cantante y las únicas estrofas que de verdad me sabía: «No hay como el calor del amor en un bar... El calor del amor en un bar... El calor del amor en un bar».

«Y ahora recordamos una canción que nos encanta y que alcanzó el número uno el pasado 9 de agosto en nuestro ranking de Los 40 Principales: *Ay qué pesado*, del grupo Mecano».

Dos canciones más tarde, después de devolver la ventana a su rail, fui a la cocina y apagué la radio.

Comimos en el salón, con la televisión de fondo. «Está muy bueno», dijo, refiriéndose al cocido. «Gracias. Esta noche tomaremos sopa del caldo que he sacado». Un grupo de niños pasó corriendo y gritando por nuestra ventana. Hacía dos días de nuestra discusión por el tema del nombre del bebé de Virginia y Mateo. Me parecía raro que no hubiera vuelto a sacar el tema.

Terminó de comer y se fue al sofá. Yo aún tardé un rato en acabar. Luego, recogí la mesa.

Me quedé en la cocina, limpiándola, fregando los platos y las cacerolas.

Cuando volví, en ese rato, a lo sumo media hora, Ignacio se había quedado dormido en su lado del sofá. Le observé. «Espero que luego se duche sin que tenga que decirle nada». El bajo de los pantalones los tenía manchados de barro. En el suelo, al lado de la mesita auxiliar en la que tenía los pies apoyados, sus botas de ir al campo y más barro desperdigado.

«No soy tu fregona», pensé con rabia. Pero luego me serené. Él trabajaba mucho más duro fuera de casa, hiciera frío o calor, lloviese, nevase, hiciese aire…, prácticamente todos los días del año.

Con cuidado de no despertarle, me llevé sus botas y las dejé en el garaje para que se terminara de secar el barro y de paso se ventilaran; barrí el suelo del comedor y le dejé al lado las zapatillas de estar por casa.

«Tendré que hablar con Virginia y Mateo de lo del nombre de su bebé».

Fui al dormitorio y me cambié de ropa. Miré si llevaba suficiente dinero en el monedero. Ya que iba a verlos, aprovecharía para comprar algunas cosas que necesitaba.

Cerré la puerta sin hacer ruido.

En la calle hacía una temperatura estupenda, aunque a esas horas lo normal era cruzarse con poca gente. Me sorprendió ver a la señora Tomasa; había decidido ir a dar un paseo. O eso parecía. Solo la vi a lo lejos. Ella a mí no.

Cuando llegué al ultramarinos, lo encontré igual de vacío que las calles.

—Hola, Inma —me saludó Virginia haciendo amago de levantarse. Estaba sentada detrás del mostrador, en una silla de tela, como las que se llevan a la playa, viendo una pequeña televisión que tenía enfrente.

—Hola. —Sonreí con desgana—. Venía porque… ¿Está tu marido?

—No. Se ha tenido que ir a comprar unas cosas. Aprovechando que a estas horas viene menos clientela, me ha dejado un ratito sola. No creo que tarde mucho en llegar.

—Ah. Bueno.

—¿Pasa algo? ¿Estás bien?

—Sí. Quería… —Me quedé pensativa durante unos segundos. Virginia me miraba callada, manteniendo una asombrosa paciencia. Empecé con un suspiro—. Muchas veces he pensado en el día que desapareció Samuel. Recuerdo que ese día vine aquí a comprar unas cosas y estuvimos hablando, riendo... Dijisteis que a lo mejor ibais al río a mojaros las piernas.

—Sí. Yo también me acuerdo de ese día.

—Y ¿al final fuisteis?

—¿Al río? Sí. Por la tarde. A eso de las cinco.

—¿Y no visteis nada raro? ¿No visteis...?

No sé por qué, no pude acabar la pregunta. Sus grandes ojos marrones me observaron con detenimiento. Se le arrugó el ceño.

—No. No vimos nada extraño. Ya nos preguntó la Guardia Civil y se lo dijimos también a ellos.

—Ya, pero ¿os cruzasteis en algún momento con Abelardo?

—¿Abelardo...?

—Sí. El único Abelardo que hay en el pueblo.

Agachó la cabeza, haciendo memoria. Sus labios se movían como si hablara sola.

—Sí. Yo sí recuerdo que le vimos, pero a lo lejos. Mateo creo que no se dio cuenta, pero yo sí que lo vi. Ya te digo: estaba lejos y caminaba hacia el pueblo. Tenía que venir del río; por ese camino no podía hacerlo de otro sitio.

—¿Y eso también se lo dijiste a la Guardia Civil?

—No.

—¿Por qué? —Sentí desasosiego e impotencia.

—Porque no fue el único con el que nos cruzamos. Íbamos a pie y sabes que hay un buen trecho. Con el buen tiempo que hacía esa tarde muchos salieron a dar un paseo. Vamos, lo normal. —La miré, esperando a que siguiera hablando—. De verdad, Inma, no vi nada que me llamara la atención. Además,

203

que Abelardo pudiera venir del río no creo que sea motivo para desconfiar de él, ¿no?

—¿Con quién más os cruzasteis?

—No lo sé —gimoteó—. De verdad, no vi nada raro.

—Virginia, te pido por favor que me digas a quiénes visteis. No veo el motivo para que no me lo quieras decir.

—Se habla en el pueblo, Inma. Se habla de ti, de tu marido, de tus acusaciones a Abelardo. ¿Qué te crees? Todo el mundo sabe lo que piensas. Y lo peor de todo es que estas consiguiendo que muchos desconfíen de él.

—Ah, ¿y tú no?

—Ni confío ni desconfío. Si fuera culpable la Guardia Civil lo habría metido en la cárcel.

—¡Ja! No me vengas tú también con esas, Virginia. La Guardia Civil no está haciendo nada.

—Seguro que sí. Que cada día están más cerca de atrapar al culpable.

—Por favor, Virginia. Necesito que me digas a quiénes más visteis. Si hubiera sido otro…

Le imploré con la mirada y ella al final cedió, suspirando como si soplase una vela.

—Aparte de Abelardo, yo me acuerdo de ver a Míriam yendo con su madre; al padre Miralles; Alonso y su mujer; Guillermo, que parecía que iba bebido; a unos cuantos niños: Lucas, Luisito, Óscar, Javito, Rosarito, Guille…; al viejo Antonio… También Emilio, el de Maxi. Creo que ya están todos.

—¿Seguro? ¿No falta nadie?

—No. Creo que esos son todos.

—¿Y alguno mostraba una actitud rara, sospechosa?

—¿Y esa pregunta?

—Contesta, por favor.

—No, Inma. Ninguno mostraba una actitud rara ni sospechosa. Todos parecían normales.

—¿Hablaste con alguno de ellos?

—No. Con ninguno. Ya te digo que solo los vimos a lo lejos. Tal vez un «hola y adiós» con alguno, pero nada más.

Empezaba a estar harta de tanta confusión. No sabía qué pensar.

—Solo podemos esperar a que la Policía o la Guardia Civil o quien sea averigüe algo y detenga al culpable —insistió, como si tratara de consolarme o convencerme.

—Ya. Lo de siempre. Esperar, esperar y esperar.

—Lo siento, Inma.

—Lo sé. Gracias por contármelo.

—No hay de qué. Si estuviera en tu lugar yo también hubiera querido saberlo. Tenéis que estar pasando por un infierno.

Asentí cabizbaja.

—Pues ya que estamos sincerándonos… Necesito pedirte algo.

Vaciló con cara de desconcierto.

—Lo que tú digas.

—Que le pongas otro nombre a tu hijo.

Salí del ultramarinos cargada con una bolsa en cada mano. Me recorría una extraña sensación de alivio por haberle pedido al fin que le buscara otro nombre a su hijo. No obstante, mi cabeza estaba en otra parte.

«Antes de que se estropeara el tiempo y se pusiera a llover, hubo mucha gente dando vueltas por el pueblo. Ninguno se cruzó con Samuel. O eso dicen. Cuando lo encontraron en el río llevaba horas ahí tirado. Maldito desgraciado...

»No pudo ser otro que Abelardo.

»¿Quién si no iba a hacerle eso? No tiene sentido.

»No. Es imposible. Tuvo que ser él. Ignacio lo vio. Y, además, ¿por qué si no los recortes de las revistas y el periódico con la noticia de su muerte?

»Tuvo que ser él».

Estaba a tres calles de llegar a casa.

Doblé la esquina.

—Hola —me saludó un vecino. Me había cruzado con él miles de veces y nunca había sido capaz de aprenderme su nombre. Tampoco me había parado nunca a hablar con él. Moreno, espigado, con poco pelo. Sabía que era viudo, que rondaba los sesenta años y que trabajaba en algo de la construcción, pero fuera del pueblo.

—Hasta luego —le respondí según pasó por mi lado. Sonrisa fingida. El típico movimiento de cabeza...

Cuando alcé la vista del suelo, al fondo de la calle vi a un hombre de espaldas, inclinado ligeramente hacia delante. Aquella pose era rara, como si hablara con alguien muy menudo. Se me arrugó el ceño. Me había vuelto una desconfiada paranoica.

Como una mosca pegada en una telaraña, no pude quitarle la vista de encima. Y Dios sabe que no quise pensar en él, pero lo hice. Su constitución era tan parecida... Lo primero que me vino a la cabeza fue que estaba hablando con un niño. Apreté las asas de las bolsas como si fueran su cuello. Y entonces una niña salió de detrás de él y él se giró, y le vi la cara. Abelardo. La niña agachó la mirada con timidez, como si quisiera alejarse. El corazón se me aceleró. Aquellas dos coletas… La niña era Purita. Lo miraba y agachaba la cabeza, le observaba las manos. Abelardo le mostraba algo. Mis pasos se aceleraron. Aún me encontraba demasiado lejos. Purita dio un paso atrás. Él, un paso hacia ella. Le cogió la mano y le puso algo sobre la palma. La niña lo miró y sonrió. Abelardo le acarició la cara.

—¡Eh, tú, desgraciado! ¡Aléjate de la niña!

Al oír mis gritos, Abelardo y la niña me miraron con cara de susto. La niña se apartó de él, observándonos asustada.

—¡Desgraciado! ¡¿Qué pretendes?! ¡¿Eh?! ¡Apártate de ella ahora mismo!

Como un delincuente sorprendido por la Policía, el muy desgraciado salió corriendo despavorido. Nadie huye si es inocente. Avancé lo más rápido que podía, pero las bolsas pesaban demasiado. Las solté, oyendo cómo las latas se abollaban, y corrí detrás de él.

Había doblado la esquina.

Cuando llegué al mismo punto, lo había perdido de vista.

—¡Eres un desgraciado! —grité rompiendo en llanto.

Varias ventanas se abrieron.

—Inma. ¿Estás bien? —me preguntó alguien desde su casa.

Ignoré a esa, el «¿qué pasa?» de otra, el «¿qué ha pasado? He oído gritos», de una tercera… Empezaron a cuchichear mientras yo me daba media vuelta y volvía a por las bolsas. Al doblar de nuevo la esquina, me topé con Purita. Corría hacia su casa con los ojos llorosos y temblando. Al cogerla de los brazos para pararla y preguntarle qué tal estaba, la niña reaccionó tratando de soltarse, llorando con más fuerza.

—Tranquila, cariño. Lo siento. Tranquila —dije acuclillándome delante de ella. Me había convertido en un monstruo del que los niños querían huir.

La niña paró y me miró con miedo. Las lágrimas mojaban sus mejillas sonrosadas.

—¿Sabes quién soy? —Asintió—. Soy la mamá de Samuel.

—Ya.

—¿Estás bien?

Volvió a asentir.

—¿Te ha hecho algo ese hombre que se ha ido corriendo? —pregunté con cariño, poniendo el tono más suave que pude.

La niña negó con la cabeza.

—Mírame. ¿Seguro que estás bien? ¿No te ha hecho nada?

Las coletas de Purita volvieron a moverse del mismo modo.

—Está bien. Siento mucho haberte asustado. ¿Me perdonas?

—Sí.

—Gracias.

—No todo el mundo es bueno, ¿sabes? Hay gente a la que le gusta hacer daño a los niños, y ese señor que te hablaba es uno de ellos. ¿Entiendes?

»No te acerques nunca más a ese hombre. ¿Me oyes? ¿Lo entiendes?

Sus ojillos marrones brillaron como el café recién hecho. Un puchero arrugó su cara haciendo temblar su barbilla.

—Tranquila, mi niña. Tú no tienes la culpa —dije mirándole a los ojos—. ¿Qué te ha dicho?

—Que tenía un pelo muy bonito. Que si quería un caramelo.

Sentí que la sangre me bullía.

Me mostró la palma de su mano y sobre ella el caramelo de fresa que Abelardo le había dado.

—¿Quieres chuches?

Asintió a la vez que trató de refrenar una mueca de pilla.

—Vale. Pero hagamos un trato: tú me das ese caramelo para que lo tire a la basura y yo te compro todas las chuches que quieras. ¿Trato hecho?

—¿Si te lo doy me compras más chuches?

—Eso es. ¿Quieres que vayamos juntas a la tienda de Virginia? —le pregunté, secándole las lágrimas con mi mano—. Te compraré todas las chuches que quieras. —Se le dibujó una bonita sonrisa. Me recordó a Samuel—. Vale. Pero me tienes que prometer una cosa.

—¿El qué?

—Que no volverás a acercarte a ese señor.

Al verme entrar de nuevo a la tienda, Virginia me miró con cara de extrañeza. Purita pasó por delante de mí y fue directa a la zona donde tenían las chucherías.

—¿Se te ha olvidado algo? —preguntó sonriendo, aunque su ceño seguía ligeramente fruncido.

—En realidad, la clienta es Purita.

Virginia miró a la niña y luego me miró a mí. De nuevo su ceño se contrajo como una uva pasa.

Me quedé en el mostrador.

—¿Puedo coger esto? —me preguntó la pequeña, señalando la caja de esos chicles *Tico Tico* que tanto le gustaban a Samuel.

209

—Sí. Claro. Lo que quieras.

—¿Puedo coger tres?

—Sí.

—¿Y uno de estos? —Un sobre de escalofríos.

—Sí.

La misma pregunta sirvió para una bolsa de quicos, unas golosinas con formas de gusano, de fresa y de botella marrón, una bolsa de *Peta Zetas*, un sobrecito de picapica...

—¿Por qué le estás comprando todo eso? —susurró Virginia acercándoseme para que no le oyera la niña.

—Hemos hecho un trato. —De nuevo, su cara de pasa. Al principio pensé ahorrarme las explicaciones, pero luego me dije: «No. Les vendrá bien saber la verdad. Que tienen un vecino que trata de engatusar a los niños con caramelos. Callarme sería lo mismo que protegerle», y no estaba dispuesta a hacerlo—. Para que no vuelva a acercarse a Abelardo.

—Pero...

—Tú no lo has visto. Estaba engatusando a la niña. Dándole caramelos para... No quiero ni pensarlo. Menos mal que le he pillado con las manos en la masa.

—Pero...

—Tú no lo has visto —repetí, elevando el tono. Mi cuerpo se puso rígido ante su desconfianza—. Así que no tienes derecho a juzgar mis actos. No sé a qué viene tanto interés en defender a un pervertido. Yo he salvado a la niña de que le hiciera cualquier cosa. ¿Entiendes? Yo.

—No lo estoy defendiendo, Inma. Solo me cuesta creer que sea un...

—Puedes decirlo. Un pervertido.

En ese momento Purita llegó hasta el mostrador cargada con todas las chucherías que sus bracitos podían abarcar.

—Cóbramelo todo.

Hizo la suma. Guardó las cosas en una bolsa que luego le entregó a la pequeña y yo pagué. Aquello fue como poder volver a comprarle chuches a mi Samuel.

Y Virginia...

Con el tiempo tendría que darme la razón. Incluso, darme las gracias.

Ignacio seguía en el mismo sitio que donde lo dejé, pero despierto.

Fui directa a la cocina. Dejé las bolsas sobre la mesa.

No saludé. No venía con ánimo.

A los dos segundos le tenía detrás.

—No me he enterado de cuándo te has ido.

Sus pies calzaban las zapatillas de estar por casa.

—No quería despertarte.

Se acercó a las bolsas y me ayudó a vaciarlas mientras yo guardaba un par de latas de sardinillas en el armario. Abolladas.

—Esto está roto.

Cuando me giré, vi que examinaba los yogures.

—He tenido un incidente.

—¿Qué ha pasado?

—Ese maldito degenerado estaba tratando de llevarse a Purita.

211

—¿Qué?

—Sí. Le ha dado un caramelo para engañarla. Menos mal que he llegado a tiempo. Los he visto a lo lejos y le he pegado un grito para que la dejara en paz. Y ha salido corriendo como un perro con el rabo entre las piernas. Si le hubiera pillado...

—Deberíamos llamar a la Guardia Civil y contarle lo que has visto. Hace años...

—¿Lo de su «novia»? Sí. Yo también lo he pensado. Estoy segura de que se sobrepasó con ella, por eso la muchacha se fue del pueblo. Bueno, y me había olvidado de lo que encontré en su casa: los recortes de las revistas y lo del periódico donde hablaban de Samuel. Es..., es... —Apreté los puños con rabia—. Dios, ¿por qué consientes que haya gente así por el mundo?

Aún con la mitad de las cosas por guardar, salí de la cocina.

—¿Dónde vas?

—A llamar a la Guardia Civil.

Ignacio vino detrás.

Cogí el teléfono y marqué mientras él cogía una silla y se sentaba a mi lado. Yo me quedé de pie, como si así fueran a descolgar antes o la conversación fuera a ir mejor.

Después de varios tonos contestó un hombre, pero no era Ramón González. Les di mi nombre y otra vez a esperar. No sé cuántos minutos me tuvieron aguardando, consiguiéndome poner cada vez más nerviosa.

—Señora Espinosa. Dígame, soy Ramón González.

—Ya era hora.

Me ignoró.

—¿En qué puedo ayudarle?

—Tienen que detener a Abelardo Frutos. Acabo de sorprenderle tratando de llevarse a una niña. A Purita.

212

—¿Qué?

—Sí. Yo venía de comprar. Ellos estaban en mitad de la calle. Abelardo le estaba dando un caramelo y acariciándole la cara para llevársela.

—Pero...

—Sí. Si no hubiera llegado y no le hubiera sorprendido gritándole que se alejara de la pequeña, se la habría llevado, como hizo con mi hijo.

—¿La tenía en brazos?

—No. Pero si yo no hubiera llegado seguro que se la hubiera llevado.

—¿Usted ha visto que le acariciaba la cara?

—Sí.

—¿Y que le daba un caramelo?

—Sí.

—Pero no la cogía. No tiraba de ella ni la niña se resistía, ¿no?

—No. Ya le he dicho que no. Pero se la hubiera llevado si no llego a pasar por allí.

—Ya. Me temo, señora Espinosa, que no podemos hacer nada.

—¿Qué?

—Lo siento, pero acariciar la cara a un niño o darle un caramelo no es motivo de cárcel.

—¡Pero es Abelardo!

—Ya. Lo siento. Sé que usted no se fía de él, que cree que pudo hacerle algo a su hijo, pero seguimos sin tener pruebas. Eso que me ha contado no aporta nada. Es un hecho circunstancial.

—¡¿Circunstancial?!

—Sí.

—Pero...

—Lo siento, señora Espinosa. No puedo hacer nada.

—¿Y las fotografías y las revistas que tiene en su casa, qué?

—¿Qué fotografías? ¿Cómo sabe usted eso?

—De niños, de niñas, de mujeres en ropa interior...

Me pareció oír unas risas de fondo.

—Ah. ¿Eso? Sí. Tampoco es una prueba, señora.

—¿Y entonces qué demonios es una prueba para ustedes?

—Algo que de verdad lo relacione con la muerte de su hijo. ¿Usted sabe la de hombres que tienen ese tipo de revistas y fotografías en sus casas? Se sorprendería.

—¿De niños?

—No. De mujeres. La Interviú, por ejemplo.

Me quedé perpleja ante su argumento. La respiración se me aceleró. La rabia y la resignación se me quedaron anquilosadas en el pecho; me costaba articular las palabras.

—No van a hacer nada, ¿verdad? —dije casi susurrando, sin fuerzas.

No esperé a que contestara, dejé caer el auricular hasta la base del teléfono y colgué.

Miré a Ignacio, que me observaba decepcionado.

Acerqué mis manos para que me las envolviera con las suyas. Su calor, sus dedos gruesos, su piel áspera..., él era lo único, a pesar de nuestro distanciamiento, que conseguía sostenerme en mitad de mi calvario.

—Nada. No van a hacer nada. Ninguna cosa les vale para detenerlo.

39

Domingo, 7 de septiembre de 1986

Durante el fin de semana no hice otra cosa más que darle vueltas a lo que me dijo Virginia: «Míriam yendo con su madre; al padre Miralles; Alonso y su mujer; Guillermo, que parecía que iba bebido; a unos cuantos niños: Lucas, Luisito, Javito, Óscar, Rosarito, Guille…; al viejo Antonio… También Emilio, el de Maxi. Creo que ya están todos».

Empecé a sacar mis conclusiones.

Alonso y su mujer. No tenía sentido que ninguno de los dos le hubiera hecho nada a Samuel. Él, un hombre de cincuenta años, casado desde hacía al menos quince con su mujer Elisa. Ella, un ama de casa cariñosa y atenta. Tenían tres hijos bastante creciditos. El mayor tendría unos veinticuatro. Se había casado hacía un año con una chica muy bien parecida del pueblo de al lado. Ahora, la joven pareja vivía allí. El hijo mediano, Arturo, tenía un par de años menos que su hermano Alberto. Desde que se fue a hacer la mili a Melilla solo había vuelto a casa para las típicas fechas navideñas o un par de semanas en verano. La tercera hija, Dolores, estaba a punto de cumplir los dieciocho. Había nacido para ser famosa, o eso le decía a su madre. Le encantaba ir a la última moda y se había puesto a trabajar de peluquera para ir ganando unas perrillas. Tenía que ir pagándose los modelitos. En cualquier caso, una familia tradicional y discreta. No podía desconfiar de ellos; no había ningún motivo.

¿Los niños? No. Los niños tampoco le harían eso a un amigo suyo. Se pasaban el día subiendo y bajando, entrando en una casa y en otra, jugando aquí y allá. Se llevaban de maravilla; esas cosas no pueden fingirse. Los juegos de la guerra que tanto miedo le daban a Carlos y Ainhoa eran solo eso, juegos. Además, cuando un niño hace una gamberrada, normalmente no consigue guardar el secreto durante demasiado tiempo; menos uno de esa magnitud. Si hubiera sido un accidente, habrían venido llorando a contarnos lo que había pasado. Pero no, en el asesinato de mi hijo había maldad. Le dieron un golpe en la cabeza, le habían desnudado y lo habían arrojado al río para que se lo llevara la corriente. La ropa nunca se encontró. Un niño no tiene la capacidad de esconder algo tan bien y durante tanto tiempo. Además, si lo hubieran hecho entre varios, alguno se habría venido abajo y habría confesado, se hubiera chivado del resto. Eran niños de misa, por Dios, ninguno tenía maldad.

Alonso y su mujer, descartados.

Los niños, descartados.

El padre Miralles... Tampoco. De él me fiaba. Si estuviéramos hablando del anterior cura hubiera dudado, pero de Miralles... No. De él no. Llevábamos años yendo a sus misas y, en ocasiones, charlando con él fuera de la iglesia, en los bancos de la plaza a los que solíamos ir Maxi, Emilio y yo de vez en cuando, sobre todo en verano. Todo antes de que pasara lo de Samuel. De forma esporádica, incluso alguna vez también nos acompañó Ignacio. A los paseos veraniegos y nuestras conversaciones con el cura, me refiero; jamás a misa. Echaba de menos aquellos días. En cualquier caso, Miralles era un hombre de Dios y de confianza. Sabía cómo pensaba. De modo que me ahorraría hacerle una visita para preguntarle si vio algo raro, no me apetecía que tratase de convencerme para que volviera a misa. Que me fiase de él no quería decir que me apeteciese volver a rezar a un Dios que nos había abandonado a mí y a mi familia.

Me quedaban: Guillermo, Emilio, Míriam y su madre Manoli. Y Antonio; aunque en ese momento me olvidé de él por completo.

Guillermo. El pobre viudo que no levantaba cabeza. «No, él no mataría ni a una mosca», pensé. Lo descarté de inmediato.

Emilio. El marido de Maxi. El que era como un tío para mí. De acuerdo en que mi afecto hacia él no llegaba a la magnitud que el que sentía por su mujer, pero él sí quería al niño como si fuera su propio nieto. «Jamás le hubiera puesto un dedo encima», concluí. Pensarlo era absurdo.

Y Míriam y Manoli… ¿Míriam, haciéndole algo a Samuel? ¿Manoli? Imposible. Rotundamente no.

Estaba igual que al principio, con varios nombres y sin ningún dato que me ayudase a acusar formalmente a Abelardo. «Aunque ellos no hayan hecho nada, a lo mejor vieron algo». «Iré a por el pan a la panadería de Luis y Manoli. Cogeré unas pastas».

Me arreglé en un abrir y cerrar de ojos. Ignacio estaba en casa, tumbado en la cama, con el cuarto medio a oscuras. El lumbago le había vuelto a dar un meneo. Se ponía blanco cada vez que intentaba levantarse. Era probable que tuviera que terminar llevándole la comida a la habitación.

—¿Necesitas algo? Me voy a por el pan —le pregunté desde el umbral de la puerta. Había tirado la almohada al suelo y estaba más tieso que un rey muerto, recto, bocarriba y con las manos entrelazadas en el pecho. Solo le faltaba la espada.

—¿A por el pan? Es domingo. El ultramarinos está cerrado.

—Ya. No. Voy a la panadería de Luis y Manoli. De paso traeré unas pastas. ¿Quieres algo? ¿Prefieres una tarta de manzana? Les sale muy rica.

—No, me da igual. Lo que sí podías traerte es un par de colines.

—Vale. ¿Y ya?

—Sí. Ya está.

217

—Vale. Pues ahora vuelvo.

Eran cerca de las doce. Por lo general era una buena hora para el negocio del matrimonio, pero mala para los que teníamos que hacer cola. A la una empezaba la misa, y muchos aprovechaban el buen tiempo para ir a comprar el pan, llevarlo a casa y luego ir a la iglesia.

«Debería esperarme un rato. Si está llena no van a poder parar a hablar conmigo. Y no es un tema del que quiera que se entere la gente».

Deambulé por el pueblo sin saber a dónde ir, callejeando de un extremo al otro. Pasé por delante de la panadería un par de veces. La primera, tenía una cola que salía por la puerta. La segunda, los clientes esperaban dentro y podían estar con la puerta cerrada. Mientras daba vueltas, fue cuando me acordé de que Virginia también vio al señor Antonio. Pero era otro a quien debía descartar. Supongo que por eso me había olvidado tan pronto de él. El pobre hombre estaba un poco mal de la vista y algo sordo de cuando estuvo en la Guerra Civil. Al parecer le estalló un explosivo demasiado cerca y le dejó un oído fastidiado. Sin embargo, no tuvo otros daños físicos porque estaba escondido detrás de una placa metálica que lo protegió, o eso es lo que contaba siempre.

La tercera vez que me dirigí hacia la panadería —eran la una y diez minutos—, vi al señor Antonio. Iba solo. Era una buena oportunidad para preguntarle.

—Buenos días, Don Antonio —dije en un tono bastante alto, el único en el que escuchaba bien. Me paré delante de él, cortándole el paso.

—Hola, bonita. No te había conocido. ¿Qué tal estáis tu marido y tú?

—Ahí lo llevamos.

Asintió con la cabeza; sus ojillos arrugados miraron hacia el suelo. En su cabeza, un par de verrugas sin una cortinilla de pelo que las ocultase.

—Qué pena. No sabes cuánto me gustaba a mí ese muchacho. Era *la mar de salao*. Siempre con sus juegos, con su carita sonriente… Era muy atento, ¿sabes? Le habíais educado bien. Me abría la puerta para que yo no tuviera que hacer el esfuerzo. O si te veía con una bolsa de la compra venía a ayudarte. Qué lástima me da. Se le echa de menos.

Le escuché con melancolía y, al mismo tiempo, gustosa de oír los recuerdos que el anciano guardaba de mi hijo.

—Gracias, Antonio.

—Es la verdad, bonita. Es una lástima que ya no podamos verle. Se hubiera hecho un mozo bien hermoso, ¿eh? —Sonrió.

—Sí.

—Lo habría tenido fácil para llevarse a la más guapa del pueblo.

Sonreí con tristeza.

—Quería preguntarle algo, si no le importa.

—Claro, bonita. ¿Qué pasa?

—¿Usted se acuerda del día en que Samuel desapareció?

—Cómo olvidarlo. Me acordaré hasta el día en que me muera. Aunque no creo que falte mucho.

—¿Usted vio a mi Samuel en algún sitio antes de que lo encontraran en el río?

—Claro, lo veía casi todos los días. Se pasaba el día con los otros críos por la calle.

—No. Me refiero a si usted lo vio ese mismo día, el que desapareció.

Se quedó pensativo, con la cabeza gacha.

—No, bonita. Me temo que ese día no vi nada.

—¿Tampoco vio nada raro?

—¿A qué te refieres?

—¿Vio a Abelardo yendo o volviendo del río?

—Ese cretino... No. No lo vi. A ese se le ve poco el pelo. Se pasa el día donde *el* Lorenzo.

—Ya.

—Ya quisiera yo ayudarte, bonita, pero no. No vi nada.

—Está bien. Muchas gracias.

—Venga...

Alzó la cabeza y siguió su camino.

Fui por fin a la panadería.

—¡Dichosos los ojos! —me saludó Manoli vociferando. Sonreí con desgana—. Dame dos minutos, que acabo con este buen hombre.

—Cualquiera diría que me vas a liquidar, mujer —bromeó el señor al que estaba atendiendo. No lo conocía de nada. Alto, delgado, de espalda ancha, abundante pelo oscuro, bien vestido... Un hombre así no pasaba desapercibido en el pueblo. Debía ser alguien de fuera que estaba de visita.

Oí que Luis estaba en la parte trasera, liado con las bandejas. Su tahona siempre olía de maravilla, pero Luis debía haber acabado de hacer una bandeja de bollos, palmeras, cruasanes o cualquier otro manjar de los que él solía hacer. Y sí, en una ocasión nos contaron cómo se repartían el trabajo y el genio en la repostería era él; ella se limitaba a atender a la clientela y ayudarle con lo que su marido le pidiera.

«Aquí tiene, caballero», le dijo Manoli, entregándole un par de paquetes cubiertos por ese fino papel de envolver en el que ponía el nombre de la panadería repetidas veces. Sujetándolo, un cordel de hilo grueso que Manoli solía cortar dando un tirón seco con sus manos. Habían pasado dos minutos, tal y como pronosticó. Un intercambio rápido de «gracias» y «que tenga un feliz día. Vuelva pronto» cerró la compra. Ambas observamos al desconocido mientras cruzaba la puerta. Manoli alzó las cejas y sonrió de medio lado, en la misma dirección hacia donde inclinó la cabeza para señalar al «visitante».

—No nos importaría que los nuestros fueran así, ¿eh? —dijo en voz baja para que su marido no le oyera.

—Hace demasiado tiempo que no pienso en esas cosas —respondí con total sinceridad.

Mis palabras borraron su sonrisa de un plumazo.

—Sí. Es normal. Lo siento, Inma, siempre se me olvida.

—No te preocupes. Es normal.

—Bueno. Y dime, ¿se sabe algo?

—¿Te refieres a la Guardia Civil?

—Sí.

—Pues no. Eso quisiéramos nosotros. Son un desastre, no están haciendo nada.

—Bueno, mujer, seguro que hacer sí que están haciendo algo.

—Sí. Tomarse cafecitos en el bar que tienen enfrente del cuartel. En serio, Manoli. Estoy harta, muy harta de todo esto.

—No me extraña. No quiero ni imaginarme estar en tu situación.

El sonido de unas campanitas nos hizo llevar la vista a la puerta. Era una mujer que vivía en una de las casas cercanas a la carretera. Nunca había hablado con ella, aunque su cara y sobre todo su mirada me llevaban a pensar que era una buena persona.

Se dice que los ojos son el reflejo del alma; ella debía tener una preciosa.

—Buenos días —saludó con una sonrisa. Le respondimos un «buenos días» a coro.

—¡Luis! ¡¿Puedes venir a atender a una clienta?!

—¡Voy!

Mientras Luis venía de los hornos con una bandeja de pan recién hecho, empecé a hacer mi pedido. A buen entendedor... Al igual que yo, Manoli aparcó la conversación que estábamos teniendo y se puso a trabajar.

—Ponme una barra de pan. Que esté poco tostada, si puede ser. Y un par de colines.

Se movió por el pasillo que había entre el mostrador y los estantes a sus espaldas. Luis saludó a la nueva clienta y empezó a atenderla.

—¿Alguna cosita más?

—Sí. Ponme una tarta de manzana.

«Le daré la mitad a Maxi. O mejor, les diré que vengan a casa a tomar café y así podré hablar con Emilio».

Mientras Manoli guardaba la tarta en una caja, la otra clienta se marchó con dos barras de pan.

—¿Qué tal, Inma? —me preguntó Luis después de decirle a su mujer: «Estoy dentro. Si necesitas algo me vuelves a llamar».

—Tirando. Gracias. ¿Y vosotros?

—Bien, en nuestra línea: pasando calor y durmiendo poco. —Rio— Ya lo dice el refrán, ¿no?: «Sarna con gusto no pica». Bueno, voy dentro.

—Muy bien.

Manoli y yo volvimos a quedarnos a solas.

—Quería preguntarte una cosa, a ver si te acuerdas. El día que desapareció mi Samuel, ¿visteis algo extraño?

—¿Cómo?

—Sí. Me dijo Virginia que os vio yendo al río. Sabes que lo encontraron allí, tirado en el agua.

—Sí. Lo sé.

—Pues eso.

Suspiró.

—Extraño, extraño, no vi nada. Había gente subiendo y bajando. Ese día hizo muy buen tiempo. Míriam y yo nos cruzamos con Virginia y Mateo. Fuimos a dar un paseo mientras Luis y mi futuro yerno se quedaban echándose la siesta bajo un árbol que encontramos. Comimos allí y pasamos la tarde. Ya te digo, ellos durmiendo y nosotras dando una vuelta. La Guardia Civil nos preguntó. Bueno, eso lo sabrás. Yo creo que hablaron con todo el pueblo. Les dije lo mismo que a ti. Caminamos cerca de la orilla del río y no vimos nada. Es más, nos quitamos los zapatos y nos sentamos en unas rocas para mojarnos los pies. Puedes preguntarle a Míriam, pero te va a contar lo mismo que yo. Lo hemos hablado mil veces.

—Lo encontraron a varios kilómetros.

—Sí, lo sé. Puede que por eso no le viéramos.

»¿Sabes? He pensado muchas veces en ese día. A lo mejor llevaba tiempo en el agua. No creo que le tiraran desde la zona en la que solemos estar.

—Solemos estar, ¿quiénes?

—Pues la gente que vamos a pasar el rato, pasear, mojarnos los pies, comer…, esas cosas. —Asentí—. Pienso que tal vez lo tiraron directamente allí, en el mismo sitio donde lo encontraron luego. Vamos, que no lo arrastró la corriente. Me da mucha pena

223

pensar que mientras nosotros estábamos disfrutando del día, tu niño... En fin. Eso.

—¿No visteis a Abelardo?

—No. Qué va. Ya te lo habría dicho. Sé que piensas que fue él, ¿verdad?

—Sí.

—¿Y lo sabe la Guardia Civil?

—Sí. Claro que lo saben. Lo detuvieron y lo soltaron a los dos días. Dicen que no tienen ninguna prueba para llevarle a juicio.

—No sé cómo puedes vivir así. Yo no podría. Si estuviera segura de quién es el asesino de mi hijo y la poli no lo detuviera, creo que me cobraría la justicia por mi cuenta.

Ella siempre tan sincera. No era la primera vez que conseguía que me fuera de la lengua y terminase diciendo cosas que me costaría incluso confesarle al padre Miralles. Por suerte, era de las pocas en las que se podía confiar de veras. Sabía que lo que hablásemos quedaría entre nosotras. Podría desahogarme sin remordimientos, incluso, despotricar con cosas que en el fondo no pensaba, igual que ella.

—Sí, es normal pensarlo cuando no te ha pasado. Por lo que se ve, llegada la hora de la verdad las cosas cambian mucho. Yo pensaba que Ignacio reaccionaría así, como tú dices, pero me equivocaba.

—¿A qué te refieres?

—Pues eso, a que pensé que siendo mi marido quien vio a ese maldito asesino y sabiendo que fue él, habría cogido la escopeta, lo habría ido a buscar a su casa o donde hubiera hecho falta y le habría pegado un tiro en la cabeza. Tengo la sensación de que no le conozco. Estoy con un hombre distinto al que conocí cuando me casé.

—Supongo que es normal.

—No, Manoli. Él era de los que si veía una injusticia enseguida se enervaba, se ponía a chillar y a despotricar. Incluso cuando veía la tele. «A mí no me lo harían...», «si fuera yo los cogería y se enterarían...» —dije imitándole, recordando algunas frases que escupía sin contemplaciones cuando veía las noticias—. Y ahora es todo lo contrario, es como un perro castrado. Apenas me habla. Cuando digo cualquier cosa de Abelardo me hace callar. Así que he llegado a un punto en que yo tampoco le cuento nada de lo que pienso. Pero lo más triste es que tampoco puedo mencionar a nuestro hijo. Es como si quisiera borrarle, hacer como si nunca hubiera existido. No lo entiendo, Manoli. No entiendo nada. —Suspiré. Nos acompañó el silencio unos instantes—. En fin. A veces la vida cambia de un día para otro y no puedes hacer nada. Y no solo cambia tu entorno, también te transforma a ti.

—Vaya. Lo siento. Si puedo hacer algo por ayudarte...

—No. No te preocupes. Solo dime qué te debo.

Cuando llegué a casa, Ignacio estaba sentado en el sofá.

—Te has levantado. ¿Qué tal te encuentras?

—Mejor. Por lo menos ahora tengo un dolor soportable.

—¿Te tomaste algún calmante?

—Sí. Lo de siempre, una pastilla de esas.

—Al menos te está haciendo efecto. En fin. Voy a dejar esto en la cocina, ahora vuelvo.

Dejé el pan y los colines sobre la encimera, guardé la tarta en la nevera y puse a calentar la fabada a fuego lento.

—¿Qué te parece si le digo a Maxi y a Emilio que vengan a tomar café después de comer?

Hizo una mueca.

—Como quieras.

—Creo que nos vendrá bien para distraernos un poco.

—Vale. Díselo.

Sus palabras decían una cosa, pero su tono dejaba claro que le apetecía menos que un palazo en las lumbares. Aun así, lo hice. Fui a casa de Maxi y les invité a que después de comer se pasaran para tomar café y un trozo de tarta de manzana.

Unos minutos antes a que llegaran, saqué la tarta de la nevera. Cuando entraron, el olor a café recién hecho perfumaba toda la casa.

Nos sentamos alrededor de la mesita de centro. Ignacio en su sitio de siempre, Emilio a su izquierda, yo a su derecha y Maxi a mi lado.

Tazas y cucharillas. Platos y un cuchillo. Azúcar. Leche...

Hubiera estado bien si no hubiéramos salido tarifando.

Se habló del campo, de los cultivos, del tiempo, de unas reformas que Maxi llevaba dos años queriendo hacer en el cuarto de baño que tenían junto a su dormitorio y que nunca encontraba momento para llevar a cabo. Hablamos de lo ricos que hacían los pasteles en la panadería de Luis y Manoli. Maxi y yo especulamos sobre cuál sería el ingrediente «secreto» que empleaba Luis para que le quedaran unas tartas de manzana tan jugosas y dulces sin que llegasen a empachar. La que hacíamos nosotras estaba bien, pero las suyas eran dignas de todo elogio.

Y hablando de la panadería, salió a relucir la conversación que tuve con Manoli. Menos el trozo en que llamé a mi marido perro castrado, claro. Se la conté por encima a Maxi mientras los hombres hablaban de cuándo empezaría la Liga. Y fue todo bien hasta que olvidé que estaba mi marido delante y, en un momento de silencio entre ambos, le pregunté a Emilio por el día que desapareció Samuel. No había terminado la pregunta cuando sentí que Ignacio me fulminaba con la mirada. Otra vez. Creo que últimamente no hacía otra cosa más que desear reducirme a cenizas. Puede que Maxi le hubiera puesto al tanto de las reticencias de mi marido de hablar sobre mi hijo, pero aun así me dio una respuesta.

—Me acuerdo cada día, Inma.

—¿Ya estamos? —espetó Ignacio. Le ignoré.

—¿Y recuerdas si viste algo raro o a alguien comportarse de forma extraña?

Aunque mi mirada estaba puesta en Emilio, en examinar sus gestos, sus ojos azulados, su cara ancha de mejillas carnosas y su nariz redonda, sentí que Maxi e Ignacio me observaban a mí.

—Fue una locura. Iba de casa en casa preguntando si alguien le había visto. Todos me decían lo mismo: ninguno le vio. Le busqué por cualquier sitio que se me fue ocurriendo. Pensé dónde podría haber ido a jugar, aunque fuese él solo.

—Fuiste hacia el río.

—Sí. Claro. Había un montón de gente yendo hacia allí.

—¿Y viste a Abelardo?

—¡Basta ya, Inma! —me gritó Ignacio.

—¿Qué pasa?, solo estoy haciendo una pregunta —dije, tratando de guardar la compostura. Nos estaba dejando en evidencia delante de nuestros vecinos. Y sí, nos habrían oído discutir cientos de veces, pero aquello estaba siendo bochornoso.

—¡No! ¡Lo único que haces es remover la mierda y ya estoy harto!

—Tranquilo, hombre —intervino Emilio—, solo está preguntando. Es normal que quiera saber qué pasó.

—¡¿Qué pasó?! —gritó, poniéndose de pie y dirigiéndose hacia la puerta—. ¡Que murió! ¡Eso es lo que pasó! ¡Mi hijo se levantó por la mañana, tan feliz como cualquier día, y acabó muerto!

—¡Pues yo quiero que quien le mató se pudra en la cárcel y necesito encontrar algo que le lleve ante un juez!

—¡Que para eso está la Guardia Civil, Inma! ¡¿Te enteras?! ¡Tú no puedes hacer nada! ¡Así que deja de meterte donde nadie te llama! ¡Deja a nuestro hijo descansar en paz de una maldita vez!

—¡Que dejes de chillarme! —respondí vociferando, rabiosa, poniéndome también de pie. Me dirigí al mueble, donde se encontraban algunas fotos de nuestro hijo, algunas en las que estábamos los tres, la del día de su comunión y alguna otra de cuando era más pequeño. Cogí una y se la enseñé mientras seguía gritándole, acercándome hasta él hasta ponérsela delante de las narices—. ¡Y no voy a dejar de hablar de nuestro hijo! ¡¿Me oyes?! ¡Lo tendré presente todos los días! ¡No vas a conseguir que haga como si no hubiera existido! ¡¿Me oyes?! ¡Este! ¡Este es tu hijo! ¡Este es Samuel! ¡Y mientras yo viva, seguirá existiendo y seguiré hablando de él cuando me dé la realísima gana!

Me apartó la fotografía de un manotazo, haciendo que saliera volando. Se fue del comedor dando un portazo. Miré la fotografía de nuestro hijo tirada por los suelos, el marco abierto y con el cristal roto. «Maldito cabrón hijo de perra…». Lloré sin poder contener mi impotencia. La mandíbula me dolía y mis dientes se apretaban como si le estuviera arrancando una oreja.

Me acuclillé para recoger lo que me quedaba de mi pequeño. Maxi se levantó del sillón y vino a consolarme. Pero cada vez me sentía más amargada. Me entregó una servilleta. Apoyé sobre la tela los trozos de cristal rotos y el marco. Maxi lo cerró formando un paquete y lo dejó sobre la mesita de centro. La fotografía la dejé en el mueble, en el mismo hueco que ocupaba antes, frágil como una hoja al llegar el otoño.

—Siéntate, niña. —Me acompañó hasta el sofá. Me secó las mejillas, se sentó a mi lado y me envolvió las manos entre las suyas.

—No vi nada raro, Inma. No me crucé en ningún momento con Abelardo. Te lo hubiera dicho a ti y a los agentes que vinieron. Sabes que sí.

Después de todo, aunque no fue la que deseaba, al fin había conseguido una respuesta.

40

Jueves, 11 de septiembre de 1986

Durante la semana siguiente no hice otra cosa más que deambular por casa. En un par de ocasiones vino Maxi a verme. A veces intentaba consolarme, otras quitarle hierro al asunto tratando de hacerme ver que Ignacio lo estaba afrontando de una forma muy distinta a mí. Daba igual lo que me dijera, cada día se abría una brecha más grande entre nosotros.

«Algún día conseguiré que se haga justicia», le decía. También me lo repetía a mí misma cuando caía en el abismo de mis propios pensamientos. En realidad, ese era el único pensamiento en el que encontraba un poco de esperanza.

Esperé a que Ignacio se fuera al cultivo. Me dio un beso en la mejilla y me dejó con el desayuno a medias. Su desgana era notable. Se levantó y dejó su taza en el fregadero. «Vendré sobre la hora de la comida». La impotencia nos consumía cada vez más.

Oí la puerta. Me asomé para comprobar que de verdad me había quedado sola. Regresé a la cocina y empecé a vaciar el frutero que había sobre la mesa, ese en el que dejé la tarjeta de aquella periodista de la que ni siquiera recordaba el nombre.

«¡¿La ha tirado?!», pensé alarmada al no encontrarla. La rabia me corroía por dentro. De un manotazo, mi taza del desayuno salió volando, chocándose contra la nevera y llenando todo de café con leche, tropezones de galletas y trozos de porcelana.

Me dejé caer sobre la silla. Los ojos se me llenaron de lágrimas. Estaba harta. Estaba desesperada.

Apoyé los codos sobre la mesa y la cabeza entre mis manos, tapándome la cara con las palmas, sintiendo cómo la cara se me mojaba y las lágrimas caían sobre mis muslos. Hasta que de pronto me vino un recuerdo a la cabeza: Maxi encontrando la tarjeta en el frutero, guardándola después en el cajón de la mesa sobre la que me lamentaba.

Abrí el cajón de un tirón, haciendo que casi se descolgara y revolví lo que había dentro: mecheros, pinzas de la ropa, gomas, un lápiz, dos bolígrafos, propaganda..., y la tarjeta de Eva María Pueyo. Diario de Teruel.

Reí y lloré al mismo tiempo. ¿Cómo si estuviera tarada? Sí, puede que un poco.

Sujeté la tarjeta entre mis dedos como si me fuera la vida en ello. Fui hasta el teléfono y marqué el número que venía impreso. Dio un tono. Luego otro. Luego otro. Estaba perdiendo la paciencia. Mi corazón bombeaba cada vez más fuerte. La incertidumbre de no saber si querría hablar conmigo después de cómo la traté estaban provocando que se me anquilosara el cuerpo.

—¿Dígame?

—Hola. ¿Eva María Pueyo?

—La misma. ¿Quién es?

—Soy Inmaculada Espinosa. —Me temblaban la voz y el pulso—. Soy la madre de Samuel Arriaga. No sé si me recordará.

—Ah. La madre del niño... Inmaculada. Sí, claro. Por supuesto que la recuerdo. Tuvo la amabilidad de recibirme en su casa.

—Sí, bueno...

—Dígame. ¿Qué puedo hacer por usted?

—¿Podríamos vernos?

—Por supuesto. ¿Cuándo?

—Cuanto antes mejor.

—Claro. Tengo un hueco libre a eso de las doce. ¿Le parece bien?

—Muy bien.

—De acuerdo. Pues allí estaré.

—¡No! Un momento. Preferiría que nos viéramos en otro lado que no sea en mi casa. Un poco alejadas del pueblo, a poder ser.

—Eh... Vale. Donde usted me diga.

—En... ¿Le vendría bien que nos viéramos en Valderrobres?

—*Mmm...* Sí. No hay problema.

—¿Conoce la librería Serret?

—Claro. ¿Quiere que nos encontremos allí?

—Sí. En la puerta.

—De acuerdo. Pues entonces, allí a las doce.

Nada más colgar miré la hora. Eran cerca de las nueve y media. «Abren a las diez. Me da tiempo de sobra».

Fui a la habitación a vestirme. Cogí del armario una falda beige que me llegaba por debajo de la rodilla. Al contrario que el año anterior, en vez de estrangularme la cintura me bailaba de mala manera. Camiseta blanca de manga corta con flores estampadas en la pechera. «¿A dónde se te están yendo las tetas, hija?», le pregunté al espejo, sujetando la tela con los dedos haciendo una pinza, recordando el escote tan bonito que tenía antes. La imagen que tenía enfrente me observó con pena y resignación. Suspiró. Sintiendo el frío del gres en las plantas de mis pies, me calcé las sandalias de siempre, esas que tanto me gustaban con las tiras cruzadas; lo único que me quedaba bien. Me peiné, dejándome el pelo suelto.

Monedero. Bolso.

Fui hasta el comedor y miré las fotos de Samuel. En un par de ellas estábamos Ignacio y yo con él. Cogí una en la que estaba solo. La más reciente, la misma que le enseñé a la Guardia Civil el día que desapareció. Con marco incluido, me la eché al bolso. Después, saqué el coche del garaje. Emilio salía de su casa. Se me quedó mirando. Un saludo desenfadado a través del cristal y, en marcha.

Me sabía el recorrido de memoria. Más de una vez había ido con Samuel a comprarle material para el colegio.

Miré el asiento y lo vi a él, ocho o nueve meses atrás.

—Mamá, nos han pedido un libro para leer en lengua —me dijo estando en la cocina, mientras él se terminaba la leche del desayuno y yo preparaba unas lentejas para la comida. Era un sábado.

—¿Cuál?

Se fue corriendo a su habitación y volvió con un trozo de papel arrugado en la mano.

—*Fray Perico y su borrico.* —Se le dibujó una sonrisilla pícara. Intuí que debido a la palabra borrico. Siguió leyendo la nota—. Autor: Juan Muñoz Martín. Colección: El barco de vapor. Don Rodolfo ha traído uno para enseñárnoslo. Tenía un cura y un burro dibujados por fuera.

—¿En la portada?

—Sí. Por fuera.

—¿Para cuándo lo necesitas?

—Dice que tenemos que leerlo y luego nos hará un examen. No sé cuándo.

—Vale. Pues en cuanto termines la leche te pones los zapatos y nos vamos a la papelería. Cuanto antes lo tengas mejor.

—Sí. Puede estar divertido. —Sonrió.

—Y más si tiene un borrico en la portada, ¿eh?

Los dos nos reímos.

Nos arreglamos, cogimos el coche y condujimos hasta Valderrobres. Él, sentado a mi lado, en el asiento del copiloto, aunque apenas podía ver por encima del salpicadero. Quince minutos de trayecto oyendo sus bromas, sus pensamientos, compartiendo un rato de felicidad. Era como una lagartija. No se estaba quieto. Tan pronto iba sentado como que se ponía de rodillas para mirar por la ventanilla. Le encantaba imaginar formas en las nubes o en el campo. «Mira, mamá. Esa nube tiene forma de cerdo». Imaginación no le faltaba, eso seguro. «Ahora es como una gallina. Cua, cua, cua, cuak, cuak…». «Ese sonido parece más bien de un pato, ¿no te parece?». Risas.

Le echaba tanto de menos…

Aparqué en el primer hueco que encontré; no me importaba caminar un rato.

Llegué a la calle Belchite, pero la librería en la que estuve tantas veces con mi hijo había desaparecido. El corazón me dio un vuelco. Me quedé paralizada, con la boca abierta y sin saber qué hacer.

En ese momento, una chica de unos veinte años, con sus pantalones anchos y su flequillo de tupé, pasó por delante de mí.

—Perdona. ¿Han cerrado? —le pregunté, señalando el local donde tenía que estar la librería. Me escuchó mientras rumiaba un chicle con aroma a fresa.

—Ah. ¿La librería? Solo se han cambiado de calle. Ahora están en la esquina de las avenidas de La Hispanidad y Cortes de Aragón.

Qué descanso.

—Gracias.

—¿Sabe cómo llegar? —Momento para hacer un globo y estallarlo de forma sonora. Su camiseta corta de color negro dejaba al aire su ombligo. Me imaginé mi tripa al aire, plana como la de aquella chica. No tenía nada que envidiarle.

—No.

—Es muy fácil. —Tiene que coger esta calle, de frente, hasta que se encuentra con las casas, luego gira a la izquierda y luego, en la esquina, a la derecha. Desde ahí verá el toldo. No hay pérdida.

—Gracias de nuevo.

Asintió con la cabeza al ritmo de sus mandíbulas y prosiguió su camino.

«Qué amable», pensé al verla alejarse. «Se daba un aire a la cantante de Mecano. Aunque esta parece un poco más alta y se ha teñido de rubio».

Seguí sus instrucciones y llegué sin problema. Solo con mirar el toldo se veía que estaban de estreno: la tela, impoluta, del color del vino tinto; el rótulo «Librería - Papelería Serret», en letras blancas como la harina. Como si hubiera recuperado una pequeñísima parte del pasado, caminé algo más relajada hacia ella. Era más grande que la anterior. Aquel olor nada más entrar… Suspiré aliviada. La observé: toda llena de libros en estanterías altas que llegaban hasta el techo. A un lado habían colocado el material de papelería. A otro lado, cómics. A otro, el mostrador. Aunque ya no era el mismo establecimiento, recordé al tendero dándole el libro de *Fray Perico y su borrico* a Samuel, cómo mi hijo lo sujetó entre sus manos y volvió a sonreír igual que cuando me dijo su título. Parecía ser el nuevo dueño de un tesoro. Después de sostenerlo y mirarlo unos instantes, alzó la vista y me regaló la misma cara de felicidad.

Hay recuerdos que se tatúan más allá de la memoria; tu alma se encarga de protegerlos.

—Buenos días —saludé con una mueca de cortesía.

—Buenos días. ¿Qué tal va todo? ¿Hoy no ha venido con su hijo?

La expresión de mi cara cambió; perdí la sonrisa y las ganas de respirar.

—No.

Era lógico que aún hubiera gente que no se hubiera enterado; no podía enfadarme por su amabilidad.

Cogí el bolso y lo apoyé en el mostrador. Saqué la fotografía de mi hijo y la puse bocabajo, a la vez que le preguntaba si seguían haciendo fotocopias.

—Sí. Claro.

—Necesito un folio y un rotulador negro, de punta gorda, si es posible.

—Claro.

Buscó las dos cosas que le pedí.

Las dejó en el mostrador.

—Gracias. Necesito un par de minutos. Por si quiere atender a otra persona.

Me abstraje durante ese tiempo. No oía. Tampoco veía más allá de lo que tenía entre manos.

En el folio, en la parte superior, escribí con letras mayúsculas: «Queremos justicia». Dejé un hueco en el centro y en la parte inferior escribí: «Para Samuel Arriaga».

Las letras de arriba eran más grandes que las de abajo, pero el mensaje quedaba claro.

Saqué la fotografía de mi hijo del marco que la protegía y la puse en el hueco central del folio.

Cuando alcé la vista, el hombre de la librería me examinaba con el ceño fruncido y los ojos apenados.

—Lo siento. No me he dado cuenta de que usted era la madre del niño que habían encontrado muerto.

—No se preocupe. Necesito hacer copias de esto —dije empujando el folio con la fotografía de mi hijo encima.

—Sí. ¿Cuántas le hago?

—Cien. Se verán bien, ¿no?

—Sí. En blanco y negro, pero sí. Espere, que hago una de muestra y se la enseño.

Se retiró. Oí ruidos de una máquina. Al cabo de un momento regresó con una fotocopia.

—Queda así.

La imagen de mi hijo me recordó a las de los etarras que salían en los periódicos.

—Podemos darle un poco más de brillo. La cara de su hijo ha quedado demasiado oscura —dijo ajustándose las gafas sobre el ancho hueso de su nariz.

Asentí con la cabeza, despacio. El hombre volvió a ausentarse.

Al cabo de un par de minutos vino con otras tres hojas en la mano.

—Creo que esta es la mejor.

Colocó las tres sobre el mostrador y las miré una a una. Coincidía con su criterio: la mejor era la que él señalaba. Ahora mi hijo no parecía un terrorista.

—Sí. Esta. Hazme cien como esta.

—Ahora mismo.

—Y necesitaré un par de rollos de papel celo.

41

Virginia se miraba el abdomen, cada vez más prominente. «Ya de cuatro meses. Cómo pasa el tiempo», pensó. Pero no era lo único que rondaba por su mente. Una parte de ella deseaba que el bebé que crecía en sus entrañas fuera una niña. De alguna manera, sabía que aquello le procuraría menos dolor a su vecina Inma.

Salió del cuarto de baño y se sentó en la silla de playa mientras Mateo atendía a Lorenzo.

—Y ahora que estamos solos, ¿qué opináis de la que montó el otro día Inma? —preguntó el dueño del bar, en su habitual y desagradable tono de voz.

—¿El qué?

—¿No os habéis enterado?

Virginia se hizo la tonta. «No. ¿Qué pasó?», preguntó a la vez que le echaba una mirada cómplice a su marido para que no abriera la boca.

—Se puso a gritar a Abelardo. Se la tiene jurada. Aunque no me extraña, se está creando una fama…

—¿Por qué dices eso? —le preguntó Mateo.

—No sé.

—Pensé que erais amigos.

—¿Amigos? Qué va. Además, no me interesa que me relacionen con ese tipejo. —Virginia y su marido se miraron—. No. A ver. Yo lo digo porque no es la primera vez que le salpica la mierda. No sé si me entendéis.

—Pues no —soltó Virginia, acariciándose el vientre.

—Aquella novia que tuvo. La que se fue del pueblo.

—Sí.

—Yo los vi. Ella decía que no quería nada y él no hacía más que atosigarla.

—¿Pero era su novia?

—No lo sé. Ponme una de pan. Que esté bien tostada. Y un chorizo para echar a las lentejas.

—¿Picante?

—Sí. Cuanto más picante más sabor. Pues eso, que yo no estoy seguro de si eran novios o no. No lo creo, la verdad. Pero le vi metiéndole mano detrás de la iglesia. Vosotros me entendéis; ahí, en la entrepierna. Ella le quitó la mano. Aunque no sé yo. Y bueno, en defensa de Abelardo, es normal que quisiera…, ya sabéis. —Hizo un gesto con la mano como si frotara los genitales de la chica. Se mordió el labio inferior con una mueca obscena—. ¿Cómo no intentarlo? De todas formas, no tengo claro si el Abelardo se sobrepasó o no. Creo que los dos estaban más calientes que una lumbre. Mucho quitarle la mano y mucha hostia, pero ella siguió besándole como si chupara caracoles. Le gustaba el mambo, eso seguro. —El recuerdo le provocó un cosquilleo en la entrepierna que interrumpió con un carraspeo violento—. En fin, que si le siguen gustando las tiernas criaturas y cuando está borracho no controla… Pues eso, que no me extrañaría que en algún momento pierda la cabeza y busque un tierno agujerito donde meterla.

Virginia puso cara de asco y se levantó de la silla.

—Voy dentro —le dijo a su marido.

Lorenzo cortó la conversación pidiéndole la cuenta a Mateo. «Bueno. Me tengo que ir. ¿Qué te debo?».

Había hablado demasiado.

42

Empapelé Valderrobres. Sobre todo, la zona próxima al cuartel de la Guardia Civil, donde González y Álamos se tocaban las narices en vez de hacer su trabajo.

En árboles, en escaparates, en ventanas de casas abandonadas, en bancos y cajas de ahorro... Cualquier sitio era bueno. Antes de encontrarme con Eva María Pueyo, me dio tiempo a colocar al menos ochenta carteles.

Faltaban tan solo cinco minutos para las doce. Me dirigí a nuestro punto de encuentro. Cuando llegué, Eva María estaba esperando. La acompañaba un hombre joven, de unos cuarenta años. Una mochila de color negro apoyada en el suelo junto a su pierna. Eva le hizo un gesto. Este cogió la mochila y se la echó al hombro. Caminaron hacia mí.

—Buenos días —saludó ella con una mueca cortés.

Yo le contesté con un «hola» que sonó demasiado seco.

—Este es mi compañero, Aitor Campos. —Me ofreció su mano para estrecharla. Correspondí—. Él se encarga del material fotográfico.

—Bien. Pues puede ir haciendo unas cuantas fotos a los carteles que he ido pegando por el pueblo.

—¿Carteles? —Ambos arrugaron el ceño. Últimamente me encontraba con demasiadas caras de sorpresa.

—Sí. Como este. —Los pocos que me habían sobrado los lleva enrollados haciendo un tubo. Se los enseñé.

—¿Ha estado colocando carteles como ese por Valderrobres? —repitió el tal Aitor, como si no me hubiera explicado bien la primera vez.

—Eso he dicho.

Se miraron. Luego los dos me observaron.

—Quería hablar conmigo. ¿Era para esto? —preguntó Eva María. El carmín de sus labios volvía a resaltar de forma exagerada sobre su pálida y ojerosa cara. El rímel corrido sombreaba aún más sus profundos ojos. Su desagradable aliento a tabaco penetró por mis fosas nasales. Instintivamente retrocedí unos centímetros, aunque intenté no ponerle una mueca de asco.

—Tengo información que le puede interesar. Sé quién es el asesino de mi hijo, pero esos que dicen que son Policías Judiciales o no sé qué de la Guardia Civil no quieren detenerlo.

—Explíquese.

—Vayamos a un sitio más tranquilo.

Se miraron y asintieron.

Caminamos en el más estricto silencio, en dirección al puente. Allí nadie podría escucharnos. Aproveché el trayecto para pegar un par de carteles más. A mi espalda, mientras Eva María Pueyo se encendía un cigarro, oí cómo el fotógrafo aprovechaba para inmortalizar el momento. Si publicaban alguna de ellas conmigo en plena faena me daba igual. No tenía motivo alguno para esconderme.

Un par de minutos después llegamos al puente. Lejos de las casas y los oídos indiscretos, les conté lo de los recortes de las revistas, lo del periódico en el que salía la noticia de Samuel, el testimonio de mi marido de que fue Abelardo el último en ver a mi hijo, su mirada lasciva, que Virginia lo vio el día que lo asesinaron volviendo del río, que yo le había pillado tratando de engatusar a la pobre Purita… Mientras hablaba, sus ojos me observaban expectantes, ansiosos por saber más. Cualquier dato escabroso les serviría para dar forma a un artículo envenenado y acusador. Recordé el escándalo por el que aquella muchacha y sus padres tuvieron que irse a vivir a Zaragoza y, por supuesto, se lo conté. Desde hacía años había sido un depredador de menores y no nos habíamos dado cuenta. Pueyo fue tomando notas en un cuadernito entretanto su acompañante nos escuchaba con atención, prácticamente inmóvil. Parecía un muñeco de cera con una máquina de fotografiar entre sus manos.

—Este material que nos está dando puede darnos mucho juego —dijo Eva María—. Acompañado de unas fotos, podríamos ocupar una página entera.

—¿Fotos? Sí, deberían poner una del asesino para que los padres de los demás niños tengan cuidado. O mejor, para que no se le acerque nadie.

—¿Y todo esto que nos está contando podemos contrastarlo?

—Claro. Hable con esos agentes: con Ramón González y Jorge Álamos. Aunque son tan egoístas que no creo que quieran hablar con ustedes. Es lamentable: sabiendo todo eso y no le encierran porque dicen que no es suficiente. «Circunstancialidades», dicen. Incompetentes. Eso es lo que son, un atajo de incompetentes. Pero confío en que ustedes hagan lo que ellos no han hecho. Un asesino no debe andar suelto sin pagar ninguna consecuencia.

—Escribiremos un artículo y lo publicaremos esta misma semana. Puede que eso empuje la investigación.

—Sí, por eso les he llamado. Ustedes son mi última esperanza.

—Tranquila. El artículo saldrá mañana.

43

Domingo, 14 de septiembre 1986

Echas una pizca más de harina en la sartén donde estás preparando el relleno para hacer croquetas. Y remueves una y otra vez, como si fueras un muñeco de esos que tienen un mecanismo para que siempre hagas el mismo movimiento. Pero tú no llevas pilas: te cansas, se te entumece el brazo y el codo, y tienes un cerebro que piensa, y piensa, y piensa… Sí, eso es lo peor: que da igual lo que hagas, tu cabeza sigue dándole vueltas a todo de forma obsesiva. Y llega un momento en el que no sabes lo que estabas haciendo ni cuándo empezaste ni por qué. Tan solo buscabas algo con lo que distraerte y aquello te pareció buena idea. A tu marido le gustan y a ti también. A tu hijo le encantaban. Sigues dándole vueltas a la masa con la cuchara de palo, echando otro poco más de harina para esperar ese mejunje que aún sigue demasiado líquido. Los recuerdos regresan, y ves a tu hijo quitándote la cuchara de palo al terminar de verter la masa en una fuente, antes de empezar a darles su famosa forma de croqueta. Le encantaba. No le importaba quemarse la boca. Cogía aire con los dientes apretados haciendo ruidos ansiosos, pero se reía y te pedía más.

Un poco más de harina.

Más vueltas.

Pronto habrás acabado; aunque no lo piensas de forma racional, simplemente sigues moviéndote en modo automático.

Y suspiras. Ni siquiera esto evita que tu mente vuele al pasado, vuelva a abrirte la herida otro poco.

Y piensas: «Hiciste lo que tenías que hacer. Tenías que denunciar a ese bastardo ante la periodista y contarle todos sus trapos sucios». Estabas convencida de que ella y su vocabulario de universidad harían el resto y la Policía Judicial o Guardia Civil o como se quisieran llamar, tendría que mover el culo.

Y tu mente repite el recuerdo de tu hijo llevándose a la boca la cuchara de palo llena de masa de croquetas.

Tenía las manos llenas de harina y huevo cuando Ignacio llegó a casa y entró como un histérico en la cocina.

—¿Qué es esto? —Lanzó un periódico sobre la mesa. Por casi lo tira dentro del plato con el huevo batido. Su voz sonó ronca e iracunda.

Eché un vistazo ladeando la cabeza. Lo cogió de nuevo y me lo plantó delante de las narices. Lo tenía abierto por una página en concreto. Leí el titular: «La madre de Samuel Arriaga sabe quién asesinó a su hijo».

Contuve la sonrisa. Al mismo tiempo se me aceleró el corazón.

—¿Qué narices es esto, Inma?

—Está claro. Han escrito un artículo sobre tu hijo.

—¡¿Pero te has vuelto loca?!

—¿Qué?

—¡¿Y si Abelardo se toma también la justicia por su mano? ¿Y si viene a por ti y te hace algo?!

—Si eso sirve para que lo detengan no me importa.

—¡¿Y has estado pegando carteles por Valderrobres?! ¡¿Por qué?! ¡¿Por qué no me lo habías contado?!

—¡¿Acaso también te parece mal?! —Me miró con cara de no entender nada. Por primera vez en mi vida pensé que me había casado con un auténtico paleto—. ¡Teníamos que hacer algo para presionar a la Guardia Civil, ¿entiendes?! ¡Y ya que mis llamadas y mis quejas no eran suficientes, he tenido que buscar otra solución! No te dije nada porque sabía que me dirías que me estuviese quieta —confesé, en un tono más sosegado.

—Cuando lo vea Abelardo va a saber que has sido tú.

—¿Y?

—Va a saber que entraste en su casa, que revolviste entre sus cosas.

—Me importa un pito, Ignacio. Tenía que hacerlo y lo he hecho. Punto. Ahora, si tuviera un poco de dignidad, debería entregarse a la Guardia Civil.

—¿De verdad te crees que alguien que asesina a un niño o es un pervertido se va a entregar por voluntad propia a la Guardia Civil? Ay, Inma, sé que muchas veces piensas que soy un cateto de pueblo, pero me temo que eres más ignorante aún que yo.

Le miré con cara de odio, pero sin palabras.

Volvió a tirar el diario de mala manera sobre la mesa y me dejó estrangulando la masa de las croquetas.

44

Domingo, 14 de septiembre 1986

Mismo día

La jaqueca formaba parte de su estado normal de salud. Se había despertado en la misma posición en la que cayó en la cama a altas horas de la madrugada. Un crujido en el cuello acompañado de dolor. La garganta seca de respirar con la boca abierta. La comisura de los labios pegajosa, con los restos secos de las babas que se le habían caído aquella noche mientras dormía. Un charco de saliva ensangrentada aún húmeda dibujando un círculo deforme en la sábana que no cambiaba desde hacía días. El pelo enredado y grasiento; algunos mechones pegados a su frente y a sus sienes. Los ojos legañosos. Su hálito, el resultado de la fermentación gaseosa de sus vísceras y las bacterias de su boca.

Con dificultad, se giró con intención de levantarse. Un traspié le hizo volver a empezar. Su cabeza se había acostumbrado a creer que necesitaba un trago para recuperar las fuerzas. Tembloroso, llegó al baño y vació la vejiga, salpicando los azulejos del suelo y la alfombra ennegrecida. Su cuerpo quería salir de la letanía a base de bostezos largos y profundos.

Se la sacudió un par de veces. Luego se rascó el escroto como si tuviera sarna. Al terminar, se olisqueó los dedos con satisfacción.

Caminó hasta la cocina en busca de algo con lo que quemar su garganta insensible. Nada. Fue al comedor. En el mueble-bar encontró una botella de aguardiente. La cogió por el cuello como quien agarra un trofeo y se la llevó a la boca. Dio varios tragos. El ardor recorrió su boca, su garganta, su esófago… Su temperatura fue subiendo a la misma velocidad que la de un hornillo antiguo. El temblor de sus extremidades comenzó a relajarse.

Volvió a la cocina y rebuscó en los armarios algo sólido que llevarse al buche. Una lata de sardinas en escabeche. En el refrigerador, un paquete de pan de molde mal cerrado. Sacó un par de rebanadas. Buscó un sitio donde apoyarlas. Apartó varios cacharros sucios y las dejó en el hueco. Abrió la lata y echó la conserva sobre el pan duro. Apenas se comió la mitad. Una bocanada ácida con sabor a pescado y bilis le subió por el esófago sin llegar a mayores. Igual que subió volvió a bajar. Su gesto se torció en una mueca de asco. «Maldita acidez», dijo sacando de un cajón un bote de pastillas para la acidez de estómago. Se llevó un par de comprimidos a la boca y comenzó a masticarlos. Dejó las sobras del sándwich sobre la encimera y volvió al comedor a por el aguardiente.

Botella en mano, con una extraña mezcla de sabores en la boca, regresó a la habitación. Abrió el armario y cogió la caja de las revistas. Buscó entre los recortes hasta que encontró un catálogo de ropa. Abrió hasta la página donde salían fotografías de niñas a un lado y niños al otro, todos ellos luciendo bonitos trajes de baño. Las miró una por una dándole rienda suelta a su imaginación. Minutos más tarde había calmado su otro apetito.

Anduvo de su habitación al cuarto de baño con los calzoncillos a media pierna, sujetando con la mano el semen que se escurría por su abdomen. Cuando fue a limpiarse se dio cuenta de que no le quedaba papel higiénico. «Joder. Me va a tocar ir a comprar», dijo apoyándose a toda prisa contra el lavabo. Se enjuagó con un poco de agua y secó la zona con una toalla con demasiados usos y olor a rancio.

En la habitación, examinó los bolsillos del pantalón que se quitó la madrugada anterior. Trescientas pesetas.

«Con esto me da *pa el* papel y un *litro vino*», concluyó.

Se vistió con el mismo pantalón, pero con una camiseta que sacó del armario.

«¿A ver cómo estás?», se habló de camino al cuarto de baño. Contempló su reflejo en el espejo como un niño que va al zoo y ve por primera vez la actuación de un loro montando en un triciclo a medida. Mojó su adiposo cabello con un poco de agua, le pasó un peine al que le faltaban varias púas y se lo atusó hacia un lado hasta parecer un *click* de Playmobil. «Así vas bien», le dijo al desaliñado que tenía enfrente.

Cerró la puerta de casa. El resbalón hizo un ruido seco al entrar en la cerradura.

Las suelas de sus zapatos levantaban el polvo del empedrado.

Un par de calles más allá, sentados en unas sillas de mimbre colocadas a la sombra de las fachadas de sus casas bajas, tomaban la fresca Antonio y su vecino Faustino. Ese día no hablaron del tiempo, ni sacaron a relucir los recuerdos de cuando la guerra, lo que sufrieron, lo que perdieron o el hambre que pasaron; tampoco sobre lo que comerían ese día o lo que verían en la televisión al llegar la tarde. No, ese día solo le daban vueltas al chisme más sonoro desde la muerte del joven Samuel Arriaga.

—Me acuerdo del día que buscaban al muchacho —le decía Faustino a su camarada Antonio. A pesar de estar sentado, sus manos se apoyaban sobre su garrota, de madera de pino adornada por clavos y cuero enrollado en su mango. No era la única que tenía. Llevaba años haciéndolas, en parte por afición, en parte por necesidad. Le ayudaban a soportar su cojera: el triste recuerdo de que un día la España que habían conocido estuvo dividida en dos bandos. Se consolaba al pensar que al menos él podía contarlo. Asió la garrota con fuerza. Varias venas de colores verdosos y azulados recorrían sus manos como si deseasen salirse de su piel, formando un pliego más entre tanta arruga—. Lo sabía. Sabía que lo encontrarían muerto. Su madre se creía que era una chiquillada. Pero uno huele el peligro. La guerra te enseña a estar en guardia. Despierta los instintos animales que llevamos dentro.

—¿Tú lo sabías?

—Sí. Fue un pálpito, como cuando sabías que no tenías que ir por una calle porque te podías encontrar con un rifle apuntándote.

—Sí, sí. Sé lo que es eso.

—El muy cabrón…

—Quién nos lo iba a decir.

—Mírale. Y por ahí va, como si nada. Dando más asco que una rata leprosa —dijo el anciano, levantando de la garrota su tembloroso dedo índice y señalando al susodicho.

Abelardo se sintió observado. Desconcertado, caminó varios pasos devolviéndoles la mirada. «Putos viejos que se creen mejor que los demás…». Siguió andando. «¿No tienen otra cosa mejor que hacer?».

—¡¿No te da vergüenza?! ¡Eres un miserable! —le gritó Faustino cuando pasaba por delante.

—¡Eso! ¡Debería darte vergüenza! ¡¿Cómo has podido?! —se sumó Antonio, haciendo amago de levantarse de la silla. Su trasero se alzó un centímetro del mimbre antes de volver a calentarlo.

—¡¿Qué les pasa ahora?! ¡¿Se les está yendo la cabeza o qué?!

—¡¿La cabeza?! ¡A ti sí que se te va la cabeza, sinvergüenza! ¡Te ponía frente a un paredón y a tomar vientos!

Abelardo aceleró el paso, más confundido aún que antes. Mientras se alejaba siguió aguantando los gritos e insultos de los dos ancianos.

No se había alejado ni cinco metros cuando escuchó un ruido por encima de su cabeza. Aflojó el paso y alzó la vista. Desde la comodidad de su casa, Delia Campos censuraba la escena con gesto adusto. «Y ahora, ¿qué narices le pica a esta?», se preguntó Abelardo. Una maceta con un lustroso geranio pasó rozándole el hombro. Oyó una ventana cerrarse. El recipiente de barro se desquebrajó a pocos centímetros de su pie diestro. La arena negra se esparció por el suelo como una galaxia lejana. Del golpe, algunas flores perdieron sus pétalos, que no tardaron en ser alejados de allí por una leve ráfaga de aire. Le recordaron a un grupo de viejas chismosas.

Cuando Abelardo volvió a alzar la vista, Delia Campos se había ido, su ventana estaba cerrada y una de las tres macetas que antes adornaba su jardinera ahora brillaba por su ausencia.

45

Mismo día

Había terminado. ¿El resultado? Tres bandejas de croquetas listas para freír. Demasiadas para dos. Podía congelar unas cuantas, pero aun así seguían siendo demasiadas. Pensé en Maxi y Emilio. Ya les había dado en anteriores ocasiones y les gustaban, así que según terminé, con el mandil aún colgando del cuello y atado a la cintura, y con las manos llenas de masa, me acerqué a la casa de Maxi para que viniera a la mía y se llevase una bandeja. Iba como la matrona que me atendió el parto de Samuel: con las manos en alto con cuidado de no pringar de sangre y restos de placenta a nadie. Aquel recuerdo era indeleble al paso del tiempo.

«Es un niño», me dijo la enfermera mientras la matrona seguía toqueteando entre mis piernas. Sonreí dolorida, pero emocionada. «Un niño», me repetí. Cuando se entere Ignacio va a llorar de felicidad. Cubierto de restos, la enfermera le puso bocabajo sujetándolo por sus frágiles tobillitos y le dio un cachete en el culo. Ahí fue cuando oí por primera vez la voz de mi niño: sus quejidos, su desconsuelo. «Vaya forma de recibir a un alma inocente. Así es este mundo: nacemos para sufrir, y lo hacemos desde el mismo instante en que nuestra madre nos alumbra. Una vida de penitencia para ganarte un sitio en el cielo», reflexioné mientras Samuel seguía llorando.

«Venía con una vuelta de cordón, pero ya le oye: está sano. Va a ser un niño fuerte», me explicó la matrona. «¿Con solo oírle llorar puede saber todo eso?», pensé entretanto ella seguía hurgándome dentro. Deseaba cerrar las piernas, tumbarme con

255

mi niño al lado y descansar. Darle el pecho. Ver la cara de mi marido con la baba colgando.

—Empuja un poco más —me ordenó.

—Pero si ya ha nacido.

—Te quedan restos de placenta. Tienes que expulsarlos. Empuja.

Empujé una y otra vez, pero ya no me quedaban fuerzas. Además, mi cuerpo tampoco ayudaba. Después de tanta tensión y del sobreesfuerzo, con el bebé fuera de mis entrañas, mis músculos se habían relajado.

—Que alguien le presione la tripa.

Una enfermera se puso a un lado de la camilla y, ni corta ni perezosa, se apoyó sobre mi abdomen. Me faltaba el aire. «Más fuerte», le pidió la matrona. Y ella obedeció. Dejó caer el peso de su cuerpo sobre mí, a mover su brazo desde la boca de mi estómago hasta mi pubis. «Empuja, Inmaculada. Un último esfuerzo. Empuja. Empuja». Me dolían las costillas. Me faltaba el aire. La enfermera seguía haciendo movimientos de barrido con su antebrazo. Sentí náuseas. Pasaban los minutos. Mis fuerzas estaban al límite. «Vamos. Vamos. Vamos... Inmaculada, muy bien. Un último apretón». Pero no fue el último. A ese le siguieron otros cuantos. Los huesos de la enfermera se estuvieron clavando en mi fofa barriga hasta que entre las tres conseguimos que mi cuerpo expulsara la placenta. «Por fin. Ya está», se alegró la matrona. Sentí que me quitaba un peso de encima, y no es una forma de hablar. La enfermera retiró sus más de cincuenta kilos de sobre mí y al fin pude respirar con libertad. Aunque no lo hice; durante horas evité llenar del todo los pulmones porque cada vez que lo hacía sentía un leve mareo. Parecía que me había pasado una apisonadora por encima. Los dolores de esa parte del parto me acompañaron más tiempo que los puntos de la episiotomía. «Siento si te he hecho daño, pero teníamos que sacártela». Las disculpas de aquella señora tan tosca me supieron a poco. «Si se hubiera quedado dentro podrías haber sufrido una gravísima infección que podría haberte matado». Ahora sí había pronunciado las palabras mágicas. «No te preocupes, ya me recuperaré. Unos días de dolor es mejor que estar muerto, así que, muchas gracias». Fue entonces cuando giré la vista y vi a la matrona con las manos en alto, cubierta de mis restos. A pesar de los dolores físicos, empezaban los días más felices de mi vida.

Abrí el picaporte de mi casa protegiéndolo con el mandil. Cuando llegué a la de Maxi, llamé al timbre con el codo. Qué raro era escuchar el sonido de cualquier timbre en nuestro pueblo.

Abrió la puerta. Vestía su clásico vestido-bata de flores abotonado por delante. En el pelo, para apartarse el flequillo, un par de horquillas.

Ni saludos ni nada, directamente le dije «pásate a por una bandeja de croquetas, que he hecho muchas y no me entran en la nevera».

Me di media vuelta y me dirigí a casa, oyendo a mi espalda «vale. Ahora voy».

Mientras ella venía, limpié lo que había ensuciado. Me estaba enjuagando las manos cuando apareció mi querida Maxi.

—Por lo que veo, has estado bien entretenida.

—Sí. Necesitaba distraerme.

—La cocina es un buen método.

Asentí. Me sequé las manos y me quité el mandil.

—El próximo día, si te aburres, puedes hacer lasaña. Hace años que no la como. —Aquel comentario iba medio en broma medio en serio. Una directa de las suyas. Sonreí—. Ya sabes. El codo este es un tormento. Se me queda engarrotado como si fuera una bisagra oxidada.

—El próximo día haré lasaña, no te preocupes.

—Oh. Con carne picada, ¿no?

—Sí. La receta que tú me diste.

—Ay, hija. Qué hambre me entra solo de pensarlo. —Se acercó a las bandejas de las croquetas—. Y una de estas es para mí, ¿no?

—Sí. Coge la que quieras.

—Esta misma. Por cierto. Ya he leído el periódico. Me lo ha dicho Emilio.

—Ah.

—Sí. Ha ido a tomar un café al bar *del* Lorenzo y allí tenía uno. Lo ha leído y luego se ha ido a comprarme uno para que también lo leyera yo.

—¿Y?

—Pues no sé, niña. Todo eso lo han sacado de ti, claro. La mujer aquella que vino, la de la tarjetita que guardé en el cajón, ¿verdad?

—Sí.

—¿Y por qué no me dijiste que querías hablar con ella?

—Pensé que tratarías de convencerme para que no lo hiciera.

Hizo una mueca de desaprobación.

—¿Qué pasa? ¿Por qué pones esa cara?

—No sé. No creo que esas sean las mejores maneras de hacer las cosas. Sé que quieres que metan a ese hombre en la cárcel, pero ¿tú te das cuenta de lo que has hecho?

—¿El qué?, ¿prevenir a los vecinos para que tengan cuidado?, ¿decir la verdad? No he hecho nada malo, Maxi. No voy a sentirme mal por no callarme o por no proteger a un asesino.

—Ya, pero... —Chistó—. No sé. Puede que hubiera otras formas de conseguir lo que quieres.

—Dado que la Guardia Civil no le detiene, no hay ninguna otra forma de conseguir que sufra por lo que ha hecho.

—Pero ¿y si no ha sido él? Si la Guardia Civil no está segura, tú tampoco puedes estarlo.

—¿No dices que has leído el artículo? Pues deberías saber que tengo pruebas.

—No creo que sean suficientes, Inma. Vale que es un borracho asqueroso y maloliente, que se acerca a los niños y tal vez no debería hacerlo, pero jamás le he visto un mal gesto con ninguno de ellos.

—¿Estás de su parte?

—No, no estoy de la parte de nadie. Solo digo que tal vez te estés equivocando.

—¡Venía del río! ¡Virginia le vio! —dije perdiendo la paciencia. Ella por el contrario se mantenía serena; tajante, pero sosegada.

—Ah, que uno ya no se puede ir al río, claro. A eso te refieres, ¿no? ¿O quieres decir que todos los que venían o fueron al Matarraña son culpables? Con ese razonamiento...

—¿Y el periódico? ¿Por qué iba a guardar el periódico donde se hablaba de la muerte de Samuel?

—¿Y si le tenía cariño al niño?

—¡¿Cariño?! ¡Para tener cariño a alguien tienes que tratarlo, conocerlo, y mi hijo jamás se había acercado a ese asqueroso!

Agachó la mirada y negó con la cabeza. Se miró las manos, pensativa.

—Estás muy equivocada, Inma.

—¿A qué te refieres?

—Nada. Déjalo.

—No, Maxi. No voy a dejarlo.

—Estás perdiendo la cabeza, hija. No voy a ser yo quien alimente más tus obsesiones.

—¿Me estás diciendo que alguna vez viste a Abelardo con Samuel? ¿Estás insinuando eso?

—Te repito que nunca he visto a Abelardo hacerle nada a los niños.

—Eso significa que le viste alguna vez con mi hijo.

—No. Eso significa lo que significa: que nunca le he visto hacer nada malo. Y te repito: sabes de sobra que a mí ese tipejo no me gusta ni un pelo, pero de ahí a lo que tú insinúas…

—No insinúo nada.

—Pues a eso me refiero, a que no creo que debas acusar a nadie tan a la ligera.

—Pero Ignacio le vio. Vio cómo le miraba.

—Y si tu marido hubiera visto a cualquier otro del pueblo mirando a tu hijo, ¿sería entonces ese su asesino? Me alegro de que no fuera Emilio quien se cruzó con ellos.

—No solo es eso. Es una intuición.

—Hija…

—No, Maxi. No lo entiendes. No lo entenderás nunca. Algo me dice que fue él y punto. Y no voy a parar hasta verle pagar por lo que ha hecho.

—Esto va a acabar muy mal —se lamentó.

—No. Va a acabar como debe.

46

Domingo, 14 de septiembre 1986

Mismo día

En la esquina de siempre, sobre la barra, una montonera de periódicos y revistas esperaban a ser el entretenimiento del consumidor. *El Diario de Teruel* reposaba sobre todos ellos.

Detrás de la barra, Lorenzo preparaba una tapa de boquerones en vinagre y unas cervezas para una pareja que se había sentado a una de las mesas más próximas a la puerta.

En la mesa junto a la ventana, dos jóvenes intercambiaban arrumacos entre risas y miradas lascivas.

Cruzando la puerta: Luis, Manoli, su hija Míriam y su futuro yerno, acudiendo a su cita del domingo para darse un homenaje en familia después de los madrugones de toda la semana. El matrimonio llevaba en pie desde las cuatro y media de la mañana: la hora habitual en la que abandonaban la cama para vestirse, acicalarse e ir a la panadería para empezar una nueva jornada.

En su habitual mesa esquinada, lejos de la barra, pero aún más de la puerta, Abelardo disfrutaba de una partida de cartas con sus colegas de vicio: Blas Campos, el Cojo y don Rodolfo.

Un par de mesas más allá, Delia y su marido, bebiendo una copa de vino. Entre ambos, un plato de aceitunas del que de vez en cuando Delia pinchaba una con un mondadientes y se la llevaba a la boca, donde le daba vueltas y más vueltas hasta dejar el hueso liso.

—Coge ese taburete —le dijo Luis a su futuro yerno, Óscar. Veinticinco años, con trabajo de fontanero. Alto, esbelto, de pelo castaño y rostro enjuto. Sus profundos ojos miraron el lugar

261

donde apuntaba el dedo de Luis. Aunque para profundo, el hoyuelo que lucía orgulloso en su prominente mentón y que le había hecho ganarse entre sus amigos el mote de Espartaco.

Lo cogió y lo colocó al lado de Míriam. Las mujeres ya se habían sentado. Luis seguía de pie, apoyado en la barra. Como parte de su rutina, ojeaba la carta de las tapas al margen de que se la sabía prácticamente de memoria y pediría lo de siempre: croquetas, calamares, bravas y alitas de pollo.

—¿Qué pasa, familia? Ahora estoy con vosotros —saludó Lorenzo a todo volumen, con el plato de boquerones en vinagre en la mano. Se la llevó a la joven pareja de enamorados.

—No hay prisa —le respondió Luis.

Miró a su mujer y a su hija, estaban acercadas la una a la otra, cuchicheando.

—¿De qué habláis? —preguntó intrigado, aproximándose a ellas.

Su mujer miró más allá de su hombro, a la mesa que ocupaban don Rodolfo, Abelardo, el Cojo y Blas. Luis se giró y los observó también. «Qué vida más simple y penosa», pensó. Los observados seguían su partida despreocupados, envueltos por una nube de humo de tabaco, tragos de alcohol y risas desentonadas.

—¿Qué les pasa?

—Le decía a tu hija que esta mañana estuvo Inma en la panadería.

—Ah, sí.

—Que lo está pasando muy mal, la pobre.

—¿Inma, la del niño que encontraron muerto en el río? —se interesó Óscar, uniéndose a la conversación.

—Sí.

—Hostia, ¿pues habéis visto el periódico?

—No. ¿Qué periódico? —contestó Míriam.

—Joder. Esperad.

Se levantó del taburete y fue hasta la montonera de periódicos y revistas que Lorenzo guardaba para la clientela. Encontró el que buscaba encima del resto.

Volvió a su taburete y, apoyándoselo sobre las piernas, pasó varias páginas.

—Esto. Leed aquí —dijo entregándoselo a Manoli, que se encontraba entre Luis y Míriam.

Leyeron, poniendo caras de circunstancia, después, de asombro. Haciendo pequeñas pausas para observar al tipo del que se hablaba en el artículo.

—Y está ahí, tan pancho —expresó indignada Manoli mientras su hija soltaba un «madre mía…» al que le siguió el silencio y la confusión.

—Bueno, familia, ¿qué os sirvo? —interrumpió Lorenzo. No tardó en darse cuenta de qué era lo que estaban leyendo.

—¿Cómo dejas que entre ese engendro en tu local? —le preguntó Luis.

—¿Qué voy a hacer, echarle?

—No veo por qué no.

—Si nos basásemos en todos los chismes que oímos para dejar de atender a nuestra clientela la mayoría tendríamos que cerrar.

—Esto no es un chisme, Lorenzo. Es una acusación muy grave.

—Precisamente. ¿Quién nos dice a nosotros que es cierta? Yo creo que son majaderías de Inma. Está perdiendo el norte y…

—No creo que haya perdido nada más que a su hijo. ¿Tú has visto la de cosas que dice el artículo? Es más que probable que haya sido él.

—Pues eso me contaba esta mañana —señaló Manoli, en voz baja—. No entiende por qué la Guardia Civil no lo ha metido en la cárcel.

—Esto no se puede consentir —dijo Luis. Apartó el periódico de un manotazo.

—¿A dónde vas?

No respondió.

Desde la barra, los cuatro le siguieron con la mirada hasta la mesa del fondo. A los de la mesa no les dio tiempo a reaccionar: Luis agarró a Abelardo de la pechera y lo levantó de la silla como quien coge un muñeco de trapo.

—¿Es cierto? —le preguntó Luis estrangulando el cuello de su camiseta entre sus dedos cada vez más blancos. Los párpados de Abelardo, que se abrieron notablemente al sentirse amenazado, reflejaban su nivel de embriaguez. Balbució un «¿qué pasa, tío?» haciendo que su aliento humedeciese la cara de su acometedor como una lluvia ácida. Este arrugó la nariz con gesto de asco y hecho la cabeza ligeramente hacia atrás antes de insistir.

—¿Es cierto?

—¿El qué? Suéltame, *joer*. —Su voz más aguda de lo normal, sus palabras arrastrándose lloriqueantes y un «quita» que sonó más a «quitza».

—Lo que pone en el periódico.

—¿Qué periódico?

—Deja de hacerte el tonto. *El diario de Teruel*. El artículo que habla de ti y de lo que le hiciste a Samuel.

—¿Qué? ¿Qué *arrtículo*? Yo no sé de qué *mestás* hablando.

Una sacudida de la pechera.

—¿Es verdad que fuiste tú?

—¿Qué?

264

—¿Mataste al niño de Inma e Ignacio?

—¿Qué *diceds*? Yo no he *matao* a nadie. —Trató de zafarse. Sus ojillos con los párpados a media asta se mostraban temerosos.

—¿Entonces, lo que dicen en el periódico no es cierto?

—¿Cierto, qué? No sé qué hablas.

—Las revistas en tu armario, el diario con el artículo de la muerte del niño, que te lo llevaste, que te vieron venir del río aquel día, que abusas de los niños… ¿Se me olvida algo?

—Que me *suelteds*, tío. Yo no *heecho na*. Hablé con los guardias esos. Ya dije *to* lo que tenía que decir.

—¿Abusas de los niños?

—¡Del alcohol sí que abusa el *desgraciao* este! —espetó el Cojo entre risas, dándole una palmada a Luis en la espalda.

Instintivamente, el panadero le devolvió un manotazo que le fue a parar a la cara.

—Tú quita. No me toques.

El Cojo, enmudecido, comprobó que no le hubiera hecho sangre. En su lugar, Abelardo reaccionó tratando de defender a su colega.

—¿Qué mosca te ha *picao*, tío?

—Como te vuelvas a acercar a algún otro crío te parto la cara.

—Tú no me *pueedezs* decir a quién me puedo acercar, *pringao*.

Su antebrazo chocó contra el de Luis en un golpe seco, con todas sus fuerzas, en otro nuevo intento por que le soltara la camiseta.

—Yo te digo lo que me da la gana. Como me entere de que alguien te ha visto con algún niño del pueblo, te acordarás de este día.

—Que me dejes —dijo intentando darle un empujón. Para su desgracia, una de las manos se le resbaló, golpeándole en la mandíbula.

Como un púgil en un ring, al sentir el primer contacto de su contrincante, le propinó un derechazo en los morros que le hizo retroceder dos pasos y temblar dos dientes, tropezarse con la silla y caerse entre el hueco que quedaba entre las patas y la pared, chocándose al mismo tiempo contra la mesa. Las bebidas y las cartas que había sobre la madera se tambalearon como en un seísmo. De fondo, las primeras muestras de asombro e incomprensión. Todos los ojos puestos en ellos; ellos, ajenos a todas las miradas. Un «Luis. Para», de su mujer. Un «papá, ¿qué haces?», de su hija. Un «me cago en la hostia», de Lorenzo.

Abelardo parecía una cucaracha con las patas bocarriba, haciendo esfuerzos para girarse y salir huyendo de su agresor. Pero el mareo, el susto y la borrachera fueron torpes aliados. No le dio tiempo a ir a ninguna parte; tampoco a que sus camaradas de partida de cartas evitaran lo siguiente. Luis se agachó y lo alzó dándole un tirón de la camiseta, desgarrando su tela pasada, dejándole de nuevo de cara a él. Un puñetazo. Luego otro, y después otro. Primero en la mejilla, luego en un ojo. El último, en la nariz. La sangre brotaba de su piel como gotas de un manantial de un vino tinto espeso y turbio. Luis cesó de golpearle; aunque no por falta de ganas. Lorenzo, Óscar y Manoli consiguieron pararle a tiempo. «¡Ya vale, Luis! ¡Para, por favor!», le gritaba su mujer, mientras que entre Lorenzo y Óscar, le sujetaban del brazo y le arrastraban hacia atrás.

Abelardo se puso de pie ayudado por Blas Campos. Desorientado, se bebió el culo de orujo que le quedaba a su compañero y, a tropezones, salió de detrás de la mesa y de la silla.

—¡Estás avisado! ¡¿Me oyes?! —le increpó Luis mientras Abelardo se dirigía tambaleante hacia la puerta.

Como si cada puñetazo recibido hubiera sido un cubo de agua fría, Abelardo despejó parte de su borrachera. Sintió confusión. Pena de sí mismo. Palpitaciones en cada una de las zonas de su cuerpo golpeadas. Durante unos días, el alcohol no le quitaría el dolor de cara ni, sobre todo, la sensación de verse para los demás como un miserable.

—¡Basta ya! —le recriminó Lorenzo a Luis, girándole por el hombro—. ¡No puedes venir aquí a librar tus batallas o las de una majara! ¡¿Pretendes destrozarme el local, ahuyentarme a la clientela?!

—No vuelvas a tocarme.

—¿O qué? ¿Te crees que a mí me vas a tirar al suelo tan fácilmente?

—Vámonos, Luis. Déjalo —le pidió su mujer.

Lorenzo y Luis se mantuvieron las miradas, desafiantes.

—Necesitáis calmaros. Además, no es nuestro problema —intervino Óscar. Luis lo miró con perplejidad, con el ceño arrugado.

—¿No? ¿Eso crees?

—Claro que no. Tendrá que ser la guardia civil quien intervenga. Nosotros pintamos bien poco.

—Claro. Estas cosas nunca son problema de nadie, ¿verdad? Hasta que llega un día en que tienes hijos y te enteras de que hay un hijo de puta en tu propio pueblo haciéndole cosas a las pobres criaturas.

—Es un pederasta, papá —puntualizó Míriam.

—Pues eso. ¿Acaso vosotros nunca vais a tener hijos? — siguió, dirigiéndose a su futuro yerno, mirándole fijamente a los ojos y señalando con la cabeza a su hija.

—Supongo que sí. Claro.

—Pues cuantos menos desgraciados como ese pululen cerca de tus hijos, mejor.

—Ya, bueno, pero aún falta mucho para eso —dijo con una sonrisa tontaina, mirando a su novia.

«Cacho palurdo…», pensó Luis, «¿qué le habrá visto a este payaso?». Soltó un quejido cargado de sarcasmo, al tiempo que sus labios se curvaban de medio lado.

—¿Mucho tiempo? Si estuviera en el pellejo de mi hija, te aseguro que no los tendrías nunca.

Se guardó para sí un «estúpido» final.

—Papá…

—Vámonos. Por hoy ya tengo suficiente —le dijo Luis a su mujer.

Caminaron hacia la puerta mientras que Míriam miraba a su novio con cara de preocupación, interpretando aún las palabras de su padre.

Lorenzo recogía del suelo la silla que minutos atrás ocupaba Abelardo. «A la próxima invita la casa», les dijo a Blas, al Cojo y a Don Rodolfo, fingiendo alegría.

En la mesa más próxima a la puerta, la joven pareja comentaba lo ocurrido. En la otra, Delia y su marido se disponían a pagar y a marcharse. Delia se sentía en la obligación de informar a alguien sobre lo sucedido.

En la barra, lejos del resto de los demás ejemplares de prensa, el *Diario de Teruel* permanecía arrugado junto a la carta de tapas.

47

Domingo, 14 de septiembre 1986

Mismo día

Aunque había anochecido, la persiana seguía subida y la ventana ligeramente abierta. El sonido de los grillos se colaba por la apertura, entremezclándose a veces con las pisadas de los vecinos que pasaban por delante de nuestra casa.

Ignacio estaba en el comedor viendo la tele. Yo, en la cocina, retrepada en la silla con el libro de la Allende entre mis manos, releyendo uno de sus párrafos: «El pasado y el futuro eran parte de la misma cosa y la realidad del presente era un caleidoscopio de espejos desordenados, donde todo podía ocurrir».

—Todo puede ocurrir —me dije a mí misma. Releí la frase otras cuatro veces más, sintiéndome parte de lo que ella, la autora, quería expresar—. Y tanto que todo puede ocurrir. Y si no ocurre de una forma lo hará de otra —le dije a la nada, como si ella pudiera escucharme.

Oí ruido en el pasillo. Al estar la puerta cerrada, pensé que Ignacio había subido el volumen de la televisión. Pero las voces sonaban cerca. Una parecía la de mi marido.

Cerré el libro y lo dejé sobre la mesa, todavía viéndome reflejada en los matices de ese caleidoscopio que seguía dando vueltas en mi cabeza.

Me quedé paralizada cuando vi a Abelardo y a mi marido parados en mitad del pasillo, hablando. «Ella no ha hecho nada», decía Ignacio. «Mírame a la cara. ¿Que no se me ve o qué?», le respondió aquel miserable, alzando levemente la voz y señalándose. Durante una fracción de segundo no supe qué pensar.

«Maldito…».

—¿Qué narices haces tú aquí? Largo. Vete ahora mismo —atiné a decir.

—No pienso marcharme. —Tenía la cara marcada. Debía haberse metido en alguna pelea; lo normal en un ser de su calaña—. Vas a dejarme en paz de una vez, maldita bruja.

—Vete ahora mismo de mi casa, degenerado, o llamaré a la Guardia Civil.

—Llama a quien quieras. ¿Qué más te falta, quemarme la casa?

Me metí en la cocina a toda prisa. Abrí el cajón de un tirón, sacándolo de los raíles. Toda la cubertería salió despedida por los aires. El cajón colgando, con mis dedos sujetándolo por el tirador. Tenedores, cucharas, cuchillos… impactaron contra el suelo formando un gran estruendo. Solté el cajón haciendo más ruido todavía. Apresurada, me acuclillé y busqué un cuchillo grande. Encontré el de cortar el jamón. Cogí su mango con fuerza, clavándome las uñas en las palmas. Corrí hasta el pasillo con el cuchillo en alto. «¡Vete ahora mismo o te rajo hasta que te desangres como un cerdo!», grité según volvía.

Se le abrieron los ojos como platos. Debió entender que mis amenazas no eran un farol.

—Márchate de una vez —le pidió Ignacio empujándole por los hombros. Para mi gusto, estaba siendo demasiado cortés. De tener su fuerza también le habría puesto el otro ojo morado. Pero claro, mi marido parecía un anciano de ochenta años, siempre deslomado, dolorido y quejicoso, sobre todo en los momentos en los que tenía que dar la cara.

—Como me vuelvas a acosar, a perseguir, a, a, a…, como te acerques a mi casa llamaré a la Guardia Civil.

—Sí. Llámalos, y de paso, confiesa que mataste a mi hijo, maldito bastardo.

Ignacio consiguió echarle mientras yo me quedaba absorta.

«¿Qué demonios hacía en mi casa?».

Ignacio cerró la puerta y echó la llave.

—¡¿Pero te has vuelto loco?! ¡¿Por qué le dejas entrar en nuestra casa?!

—Yo no le he dejado entrar, Inma. Me lo he encontrado dentro. La puerta estaba abierta.

El corazón me latía como un caballo desbocado. Sentí que me faltaba el aliento, aunque mi mano seguía agarrando con fuerza el cuchillo jamonero.

—Trae. Dámelo. —Se refería al cuchillo.

Se lo di.

Pasó por mi lado y anduvo hasta la cocina. Me apoyé contra la pared y dejé resbalar mi espalda hasta sentarme en el suelo.

«¿Ahora tiene la desvergüenza de presentarse en mi casa?

»Debería denunciarlo a la Guardia Civil.

»No. ¿Para qué? No harían nada.

»Dios nos pone a prueba.

»Estoy harta de sus pruebas.

»"El pasado y el futuro son parte de la misma cosa".

»Sí. El futuro es un triste eco del pasado, un eco de los recuerdos y de la muerte.

48

Lunes, 15 de septiembre 1986

Después de desayunar con Ignacio regresé a la cama. No tenía por qué avergonzarme de nada ni arrepentirme, pero cierto es que me daba reparo salir de casa. Todas las miradas apuntarían hacia mí; más que de costumbre. Demasiado cotilla suelto. Empezaba a temer que lo del artículo tampoco hubiera servido de nada. En vez de entregarse, el muy caradura se había colado en mi casa para exigirme que le dejara en paz. ¿Acaso él dejó en paz a mi hijo, el muy desgraciado?

Un par de golpecitos en la puerta.

Se me aceleró el corazón al recordar a Abelardo. «No creo que vuelva», me dije.

Me levanté de la cama y fui a abrir la puerta. Era Maxi.

—Buenos días, niña. ¿Qué tal estás?

—Bien —respondí seria. Aún no había olvidado nuestra discusión de la tarde anterior—. ¿Qué haces aquí?

—He venido para ver si quieres acompañarme a por el pan.

—La verdad es que no me apetece.

—Tienes mala cara. ¿Te encuentras bien? Se te ve un poco pálida.

—Sí.

—¿Te has enterado?

—¿De qué?

—De la que se lio anoche en el bar *del* Lorenzo.

—No. ¿Qué pasó?

—Al parecer, Luis le dio una tunda a Abelardo.

273

Me quedé pensativa.

«Por eso venía con la cara como un mapa».

—¿Luis, el de Manoli?

—Sí. El panadero.

—Le está muy bien. —Maxi me observó con cara de compasión, como si sintiera pena por mí, como si me hubiera convertido en una causa perdida—. ¿Sabes que vino a casa?

—¿Qué?

—Se presentó para exigirme que le dejara en paz.

Se quedó boquiabierta.

—O sea, que sabe que has sido tú.

—La verdad es que no hay que ser muy listo para pensar que soy yo la que está detrás de todo.

—¿Te amenazó, te hizo algo?

—No. Y que no se le ocurra acercarse a mí si no quiere acabar como un fiambre.

—Deberías decírselo a la Guardia Civil.

—Y dale con la maldita Guardia Civil. Que no, que no les voy a decir nada. Tengo que ir pensando en otra cosa.

—¿A qué te refieres?

—Nada. Déjalo. Cosas mías.

—Ay, Inma. Ten mucho cuidado, hija. No quisiera que te metieras en ningún lío.

Contemplé sus ojillos llorosos. Realmente me quería como a una hija, y yo, a esas alturas, entendía tan bien lo que se puede llegar a sufrir por un hijo… No quería darle un disgusto.

Suspiré.

—Querías que te acompañara a por el pan, ¿no?

—Sí.

—Está bien. Dame un minuto.

En vez de al ultramarinos, ese día le pedí a Maxi que fuéramos a la panadería de Luis y Manoli.

Por lo general, los días de entre semana no había que guardar cola. El único inconveniente de ir allí a por el pan a diario era tener que ser más fuerte que la tentación. Tartas, bollos, pastas, pasteles… Lo que adelgazaría el bolsillo lo engordaría el cuerpo. Aunque en los últimos meses eso tampoco era ya una preocupación: me seguía bailando la ropa, cada vez más.

Al entrar, tan solo había un par de vecinos. A ninguno lo conocía por su nombre, solo de vista. Por las miradas que me echaron, ellos sí debían saber quién era y parte de mi vida. Luis estaba en la parte trasera de la tahona. Manoli, al otro lado del mostrador. Cuando me vio, su rostro serio se convirtió en una mueca. No entendí si porque no quería verme allí o porque le hice recordar el mal trago que tuvo que pasar la noche anterior.

Maxi y yo observábamos en silencio. «Pídeme una de pan. Luego te la pago», le susurré a Maxi, acercándome a su oreja. No parecía que estuviera el horno para más bollos que los que estaba cocinando su marido en la parte trasera.

Se fue el primer cliente. Atendió al segundo. Entró otro. Se marchó el segundo. Le llegó el turno a Maxi; hizo su pedido. «Díselo ahora», me dije al ver que se acercaba y dejaba las barras de pan sobre el mostrador.

—Quiero daros las gracias y pediros disculpas por lo que pasó anoche. Ya me he enterado.

Manoli alzó la vista y clavó sus ojos marrones en los míos. Una ceja arriba. Ojeras. Una descolorida raya de ojos negra de varias horas. Máscara de pestañas apelmazando los pocos pelos que las poblaban. Labios con expresión adusta.

—No tienes que pedir disculpas. Cada uno es libre de sus propios actos —dijo bajando la mirada, cubriendo el pan con un trozo de papel sujeto con un poco de papel celo.

—Ya, pero, supongo que es por lo que se publicó en el artículo.

—Tú no fuiste a mi marido a pedirle que le diera de hostias. De todas formas, me parece que el artículo ese va a dar más comederos de cabeza de los que nadie hubiera imaginado. Este pueblo es demasiado pequeño y algunos, como mi marido, parece que hacen suyos los problemas ajenos. —No respondí—. Supongo que los golpes que anoche se llevó Abelardo al menos te consolarán durante unos días.

«Si te crees que porque tu marido le haya pegado cuatro golpes mal dados a ese asqueroso me voy a quedar tranquila, lo llevas claro».

La miré con antipatía y, aunque no quise darle réplica, fue superior a mis fuerzas.

—Sí, claro. Ya está todo resuelto. Esta noche dormiré a pierna suelta gracias a tu marido. —Mueca de desagrado—. En fin, dale las gracias. Al menos hay alguien en este pueblo con los huevos suficientes como para darle un leve escarmiento a ese malnacido.

»Te espero fuera —le dije a Maxi, apoyándole la mano sobre el brazo, y me largué de allí.

Al cabo de dos o tres minutos salió Maxi. Sabía que habían estado hablando de mí; qué novedad.

—Vamos.

—Trae, si quieres lo llevo yo —dije, tendiéndole la mano para que me diera las barras de pan. Me las entregó.

—No se lo tengas en cuenta.

—¿El qué, que haya estado tan seca?

—Bueno. ¿Si tu marido se liara a puñetazos con otro hombre te haría gracia?

—Si es por gusto o porque mi marido es un camorrista, no, pero si es por una causa justa, sí. Lo apoyaría, incluso.

—Bueno.

—Lo que está claro es que somos de mucho hablar y poco hacer. Bien que me decía ayer que si estuviera en mi lugar se hubiera tomado la justicia por su mano.

—Pero no está en tu lugar. Y tiene un negocio. Habrá gente que defienda a Abelardo.

—¿Que lo defienda?

—Sí. Claro. ¿Por qué no?

—Me parece increíble.

—Si ni siquiera la Guardia Civil tiene pruebas.

—Ah, ¿y porque no sepan hacer su trabajo ya es inocente?

—Yo solo te digo que hay quienes piensan que él no ha hecho nada.

—Pues si no es… —Me quedé con la frase a medias. A unos metros, saliendo de la iglesia, me pareció ver a Ignacio—. ¿Aquel es mi marido?

—¿Quién?

—Aquel —le señalé con el dedo, sin poder quitarle el ojo de encima.

—Pues… Yo diría que sí.

—¿Le has visto? Estaba saliendo de la iglesia. ¿Qué pinta él en la iglesia?

—No lo sé. A lo mejor ha ido a llevar algo. O…

—¿A llevar? Nunca ha sido de los que le donan cosas a la Iglesia. «Demasiado dinero tienen como para que la gente les siga dando», dice siempre. Ya le conoces.

—Sí. Es raro. Puede que haya ido a hablar con el padre Miralles.

—¿Para qué?

—No lo sé.

—*Bah.* Que haga lo que le dé la realísima gana.

—¿Seguís mal?

Se me escapó un quejido irónico.

—Creo que esto nos va a costar el matrimonio.

—¿Vais a separaros?

Agaché la cabeza y no contesté. No porque no me fiara de ella, sabía que le dijese lo que le dijese se lo llevaría con ella a la tumba, sino porque simplemente no sabía qué contestar. Tenía la cabeza hecha un lío. Una parte de mí no quería perder lo único que le quedaba: mi marido, nuestro amor; la otra parte, era consciente de que era tarde para conservar algo que ya se había perdido.

—Eso ahora no me preocupa.

49

Lunes, 15 de septiembre 1986

Mismo día

Dejé la barra de pan sobre la mesa de la cocina.

—¿Has ido a la panadería? —me preguntó Ignacio. Se estaba cortando un trozo de chorizo. Cogió la barra de pan y le quitó el cuscurro.

—Sí.

Me vi tentada de preguntarle qué hacía él en la iglesia. Pero no lo hice. Le observé mientras le daba un mordisco al chorizo y la grasa anaranjada le teñía la boca.

—¿Quieres un poco?

—No. Gracias.

—¿Falta mucho para comer?

—No. Hago la sopa y ya.

—Vale. Voy al sofá un rato.

Abandonó la cocina masticando, distraído, como un fantasma al que se le ha muerto el alma.

Y sí, no le dije nada, pero el mero hecho de verle salir de San Bartolomé me hizo recordar el día en que nos casamos. Mi cuerpo se entumeció en la nostalgia.

«En lo bueno y en lo malo. En la salud y en la enfermedad, hasta que la muerte os separe. Sí, quiero. Sí, quiero». Estaba tan guapo... Y se le veía tan feliz... Ambos lo éramos. Lo amaba como nunca antes había amado a nadie. Teníamos proyectos, ilusiones, fantasías. Queríamos formar una familia juntos.

Durante muchos años pensé que nada podría separarnos, menos después de que naciera Samuel. Vivimos unos años espléndidos.

Sin embargo, ahora le echaba tanto de menos…

Entre nosotros solo quedaban silencios e inercia. Unos silencios cada día más ricos de secretos y que nos distanciaban aún más.

Lo que puede llegar a cambiar la vida de un día para otro.

50

Martes, 16 de septiembre 1986

Nuestro matrimonio llevaba una inercia tan desastrosa que pensé que a esas alturas no habría nada que pudiera darme una alegría. Pero me equivocaba. Ese día, desde primera hora de la mañana, estuvo repleto de sorpresas.

La primera ocurrió antes de salir de la cama: Ignacio me dio los buenos días acompañándolo con un beso en los labios, cosa que no hacía desde que pasó lo de nuestro hijo. Por un instante sentí esa chispa de deseo que toda pareja enciende en algún momento de su relación. O deberían encender. Nosotros, desde luego, la mantuvimos incandescente durante los primeros años del matrimonio, antes de que naciese Samuel y se llevase toda nuestra atención. Después... Bueno, supongo que lo típico: siempre hay cosas que hacer y, disfrutar de un rato con tu pareja se va quedando relegado a lo último de la lista. El beso de aquella mañana me hizo sentir un cosquilleo que creía haber perdido para siempre, confiar en que aún teníamos solución. Aun así, me pilló tan por sorpresa que no me dio tiempo a reaccionar y pedirle más. Aunque tampoco iba a mendigar sus caricias; tendrían que salir de él. A fin de cuentas, quien se había dedicado a levantar muros entre los dos en los últimos meses fue él. Un simple beso no tenía poder para convertir en polvo tantos bloques de piedra.

A pesar de mi orgullo, reconozco que aquello me sacó una sonrisa pueril que me acompañó hasta que entré en la cocina y me lo encontré preparando la cafetera en vez de estar dándole su habitual repaso al periódico del día anterior. Mi cara de felicidad pasó a ser..., pues eso, de sorpresa. «¿Se habrá dado un golpe?», me pregunté. Sí, era raro. Si podía evitar hacer cualquier tarea doméstica, la evitaba. «Tal vez hoy no le duela la espalda y esté de mejor humor». Quise restarle importancia.

Al terminar de desayunar me dio otro beso —estaba en racha— y se fue a los cultivos. Ese día volvió a casa antes que de costumbre. Yo ni siquiera había terminado de hacer la comida.

Llegó. Se fue al dormitorio. Se puso las zapatillas de estar por casa. Vino a la cocina y se sentó en una silla mientras yo preparaba las albóndigas. Le miraba de reojo. ¿Me lo habían cambiado y no me había dado cuenta? Pensé si era posible que me hubiera olvidado de nuestro aniversario, pero no, hasta febrero aún faltaba bastante.

—¿Qué tal el cultivo?

—Bien. Con calor, pero bien. He estado sembrando unas coliflores, unas lechugas, acelgas, cebollas y espinacas.

—Hace mucho que no voy por allí. Si te apetece, mañana te acompaño.

—Como quieras. Aunque ahora mismo no habrá mucho que hacer.

—Bueno. Puedo limpiar la caseta. Le hará falta un buen repaso.

—Vale. Sí, no le vendrá mal.

Cuando la comida estuvo preparada, nos sentamos a comer. Él, como siempre, terminó antes que yo. Y, una nueva sorpresa: aunque él había acabado, se esperó sentado a la mesa hasta que yo también terminé. Cuando lo hice, se levantó de la silla y se puso a recoger la mesa. No pude evitar mirarle con recelo, casi paralizada. Una parte de mí quería ver hasta dónde era capaz de llegar. Debía estar escondiéndome algo y creyéndose que no me estaba dando cuenta.

Frente al fregadero. Con el estropajo en una mano y el lavavajillas en la otra, dispuesta a limpiar los cacharros. Dándole vueltas a lo que estaba pasando. ¿Qué otras fechas podría estar olvidando? ¿Mi cumpleaños? ¿El suyo? ¿El de nuestro hijo? Si hubiera sido el cumpleaños de Samuel habría estado de peor humor y más apático que nunca. Y los nuestros nunca los había recibido con especial alegría.

—Me voy a dar una ducha —dijo, dejándome con la boca abierta y con más cosas en las que pensar. Si se iba a dar una ducha significaba que no iba a volver al cultivo.

Su costumbre era: comer, sentarse a ver la televisión, quedarse varios minutos traspuesto y marcharse otro rato al campo, hasta bien entrada la tarde. Pero ese día trastocó su rutina. Después de la ducha —y afeitarse—, se fue al comedor y se sentó en el sofá, se quedó traspuesto, pero luego no se fue a ninguna parte, siguió viendo la televisión conmigo.

A pesar de todo, no dije nada. No le pregunté, no quería estropearlo.

«Tal vez ha hablado con Maxi. ¿Le habrá dicho que…? No. No creo. Maxi no diría nada. A lo mejor… Sí, puede que le haya insinuado que me cuide un poco. No. Tampoco lo creo. ¿Qué estará tramando? No se habrá echado una querida y ahora por su sentimiento de culpa está haciendo el chorra para compensarme, ¿no? Como sea eso me lo cargo. Una cosa es no aguantarnos y otra faltarnos al respeto de esas formas».

Entre dudas y suposiciones, mi mente voló a nuestras primeras citas. El cine de verano. Las excursiones al río con las fiambreras con tortilla de patata, filetes de pollo rebozados, pimientos fritos… Qué olor al destapar cada tartera y mezclarse con el aroma a campo. El cantar de los pájaros, el sonido del agua corriendo uniéndose al cimbrear de las copas de los árboles... Y nuestros encuentros furtivos en la caseta del cultivo, cuando mis suegros estaban aún con vida. El cuidado que teníamos que tener para no levantar sospechas, dejándolo todo tal cual lo habíamos encontrado. Y nuestra primera vez; mis nervios, su torpeza, nuestro deseo...

«Lo que daría por volver a disfrutar de uno de esos días», pensé. «Por volver atrás y evitar lo que nos ha traído a esta desgracia de vida». «Al menos, puede que quede esperanza para recuperar una pequeña parte de lo que fue nuestro matrimonio».

Pero las sorpresas no habían acabado, y claro, con mi suerte, no podían ser todas buenas.

A eso de las siete de la tarde llamaron al timbre de casa. Dudo si antes de aquel día lo había escuchado alguna vez. Era tan poco habitual, que el sonido me sobresaltó, se me aceleró el corazón y pensé que había sucedido una nueva desgracia. Temí que le hubiera pasado algo a Maxi o a Emilio.

—¿Quién será? —pregunté, aunque no esperaba que él lo supiera.

Hice amago de levantarme, pero cuando me quise dar cuenta Ignacio ya estaba en pie, yendo voluntariamente a abrir la puerta. Por casi sale corriendo. Se me arrugó el ceño. Estaba siendo todo demasiado extraño. «¿De verdad este cambio puede ser porque no le duele el lumbago?».

Pasos.

El picaporte girando.

La puerta abriendo.

«Buenas tardes, Don Miralles. Pase», escuché decir a mi marido.

Yo, con cara de tonta.

Al llegar a la entrada vi cómo el padre Miralles pasaba a nuestra casa, cómo mi marido le recibía de forma cortes, cómo el padre nos miraba sonriente, cómo Ignacio cerraba la puerta y le invitaba a pasar al comedor. Yo, desde el umbral del mismo comedor, con la boca abierta y los ojos fuera de las órbitas. ¿Qué demonios hacía el cura en mi casa?

—Buenas tardes, Inmaculada —me saludó inclinando la cabeza.

Dos segundos más tarde: «Buenas tardes».

Miralles caminó hasta mí, aunque, a decir verdad, me encontraba en medio de su camino, obstaculizando que pudiera entrar en el comedor. Ignacio esperaba detrás de él.

—¿Qué hace usted aquí? —le pregunté, haciéndome a un lado.

—He querido venir para ver qué tal estabas. Hace semanas que no te veo.

—Entre. No se quede en la puerta —le insistió Ignacio.

«¿Qué mosca le habrá picado?».

Pasaron por delante de mí con gesto de felicidad, como si fueran amigos de toda la vida y se sentaron en el sofá. A cámara lenta, me aproximé yo, con recelo, observándoles. Seguía atónita. El padre Miralles vestía su típico pantalón y camisa negra; encima, una americana igual de oscura que su cabello húmedo repeinado hacia atrás y sus zapatos con cordones.

—¿Quiere tomar algo? —le ofreció Ignacio.

Aquella actitud suya hacia el padre me estaba dejando a cuadros.

—No te molestes. Estoy bien así. Gracias.

—No es molestia, padre. ¿Un café? ¿Una manzanilla?

—Está bien. Una manzanilla. Si tomo café a estas horas luego no podré pegar ojo.

—Muy bien. Ahora vengo. Mientras, podéis poneros al día —dijo mirándome a mí.

285

Se levantó del sofá y se dirigió a la cocina. Lo seguí con la mirada aguantándome decirle cuatro cosas.

«Por eso ha estado todo el día tan raro».

—Y dime, Inmaculada. ¿Qué tal estás?

—Estoy bien, gracias.

—Te veo… —Buscó las palabras, desde luego, no las mejores—, algo desmejorada.

—Oh, vaya. Es una pena que no le guste mi aspecto, padre.

—No quería decir eso, hija, lo siento.

—No. No tiene que disculparse por decir lo que piensa.

—Comprendo que deben estar siendo tiempos muy duros y el dolor causa estragos en el cuerpo.

—Jamás lo imaginaría. Aunque por suerte para usted, el celibato le evitará sufrir algo semejante.

—Bueno, para mí, perder a cualquier feligrés es duro.

—No creo que esté comparando su dolor al que estamos soportando mi marido y yo, ¿no?

—No. Por supuesto que no. Habría que ser un necio incluso para insinuarlo.

—Entonces, me temo que hoy no anda muy fino con las palabras.

—He debido gastar las más adecuadas en el sermón del último domingo. —Sonrisa apagada y una mueca de resignación—. De nuevo, mis disculpas.

—Olvídelo.

Se hizo un silencio incómodo. No entendía por qué me habían hecho esa encerrona, sobre todo Ignacio, que siempre huyó de todo lo concerniente a las iglesias, a los curas y a sus prácticas. Desde la cocina llegaban ruidos a cubertería, tazas, cajones y puertas abriéndose y cerrándose.

—¿A qué ha venido exactamente, padre?

—Estamos preocupados por ti.

—¿Preocupados? ¿Quiénes?

—Bueno. En este pueblo hay muchas personas que te quieren, que se preocupan por ti y que también querían a Samuel. Cuantos le conocíamos seguimos llorando su pérdida.

—Eso lo dudo.

—Es cierto. Lógicamente, como tú bien dices, el dolor de unos padres, el tuyo como madre, nunca podrá ser el mismo que el que podamos sentir otras personas por tu hijo, pero desde que perdimos a Samuel, Beceite no ha vuelto a ser el mismo.

—¿Y ha sido Ignacio quien le ha dicho que venga?

—Él, igual que yo y la gente que te quiere, solo desea lo mejor para ti.

—Y lo mejor para mí es que usted venga a mi casa a… ¿A qué?

—Entiendo que sigas amando a tu hijo, que le tengas presente cada día, pero debes entregarle tu amor a los vivos; ellos son quienes lo necesitan.

—¿Acaso mi marido ha acudido a usted para quejarse de que no recibe lo que necesita? ¿A eso fue a verle el otro día?

—No, no. —Alzó las manos en son de paz—. Esto no tiene nada que ver con tu marido. Pero entenderás que esté preocupado por ti. Teme que el rencor te empuje a cometer algún acto poco apropiado. Ya me entiendes.

—¿Está hablando de lo del artículo en el diario?

—Solo digo que tenemos que aceptar los designios del Señor y perdonar. Por muy dolorosos e incomprensibles que nos resulten…

287

—Padre —le interrumpí de forma seca y brusca—. Llevo yendo a misa desde que tengo uso de razón. He practicado las enseñanzas que nos entregó Jesús, he amado al prójimo, le he perdonado, he sido fiel a mi marido, he renunciado para no caer en la codicia, he procurado hacer el bien, ayudar a los demás cuando lo han necesitado. He rezado durante años. Me casé por la iglesia católica. Bauticé a mi hijo en San Bartolomé siguiendo las mismas creencias, y del mismo modo lo eduqué en el catolicismo y le enseñé el camino recto para que se convirtiera en un hombre bueno y, aun así, Dios se lo ha llevado. Nos lo ha arrancado sin ningún miramiento. ¿Usted le encuentra algún sentido? ¿Cree que es justo que nos haya hecho pasar por lo que aún estamos pasando?

—Comprendo tus dudas. Yo las tuve durante años antes de que me ordenaran. Siempre pensé en nuestro Dios como en un ser todopoderoso que lo sabía y lo controlaba todo, que profesaba el bien por encima del mal, la salud por encima de la enfermedad, la generosidad por encima del egoísmo, el amor por encima del odio y de la venganza. Sin embargo, no había más que echar un vistazo al mundo para saber que existían cosas que no iban bien. Me lamentaba por el hambre, por las enfermedades, por los maltratos, por cualquier cosa que más bien parecía obra del diablo. Hasta que entendí que Dios busca el equilibrio como un pintor de brocha fina; llega a la perfección trabajando las luces, pero también las sombras. Todo cuanto nos acontece es voluntad de nuestro Señor y, aunque no entendamos los motivos finales, él es y establece el máximo equilibrio. ¿Quiénes somos nosotros para juzgar sus métodos, para cuestionar sus actos? Debemos entregarnos a su voluntad y aceptar sus designios. Las almas puras como la de tu hijo encuentran un lugar en el cielo y nos brindan la oportunidad de ser mejores cristianos. El verdadero perdón llega al enfrentar situaciones extremas. Es fácil perdonar al vecino si nos araña el coche o nos roba una barra de pan. Pero el verdadero cristiano perdona cuando le arrebatan lo que más ama. A eso se refería Jesús cuando dijo lo de poner la otra mejilla. Nos abofetean y aun así perdonamos. Aunque no lo entendamos, formamos parte de la creación de un Dios perfecto. Por eso me gustaría que volvieras a asistir a misa cada domingo. Puede que incluso una confesión ayude a tu alma a liberarse de tanta presión y resentimiento. No deseo que el dolor te empuje a seguir cometiendo actos que pueden rozar lo in…

—No. No voy a volver a misa. ¿No dice que Dios es perfecto y todo lo que sucede forma parte de ese equilibrio impecable? Usted debería entender o haber previsto que, siguiendo ese plan divino, yo dejaría de ir a misa y de creer en sus promesas, que abandonaría la práctica del perdón, que buscaría justicia y no descansaría hasta obtenerla. Mis actos forman parte de ese equilibrio, padre. Debería aceptarlo. O qué pasa, ¿que solo se está manifestando el equilibrio si usted lo dice?

—Al menos date la oportunidad de asistir a la misa del domingo que viene. Me harías muy feliz.

—He dicho que no. No pienso volver a pisar esa iglesia hasta que vea al asesino de mi hijo pagar por lo que le hizo.

—Siento que tomes esa decisión.

—Pues yo no. Además, ahora que lo pienso, es cierto que existe un equilibrio superior a nuestro entendimiento y voluntad. —Arrugó el ceño—. Hace semanas que lo estoy posponiendo, pero que usted haya venido a verme me ha ahorrado el trabajo de tener que ir yo a su iglesia a preguntarle por el día en que desapareció Samuel.

—¿Cómo?

—Sí. Sé que hubo gente que le vio regresando del río. Ya sabe que lo encontraron allí, ¿verdad?

—Sí. Claro que lo sé.

—Pues eso. Necesito saber si usted vio algo. Entiendo que si ve o escucha algo estando fuera de la iglesia usted no tiene por qué guardar los secretos de nadie, ¿no? Eso no sería un «secreto de confesión», ¿cierto?

—No tengo nada que decir. Fui a dar una vuelta, como tantos otros días, y sí, fui hacia el río, pero no puedo aportar nada que pueda ayudarte.

—¿Habló con la Guardia Civil?

—Sí. Claro. No conozco a nadie en este pueblo que no lo haya hecho.

—Ya. Y aun así nadie lo ha delatado.

—¿A quién?

—A Abelardo. ¿A quién si no?

—No es tan fácil, hija. ¿No te has planteado que puedas estar equivocada?

—¿Qué sabe, padre? ¿Que está callándose?

—Nada.

—¿Acaso ha acudido a usted el asesino de mi hijo para confesarse?

—No voy a decir nada. Como tú bien dices, tanto quienes acuden a mí para limpiar su alma como las conversaciones que mantenemos, están salvaguardadas por el secreto de confesión.

—Si sabe algo debe decírmelo —le pedí, alzando levemente la voz.

Oí que mi marido se asomaba a la puerta de la cocina, supuse que para escucharnos.

—No. Y aunque así fuera, los secretos de confesión son sagrados.

—¡¿Me está diciendo a la cara que está protegiendo al asesino de mi hijo?!

—¡Inma! —me llamó Ignacio la atención.

—Yo solo digo que las cosas no son tan fáciles.

—¡¿Fáciles?! ¡¿Acaso el tormento por el que estamos pasando le parece fácil?! ¡Si sabe algo tiene que decirlo, maldita sea!

—Yo solo planteo que, ¿y si no fue él? ¿Tan segura estás? No creo que haya un solo vecino en Beceite que no haya leído el artículo de ese diario y piense de corazón que ha sido él. Se necesitan otras pruebas que lo señalen directamente.

—Padre, salvo que sepa que el asesino de mi hijo es otro y esté dispuesto a ir a la Guardia Civil a contárselo, más le vale que deje de tocarme las narices tratando de confundirme. Voy a seguir persiguiendo a ese hijo de Satanás, a denunciarlo o ponerlo en evidencia hasta que lo detengan o se entregue por su propio pie. Así que, como vuelva a decir una sola palabra más acerca del perdón, de los designios del Señor y todas esas mierdas, o a insinuar que Abelardo no es el asesino de mi hijo, iré a la periodista y le contaré un cuento sobre lo mucho que le gusta dar la catequesis a los niños en la intimidad de su cuarto. ¿Entiende?

El padre Miralles se levantó del sofá con gesto serio.

—Inma. Ya vale —me reprochó Ignacio, que entraba al comedor con la taza de manzanilla en la mano.

—¿Ahora te pones de parte de un cura? Si está aquí es por tu culpa. No sé por qué has ido a contarle nuestra vida.

—¿Acaso tú antes no lo hacías?

—Eso fue antes de que dejara de creer en Dios y en los sermones de un cura con aspiraciones a profeta. Que se meta en sus asuntos. Yo ya tengo suficientes problemas y cosas en las que pensar.

—Ya me voy —anunció Miralles.

Solté una risa sarcástica y me puse de pie.

Di un par de pasos en su dirección.

Ignacio soltó la taza humeante sobre la mesa.

—No. Usted no se va a ninguna parte, padre. Tiene que contarme lo que sabe o no le dejaré que atraviese esa puerta.

—Ni sé ni voy a decir nada.

—¡Basta ya de insultarme a la cara; sé que está mintiendo! Esto es… —Apreté los dientes. Miré a un lado y a otro, nerviosa, buscando algo con lo que amenazarle, un palo, una lámpara, cualquier cosa me valía, pero no atiné a encontrar nada—. Su religión consiste en que los demás tenemos que ser buenos y decir la verdad, ¿no?, pero usted puede venir a mi casa a mentirme a la maldita cara, a defender a un asesino y quedarse tan a gusto, ¿es eso?

—Inma, ya vale —repitió Ignacio, cogiéndome del brazo y tirando de mí hacia atrás.

—¡Váyase ahora mismo de mi casa!

—Me voy, sí. Pero debes reflexionar sobre tus actos. No se debe juzgar a la ligera, Inmaculada —replicó Miralles.

—¡Otro estúpido! —Pensé en Maxi—. ¡Váyase! ¡Váyase ahora mismo de mi casa!

—Dios te guarde.

—¡Largo!

—Rezaré para que tu alma encuentre el descanso.

Le miré con el mismo odio que debieron sentir los ángeles que fueron expulsados del cielo.

—Métase sus rezos por donde le quepan, padre; mi alma ya está muerta.

Después de que se marchara, me encerré en la habitación. ¿Para qué discutir? ¿Para qué pedirle una explicación?

Ignacio llamó a la puerta varias veces. «Ábreme», me decía. «Podemos hablar de la visita de Miralles». Pero yo no tenía ganas ni fuerzas para decir nada. Realmente me sentía desolada. Traicionada. Hasta mi propio marido me estaba dando la espalda. Me vi tentada de hacer las maletas y largarme de casa. Sin embargo, tampoco tenía fuerzas para irme. Y mis ojos habían llorado tanto que tampoco me quedaban lágrimas. Quería que la muerte me llevara a mí también y reunirme con mi niño. Parecía que las personas que más quería se habían puesto de acuerdo para que me olvidara del pasado, para hacerme dudar de aquel miserable. Pero consiguieron lo contrario. Antes de que mi cuerpo pasara a ser polvo como el de mi hijo, tenía que conseguir que aquel hijo de Satanás confesara.

Esa noche no cené. A pesar del cansancio, tampoco pude pegar ojo.

51

Viernes, 24 de octubre de 1986

Un mes más tarde

Te pones en contacto con una periodista pensando que con ello vas a conseguir que el asesino de tu hijo se entregue a las autoridades. Ves que la gente le rechaza, que algunos incluso le insultan o se enfrentan a él. No obstante, el criminal sigue libre, se muestra impertérrito, continúa haciendo su vida como si fuera inocente de toda acusación. «¿Qué clase de alma tendrá ese degenerado?», te preguntas. Y llegas a la conclusión de que dicho tipo de engendros no tienen. Nunca la tuvieron. Es imposible.

Aun así, confías en que ocurra un milagro. Tú, que un día dejaste de rezar, que te enfadaste con tu Dios porque te traicionó, porque te abandonó a un destino sin una pizca de felicidad ni motivos para seguir viviendo. ¿De verdad sigues esperando un milagro? Qué ilusa.

Pasas los días lamentándote por tu suerte, maldiciendo el día en que dejaste a tu hijo salir de casa, y a la vez tratas de convencerte de que no podías saberlo. ¿Cómo ibas a saberlo?

Lloras. Tu estómago se cierra como un nudo prieto. Te encierras en tu dormitorio. Apenas sales a la calle. No le diriges la palabra a tu marido. Ese traidor… Tu piel cada día está más pálida y tus huesos se marcan, viéndose cada vez más prominentes. Y aunque quieres morir, te recuerdas el motivo por el que sigues respirando: ajusticiar lo que le hicieron a tu hijo. Entonces, te toca encontrar fuerzas donde ya no las había, y te juras a ti misma que no abandonarás este mundo sin conseguirlo. Empiezas a trazar un plan. Un plan en el que ya habías pensado cientos de veces, pero que no llevaste a cabo porque hiciste una promesa. Pero las promesas a los traidores pueden romperse. ¿Qué digo? No es que puedan, es que deben romperse.

De modo que concluyes que lo mejor será dejar que transcurran unos días antes de hacer nada. «Que se calmen las aguas. Si te relacionan con lo que pretendes hacer, echarás por tierra una oportunidad única. Sabrán que es una trampa». Y empiezan a pasar los días. Hasta que llega uno en el que según te despiertas sabes que la espera ha concluido.

Aunque llevábamos varios días compartiendo la misma cama, desde que vino el padre Miralles no había vuelto a desayunar con mi marido. Pensé incluso en dejar de comer y de cenar con él, pero me esforcé en encontrar algo de benevolencia en su traición.

Aquella mañana no fue distinta. Me levanté de la cama en cuanto le oí cerrar la puerta de casa. Como cada día, pasaría toda la mañana fuera, trabajando en los cultivos. Me senté a tomarme un café bien caliente y, de forma excepcional, me hice una tostada de pan con mermelada y mantequilla. Notaba que mi corazón bombeaba con fuerza, con una cierta sensación de felicidad. Al terminar, recogí lo que había ensuciado y regresé al dormitorio para vestirme. Me aseé, me peiné, me puse una chaqueta, cogí una manta y salí de casa.

Caminé calle abajo, en dirección a la porqueriza.

El aire acariciaba mi cara con aroma a tierra húmeda. El cielo estaba encapotado; amenazaba con romper sobre Beceite en cualquier momento. «Mejor. Menos gente por la calle».

Aceleré el paso.

Un par de mujeres a lo lejos andando deprisa, supuse que para que no les pillara la lluvia.

Nadie por los aledaños de la porqueriza.

Quité el pasador de hierro y abrí la vieja puerta de madera astillada. Asomé la cabeza para cerciorarme de que Ignacio no estaba dentro, aunque era imposible. En su lugar, olor a cerdos. Fue curioso que un olor tan desagradable me resultara tan familiar y añorante. Más de seis meses sin pisar aquello y, sin embargo, tuve la sensación de que tan solo habían pasado un par de semanas.

Entré. Cuatro machos a un lado. Las hembras a otro. Un tercer apartado con la cerda que parió hacía pocos días y sus crías.

A Samuel le encantaba ver a los cochinillos amamantando de la madre. Incluso una vez quiso llevarse uno a casa. «Puede ser mi mascota», dijo, con el animal cogido en brazos. «Y cuando llegue la hora de sacrificarlo, ¿qué pasará?», le preguntó su padre. Tenía ocho años. La expresión de su rostro cambió. Nos miró, primero a su padre y luego a mí. Agachó la cabeza, soltó al animal y se sentó en una esquina, apoyándose contra la pared y abrazándose las piernas. «¿Lo entiendes, hijo?», le preguntó Ignacio, acuclillándose a su lado. «Sí, papá. Algunos animales han nacido para que nos los comamos». «Eso es. Así que no tienes por qué sentir pena por ellos».

Mientras mi marido se ponía en pie y volvía a lo que estaba haciendo, observé a nuestro hijo allí acurrucado, soltando una lágrima por un animal que días más tarde deglutiría.

«Esto lo hago por ti, hijo», pensé, volviendo a la realidad.

Caminé hasta la cerda y los cochinillos. La mayoría estaban amamantando. Con un movimiento de sacudida, como si estuviera poniéndole las sábanas a una cama, estiré la manta y la dejé abierta sobre el suelo. Cogí a uno de los gorrinos que se encontraba más próximo a la cerca. Apenas tendría un par de semanas, pero me serviría. Le agarré del pellejo de la nuca y lo trasladé hasta la manta. Mientras con una mano le sujetaba, con la otra lo cubrí con la tela. Me recordó a mi niño cuando nació, al día que me dieron el alta en el hospital y pude llevármelo a casa. Lo envolví en una toquilla de perlé blanca que Maxi me había hecho a mano. Fue un día inolvidable. Ese aroma tan peculiar y dulce que tienen los bebés se despertó en mi memoria y me invitó a inhalar con calma, como si aún pudiera olerlo. Sonreí antes de que los movimientos inquietos del gorrino me devolvieran por segunda vez a la cruda realidad.

Sujeté al animal entre mis brazos y vi en él una vida tan pequeña…, tan frágil… La sensación de volver a tener a un bebé entre los brazos me hizo estrecharlo. El animal se movía cada vez más inquieto. En sus ojos se veía el pánico. Empezó a chillar. Quería que lo soltara, regresar con su madre y con sus hermanos. Pero Dios lo había creado para otro fin distinto a la vida. Le sujeté con fuerza y cerré los ojos. Una imagen de Samuel golpeó mi mente como un bofetón con la mano abierta. Deseaba romper a llorar, acurrucarme allí como años atrás lo hizo mi hijo, pero en su lugar, con la manta le cerré el hocico y le tapé los orificios nasales con todas mis fuerzas. Apreté y apreté mientras con mis brazos lo inmovilizaba contra mi cuerpo. Y seguí apretando hasta que el animal empezó a debilitarse. Sentí un calor extraño a la altura de mi estómago, bajando por mi piel y esparciéndose por mi vientre. Del miedo, el animal se había hecho pis encima de mí. Pero seguí tapando sus vías respiratorias hasta que al final dejó de moverse.

Me quedé con la mirada perdida durante unos segundos. Poco a poco la orina del animal se fue enfriando, haciéndome notar hasta dónde me había empapado: chaqueta, camiseta, abdomen. «Ya no sufrirás más», le dije mientras lo abrazaba y se me caía una lágrima.

Cogí aire con fuerza por la boca y lo solté de golpe, como si así pudiera expulsar de mi cuerpo todo el mal y el dolor que me consumía. Necesitaba relajarme; me temblaban los brazos y las piernas.

Y de pronto oí ruido salteado sobre las tejas. Empezaba a llover.

Debía volver a casa.

Al abrir la puerta me sorprendió el resplandor de un rayo cruzando el cielo. Hacía unas horas que había amanecido y, sin embargo, parecía que estaba a punto de anochecer. Los nubarrones grises se desplazaban por encima de los tejados de las casas del pueblo. La lluvia caía con tanta fuerza que rebotaba al chocar contra el suelo. El olor a tierra mojada se había acentuado. Ahora se podía respirar la humedad. Pocos segundos después del relámpago, el esperado estruendo me contrajo el pecho. Me encogí abrazada al gorrino y salí de la cochinera. Eché el pasador. Estaba duro. Las gotas mojaban mi espalda.

Caminé rápido hacia casa.

En cuestión de segundos las calles se llenaron de charcos. Era imposible no meter el pie en alguno.

Otro relámpago.

Ahora, todo mi cuerpo empapado.

El siguiente trueno aún más cerca.

Las gotas resbalando por mi pelo.

Entré en casa por la puerta del garaje. Me descalcé y solté al animal sobre el capó del coche, con cuidado de que no se escurriera y acabara despanzurrado contra el suelo. Me quité la chaqueta y la camiseta. Me froté el abdomen con ambas prendas engurruñadas mientras me dirigía a la puerta que comunicaba con la casa. Tiré la ropa al suelo y, allí mismo, junto a la puerta, me quité también los pantalones. El vello se me puso de punta. La temperatura había bajado notablemente.

Amontoné toda la ropa y, con ella en brazos, entré en casa. Llevaba los calcetines calados, pero no me importó. Caminé hasta la cocina y la dejé junto a la lavadora. Me quité los calcetines y los puse sobre el resto.

En el cuarto de baño, apresurada, cogí una toalla y me sequé. Me puse la ropa de estar por casa y regresé al garaje.

Fui directa a por el cochinillo. Lo apoyé sobre el suelo y lo destapé.

En una caja de cartón, en lo alto de una estantería, guardaba la camiseta que le robé a Abelardo de su armario. La estiré en el suelo, junto al animal.

«¿Y el cuchillo?», me pregunté mirando a un lado y a otro. Estaba tan fuera de mí que ni siquiera me di cuenta de que en efecto no lo había cogido.

Corrí hasta la cocina y cogí el más afilado que encontré.

Al regresar, no me di cuenta de cerrar la puerta que comunicaba la casa con el garaje.

Miré la estampa. Sentí miedo. Desazón. La contemplé como quien mira un cuadro macabro. Imaginé que se llenaba todo de sangre: el suelo, las paredes, yo.

«Será mejor que lo haga en la pila».

Trasladé todo allí: manta, animal, camiseta y cuchillo. Y sin pensarlo más de la cuenta, clavé la punta del metal en el animal, en mitad de su pecho, donde calculé que estaría su corazón. Al sacarlo, la sangre empezó a salir despacio. Agarré la camiseta de Abelardo y la puse encima de la incisión, haciendo que la tela absorbiera cuanta sangre pudiera. Mis manos se tiñeron de un rojo intenso. El olor metálico, como a hierro oxidado, se esparció por el ambiente. Sentí náuseas. Imaginé a mi hijo con la cabeza abierta, sangrando igual que aquel pobre cochino. Un asesino le arrebató la vida a mi pequeño y yo acababa de hacerle lo mismo a otro ser vivo: arrancarle su cría a una madre y matarlo.

«No es lo mismo», me dije. «Mi hijo era una persona. El gorrino era solo un animal. Los animales no buscan justicia ni tampoco sienten el deseo de vengarse». «Los designios del Señor son inescrutables, ¿no? No puedo ahora ponerme a sentir lástima por un cerdo».

Le escurrí hasta la última gota y, cuando ya no sangraba más, le abrí en canal, le saqué las vísceras y lo limpié por dentro. Cuando terminé y me vi, me sentí como un carnicero. Las manos, los antebrazos, la ropa…, todo se me había llenado de sangre y de restos del animal. Un reflujo de café con leche y bilis subió por mi estómago hasta mi boca, dejándome un regusto amargo y ácido que casi me hace vomitar. Abrí el grifo y empecé a limpiarme compulsivamente, frotando hasta hacerme daño. El corazón me bombeaba a mil por hora. No entendía nada. No era la primera vez que le sacaba las entrañas a un cochinillo para cocinarlo y, sin embargo, sí estaba siendo la primera que tenía remordimientos de conciencia.

El agua de la pila seguía tiñéndose de rojo pálido cuando oí la puerta de casa. El corazón me dio un vuelco y por un instante sentí un cosquilleo en la cara.

Cerré el grifo.

Cogí la manta y me sequé las manos y los brazos.

Tintineo de llaves.

Me quité la camiseta y corrí hasta entrar en casa.

—¿Por qué vas sin camiseta? —me preguntó Ignacio nada más verme. Venía calado hasta los huesos.

—¿Y tú qué haces aquí? —Traté de contener mi tono de sorpresa y, sobre todo, que no me temblara la voz—. Espera, que

301

te traigo una toalla. Ve quitándote la ropa. No quiero que mojes toda la casa.

Según me dirigía al cuarto de baño, cerré la puerta que daba al garaje. Sentí sus ojos clavados en mí. Tenía que pensar una excusa que no resultara estúpida, y rápido. ¿Qué demonios iba a hacer en el garaje sin camiseta, y más, con el fresco que se había levantado? Oí que se quitaba un zapato. Pero su cabeza en vez de estar pensando en desvestirse estaba en mí. «¿Y qué hacías en el garaje?», me preguntó. Me hice la sueca. Encendí la luz del baño y entré. «¡¿Qué?!», pregunté mirándome en el espejo. Tenía las manos sonrosadas. «¡Espera, que no te oigo!». Cogí la pastilla de jabón y la froté entre mis manos para deshacerla y lavarme. Volví a frotarme las manos y los antebrazos, pero esta vez menos tiempo. Agua a presión. Restos filtrándose por el desagüe. Toalla. Me sequé a toda prisa. Inhalé por la nariz. Mi corazón estaba como una coctelera. Cogí una toalla y salí del cuarto de baño.

—¿Qué decías? —Le pregunté, interpretando no sentir ningún tipo de preocupación ni nervios, pero con cuidado de no mostrarme más amable de lo que había estado siendo con él en los últimos días.

—Que qué haces sin camiseta.

—Se me ha caído un tarro de aceite usado encima. Toma. Estaba mal tapado y lo ha dejado todo perdido, incluida mi camiseta. ¿No has oído que me he estado lavando las manos? —Un gesto con la cabeza señalando la puerta del baño—. Estaba pringosa.

Cogió la toalla y comenzó a secarse sin perderme de vista, examinando mi cuerpo. Creo que hacía semanas, tal vez meses, que no me veía en sostén.

—Voy a ponerme una camiseta y a terminar de recoger el aceitazo del garaje.

302

—Vale. ¿Dónde dejo esta ropa?

Estuve a punto de decirle «métela en la lavadora», pero por suerte caí en la cuenta de que mi ropa también estaba tirada por la cocina.

—Trae. Dámela. Ya la meto yo en la lavadora. Deberías darte una ducha para entrar en calor, no vaya a ser que te dé una pulmonía.

—Sí. A eso voy. ¿Qué hago con esta toalla? —La sostuvo colgando en el aire, como si sus dedos fueran una pinza y él una cuerda del tendedero.

—Trae también. —Se la quité de un tirón.

—Vete al baño, ahora te llevo la ropa limpia.

Y mientras él se dirigía al cuarto de baño, yo fui a la cocina, recogí mi ropa del suelo, di gracias a Dios por que Ignacio no la viera y la metí toda en la lavadora.

—¡¿Qué comeremos?! —vociferó desde el cuarto de baño.

—¡Cochinillo!

Busqué en el armario ropa limpia que darle y se la llevé. Me lo encontré como Dios lo trajo al mundo. Tuve la sensación de que se ruborizaba; aunque tal vez la que se ruborizó fui yo. Se giró despacio, como con disimulo, como si fuera la primera vez que lo veía desnudo. Le observé sin que él me viera. Su espalda ancha, su culo prieto, sus piernas duras. Sentí que la chispa no se había extinguido; al menos por mi parte.

—Te la dejo aquí.

Entró en la bañera.

—Vale.

Cerró la cortina.

—Estoy en el garaje.

—Vale.

303

Aquello me daba unos minutos para terminar lo que había dejado a medias.

—¿Has dicho que vamos a comer cochinillo?

—Sí.

—Vale.

Cerré la puerta y regresé al garaje.

Lo primero que hice fue coger la camiseta que me había manchado de sangre, la manta y al cochinillo y llevármelos conmigo a la cocina. Dejé el gorrino sobre la encimera y lo otro lo metí en la lavadora, poniendo el programa que calentaba el agua a mayor temperatura.

Volví al garaje equipada de estropajo, fregona, cubo y lavavajillas.

Engurruñé la camiseta de Abelardo, la metí dentro de la caja de cartón donde la había escondido durante meses, y la devolví a lo más alto de la estantería. Tenía que secarse.

En uno de los senos de la pila aún se veían restos de sangre; en el otro, reposaba un cuenco con las entrañas del cerdo.

Metí el cubo en el seno que estaba vacío y abrí el grifo. Mientras el cubo se llenaba, llevé el cuenco a la cocina y lo metí en la nevera.

Corrí de vuelta al garaje.

Cerré el grifo.

Un chorro de jabón al agua.

Cubo al suelo.

Estropajo para limpiar la pila.

Frotar. Frotar. Agua. Frotar. Más agua.

Estropajo en una mano y fregona en la otra.

Unas cuantas pasadas por el suelo y agua al sumidero.

Mi corazón a punto de sufrir un infarto.

Volví a casa.

Oí que Ignacio cerraba el grifo de la ducha al mismo tiempo que yo cerraba la puerta del garaje.

Resollé. Me temblaban las manos.

«Ya está. Tranquila», susurré. «Ahora solo falta esperar a que anochezca». «Lo demás ya está todo hecho». «Tranquila. Va a ir todo bien».

Traté de convencerme, sí. Pero ya se sabe: las cosas nunca salen como las planeas.

52

Mismo día

Había llegado la hora. Los ronquidos de Ignacio retumbaban en el dormitorio como el órgano de una gran iglesia en un día de misa.

Me levanté con el máximo sigilo. Esa misma tarde me dejé preparada la ropa que me pondría a la noche, la misma que ya me puse en mi anterior escapada nocturna.

Salí de la habitación con la vestimenta y las zapatillas de deporte entre mis brazos. Entorné la puerta hasta cerrarla del todo, evitando que el pestillo saltase e hiciese ruido.

Me cambié en el comedor, a oscuras. Por suerte, a media tarde había dejado de llover. No volvería de nuevo a casa como una sopa.

Miré la hora en mi reloj de pulsera: la una y tres minutos. «Espero que aún siga de borrachera donde Lorenzo», pensé mientras me anudaba las zapatillas.

Entré en el garaje. Cogí la caja donde guardaba la camiseta de Abelardo. Ya se había secado. La metí en una bolsa, además de una linterna.

Estaba nerviosa y tensa, pero decidida.

Enrollé la bolsa sobre sí misma hasta que se quedó como un paquete y la sujeté contra mi pecho mientras entraba de puntillas en casa.

Escuché durante unos segundos.

No oí nada.

«¿Se ha despertado?» «No me jodas. Si no he hecho ruido».

Me quedé paralizada. Mirando la bolsa. Mirando mi ropa. Mirando en dirección al dormitorio. La puerta seguía cerrada. Temí que de pronto se abriera. «¿Y qué le digo si le da por levantarse y me pilla aquí en medio del pasillo?».

Mientras buscaba una nueva mentira que contarle, sus ronquidos volvieron a resonar como el canto de los pajarillos en una mañana de primavera en mitad del campo. Sentí paz. Suspiré. Nunca me alegré tanto de oír a mi marido respirando como un búfalo.

Cogí las llaves de casa y me marché.

Las calles mojadas.

Las ventanas cerradas.

La tenue y amarillenta luz de siempre cortesía de las viejas farolas.

Los grillos, como los hinchas de un equipo de fútbol animando a los suyos.

Yo, caminando junto a las fachadas, como un drogadicto buscando un rincón oscuro en el que maltratar su cuerpo sin ser visto.

Mis pisadas, cortas y delicadas, como una bailarina novata debutando en un teatro frente a miles de personas.

El aire, colándose por mi chaqueta, haciéndome abrazar con más fuerza la bolsa y fomentando el temblor de mi cuerpo.

«Me tenía que haber abrigado más», fue lo único que pensé. Estaba demasiado concentrada en parecer una sombra cualquiera.

Pasé por delante del bar de Lorenzo, de puntillas, de una carrera. Desde la esquina miré quiénes quedaban dentro. A esas horas, cómo no: Abelardo, Blas y el Cojo.

Aunque contaba con ello, no dejaba de sorprenderme que algunas personas se pudieran pasar el día entero metidos en una tasca, viendo cómo se consumía su dinero y su vida.

Seguí mi camino hasta que llegué a casa de aquel bastardo. Fui directa a la puerta. Pensé que estaría abierta, como la última vez. Pero para mi sorpresa, había cerrado con llave.

«Hijo de perra…».

Vacilé.

Miré la calle: estaba desierta. Las luces de los pisos apagadas.

«¿Y ahora qué hago?».

Me acerqué hasta una ventana y probé suerte: cerrada.

Fui a la otra. Empujé. Lo mismo: cerrada.

«Maldito seas».

Apreté los dientes. Notaba que cada vez estaba más rabiosa.

«No he venido hasta aquí para nada».

Caminé varios metros, hasta el final de la calle, donde finalizaban las casas y empezaba el campo. Me adentré unos pasos y busqué por el suelo algo que me sirviera para colarme en su casa. Apenas se veía nada. Saqué la linterna de la bolsa y alumbré el suelo de mi alrededor. Vi una piedra del tamaño de un melón. Traté de cogerla, pero pesaba demasiado. Busqué algo más manejable. «Esta me servirá». Agarré otra, semejante a un pomelo. Apagué la linterna y regresé hasta la casa de Abelardo. Las zapatillas se me habían llenado de barro.

La bolsa, con la linterna y la camiseta en una mano; la piedra, en la otra. Me acerqué hasta la ventana más alejada del resto de las casas y la golpeé, cerrando los ojos y esperando un milagro.

Con el primer golpe lo único que conseguí fue hacer más ruido del que pensaba. Pero en vez de dudar, o espera a que los vecinos se despertaran o se asomasen por las ventanas, volví a darle otro golpe. Esta vez conseguí que el cristal se rajara de arriba abajo. Otro golpe. Rápido. Contundente. Fuera de mí. El cristal hecho añicos cayendo al suelo. Ruido de cristales rotos. Por el rabillo del ojo: la luz de una casa vecina encendiéndose.

Metí la mano y apreté el pestillo para abrirla. El aluminio estaba lleno de trozos que parecían cuchillos transparentes deseando ensartar mi piel. Lancé la piedra dentro. La bolsa. Me cubrí la mano con la chaqueta y aparté los cristales que quedaban en el poyete. De un pequeño salto me dejé caer dentro de la casa.

Tenía la respiración entrecortada, casi jadeante, a punto de que me diera algo. Pero lo conseguí. Estaba dentro de la casa de aquel malnacido. Oí cómo la ventana de un vecino se abría. Pegué mi espalda contra la pared y traté de mirar quién era. La vieja Tomasa.

«¿Pero no estaba sorda?». Miró a un lado y a otro de la calle y luego regresó dentro. «Espero que no llame a la Guardia Civil». Cerró la ventana. Corrió la cortina y bajó la persiana.

«No creo. Si fuera a llamar a alguien hubiera dejado la persiana subida para no perderse detalle».

Solté el aire en un suspiro entrecortado.

«Será mejor que trate de abrir la puerta para no pisar de nuevo los cristales cuando salga».

Busqué las llaves en el mueble recibidor. Había varias. Las probé una a una hasta que di con la buena. Quité las dos vueltas que Abelardo le había dado a la cerradura y solté las llaves en el mismo cenicero donde las encontré.

A oscuras, anduve hasta su dormitorio. Abrí el armario y, ayudada por la luz de la linterna, busqué un sitio donde esconder la bolsa con la camiseta. La puse en la parte alta, sobre una balda en la que había maletas y unas cajas.

Había escondido la camiseta. Sabía que debía irme lo más rápido posible de allí. Pero aquellas cajas parecía que me estaban llamando a gritos.

Cogí una y la bajé. Pesaba bastante. La puse en el suelo. Le quité la tapa. Había ropa. Parecía de mujer. Por los colores y las prendas, supuse que de su madre. La cerré, la subí y bajé la otra. Esta pesaba más.

Me apoyé la linterna en el cuello, sujetándola con la mandíbula y el hombro derecho para tener las manos libres e ir más rápido.

Varios jerséis de lana. Un álbum de fotos. Un marco de plata con una fotografía de él y de una chica. Sostuve la linterna y enfoqué la cara de ella. Era aquella muchacha que se fue a vivir a Zaragoza con sus padres. Luego le observé a él. Aún parecía una persona decente.

Solté el marco y seguí revolviendo la caja. Encontré una más pequeña, de galletas, metálica de color azul. La abrí, dejando escapar un peculiar aroma a añejo. Había más fotografías de él cuando era pequeño, carretes de fotos, negativos… Tres fotografías más de la misma chica. Una de ellas en bikini con unas enormes gafas de sol. La alumbré y me la acerqué a la cara lo máximo que pude. En aquella foto parecía más mayor que cuando se fue de Beceite.

Oí un ruido que provenía de la calle.

De repente las manos empezaron a temblarme.

«Me tenía que haber ido hace un buen rato». «Como me pille aquí…».

Empecé a meter las cosas dentro de la caja grande, a toda prisa, sin molestarme en dejarlas como las encontré. Mi miedo a ser descubierta me convirtió en una torpe, lenta y escandalosa. Se me escurrió la linterna hasta que acabó dándose un golpe contra el suelo. Se abrió la tapa donde iban metidas las pilas. Estas salieron rodando. Me quedé a oscuras. «Como no venga más borracho que la última vez, me habrá oído seguro». Palpé el suelo lleno de pelusas y suciedad en busca de las pilas. Encontré una. La otra debió ir a parar más lejos. «¿Y cuando vea los cristales...?». Se me hizo un nudo en la garganta. Tenía ganas de llorar, de rendirme y confesar que quería tenderle una trampa. Entre tanto, encontré la otra pila y me la metí en el bolsillo del pantalón. Devolví la caja a su balda. Cerré la puerta del armario. Podía escuchar los latidos de mi corazón. *Pum, pum. Pum, pum.* «Más me vale que venga como una cuba». Y otro ruido, esta vez más cerca, proveniente de la puerta de la casa. «Mierda, ya está aquí». «Que no me haya oído, Dios». «Que no me haya oído». Me pegué contra la pared y anduve con sigilo, tratando de ver si era Abelardo o algún vecino cotilla que hubiera oído cómo rompía la ventana. Me puse la mano en el pecho y traté de inhalar despacio para calmarme. Imposible: cada vez estaba más nerviosa.

Escuché cómo se abría el pestillo.

Pasos por la casa.

Mi respiración entrecortada. No distinguía nada.

Ruido de cristales.

«Lo ha visto. Mierda».

Seguía todo a oscuras.

Pasos aproximándose.

—Inma. ¿Estás ahí?

«¿Ignacio?».

Siguió andando.

Me asomé despacio.

—Inma. ¿Estás ahí? —repitió. Se encontraba a un par de metros del dormitorio donde yo seguía escondida.

Al fin lo vi: su silueta; a mi marido. Me había seguido hasta allí y no me había dado cuenta.

—¿Qué haces aquí? —le pregunté en un susurro, conteniéndome de pegarle cuatro gritos.

—¿Qué haces *tú* aquí? —replicó, agarrándome del brazo. Di un tirón y me zafé de él—. ¿Qué has hecho? ¿Eh? ¿Qué narices haces aquí? ¿Te has vuelto loca? Podría denunciarnos.

—Eso. Que llame a la Guardia Civil, así me ahorraré tener que hacerlo yo.

Apenas podía verle la cara, pero el brillo en el blanco de sus ojos era intenso y su mirada profunda, cargada de odio. Su rostro mostraba la tensión que también él estaba aguantando.

—¿Qué has hecho, Inma?

—No he hecho nada.

—¿Te crees que soy gilipollas?

—No. Gilipollas no.

—¿Qué era lo que escondías en el garaje?

—¿Lo sabes?

—Claro que lo sé. Y también sé que lo has traído aquí. ¿Qué era?

—¿Acaso no te lo imaginas?

—Prefiero que me lo digas tú.

—Su camiseta con sangre.

—¿La que le robaste la otra vez que te colaste aquí? ¿De dónde has sacado la sangre?

—Pues claro; la escondí en el garaje. Y la sangre es del cerdo que nos hemos comido hoy.

—¿Pero tú eres imbécil o qué te pasa? ¿Te crees que la Guardia Civil no sabe distinguir entre la sangre de una persona y la de un cerdo?

—¿Cómo? ¿De qué estás hablando?

—La Guardia Civil puede saber esas cosas. ¿Por qué te crees que la otra vez tampoco te dejé que lo hicieras?

—¿Y tú cómo lo sabes? Me estás mintiendo.

—Porque lo sé y punto. Y no. No te estoy mintiendo.

—Pretendes meterme miedo.

—Que no. No pretendo nada más que salvar nuestro culo. Se nos podría caer el pelo por tu culpa, ¿sabes? Has entrado en su casa, has roto una ventana, estás poniendo una prue...

Un ruido cortó de golpe sus argumentos y mi respiración.

Mi marido giró la cabeza como un resorte. Yo me asomé hacia un lado para ver lo que había a su espalda. Aunque intuí de qué se trataba, deseé más que nunca estar equivocada.

Abelardo acababa de entrar en su casa.

Cerró la puerta a cámara lenta. Debía venir completamente borracho. Aún no nos había visto.

Acercó la mano que sujetaba las llaves hasta el mueble recibidor, pero se le cayeron al suelo.

—*Vaaayaa...* —Se tambaleó—. *Meeñaanaa...*

Ignacio y yo nos habíamos quedado paralizados en mitad del pasillo que conducía a las habitaciones. Una lágrima quiso salir de mi ojo izquierdo, pero solo me nubló la vista.

Abelardo dio un paso tras otro, despacio y tambaleante, como un bebé que está aprendiendo a andar. Iba tan ciego de alcohol, que hasta que no nos tuvo encima no nos vio.

—*Eeeeh...* —dijo Abelardo—. ¿Qué *hadcéis* en...?

No le dio tiempo a terminar la pregunta. Ignacio se abalanzó sobre él y le dio un puñetazo en la mandíbula, con tanta fuerza, que hizo que Abelardo se cayera desplomado al suelo.

Instintivamente, corrí hacia la puerta de la calle, cogí las llaves que Abelardo había dejado tiradas en el suelo y le di una vuelta a la cerradura. Me acerqué a la ventana que yo misma había roto y bajé la persiana despacio, para no llamar la atención de los vecinos ni despertarlos.

Mi marido se había quedado de pie, inmóvil, observando a Abelardo que yacía en el suelo como un pelele.

—¿Está muerto? —me preguntó al ver que me acuclillaba a su lado.

—No. Creo que solo se ha quedado inconsciente —le dije, mirándole fijamente. Sus ojos eran de pánico. Comprobé que aquel malnacido seguía respirando—. Sí. Está vivo.

—¿Y ahora qué hacemos, Inma? —Mi marido empezó a pasear de un lado a otro, como quien está esperando una noticia con ansia.

—No lo sé. Esto no estaba en los planes.

—Baja el tono, que van a oírnos.

—En esta calle viven cuatro gatos, y la mitad de ellos están viejos y sordos.

—Deberíamos volver a casa. Con un poco de suerte, mañana no se acordará de lo que ha pasado.

Sin embargo, lo que sugería mi marido no me complacía, y menos, al recordar lo que me había dicho sobre lo de la sangre en la camiseta.

Observé a aquel desgraciado despanzurrado en el suelo, apestando a alcohol y lo que no era alcohol. Un brote de euforia me recorrió por dentro.

—No. Ve a por el coche. Llevémosle a la caseta.

315

—¿Qué? ¿Pero te has vuelto loca?

—No. No he llegado hasta aquí para ahora echarme atrás. Ve a por el coche y mételo por la callejuela.

—Por ahí no puedo entrar con el coche.

—¿Cómo que no? Sí. Sí se puede. Hay algunas piedras un poco grandes, pero sí, podrás pasar. Ve y trae el coche.

—¿Y luego qué harás?

—Solo quiero asustarle para que se entregue a la Guardia Civil. ¿Sabes cuántas veces me he imaginado que lo tenía delante sin que nadie nos pudiera ver, pudiendo hacer con él lo que fuera necesario hasta obligarle a confesar?

—No. ¿Qué pretendes, torturarlo?

—No.

—Pues yo no voy a ir a por el coche.

—¿Acaso tienes una idea mejor? ¿No dices que no quieres que nos denuncie?

—Joder, Inma.

—Joder, Ignacio. Vete de una maldita vez.

—No. No voy a ir a ninguna parte. No pienso traer el coche.

—¿Pretendes que lo haga todo yo? —Silencio—. Tú has dicho que no querías perder lo único que te quedaba, o sea, a mí.

—¿Y qué pretendes hacer con él?

—Nada. Solo asustarle un poco. Hasta que confiese y se entregue.

—No lo veo nada claro, Inma.

—Pues yo sí. Hemos llegado a esta situación por algo. Tal vez Dios lo ha querido así. Pensaba venir yo sola, pero no, resulta que me has seguido. ¿Entiendes? Es como si Dios nos hubiera traído a los dos hasta aquí para entregarnos al pecaminoso.

Durante mucho tiempo he pensado que nos había abandonado. Le he rechazado, he tratado de alejarme de él. Pero... ¿Te das cuenta? Quiere que apliquemos su sacramento. Nos da permiso para castigar el cuerpo de un ser que renunció a su alma hasta conseguir que confiese sus atrocidades. Confesará y obtendrá el perdón de Jesús; salvará su alma mientras aquí paga ante la justicia. No lo entendía, pero ahora estoy segura de que nuestro hijo ha sido una herramienta del señor para, a través de nosotros, recuperar un alma perdida.

Abelardo dio un quejido.

—Ve a por el coche. Vamos.

—No vas a conseguir que se entregue.

—Eso tú no lo sabes. ¿Vas a ir a por el coche o también tengo que hacerlo yo?

Me observó pensativo. Luego miró a Abelardo.

—Está bien.

—Que no te vea nadie. Y no hagas ningún ruido.

No respondió.

Salió de la casa como una sombra fúnebre.

Desapareció de mi vista.

El corazón me iba a mil por hora.

«¿Nos habrá oído alguien? Supongo que los vecinos estarán acostumbrados a que vuelva como una cuba haciendo ruido».

Parecía que Abelardo quería recobrar el sentido. Su cabeza se movió levemente, aunque sus párpados seguían cerrados.

Corrí hasta la cocina. Mantuve la respiración. Me movía prácticamente a tientas. No quise encender ninguna luz. Eché en falta la linterna. Abrí un cajón y luego otro. Nada. Busqué sobre la encimera hasta que en una esquina lo encontré: una base de madera con cuchillos de varios tamaños. Saqué el de la hoja más grande y regresé al comedor.

Dejé el cuchillo sobre el pecho de Abelardo y le agarré por sus huesudas muñecas para arrastrarlo y quitarle de en medio. Sentí asco al tocarle. Llevaba tantos años intoxicándose de alcohol, que parecía un pajarillo con los huesos huecos y sin apenas musculatura. Tiré de él sin demasiado esfuerzo. «Vas a confesar, desgraciado», le dije en voz baja, por si podía escucharme. Cuando le había metido más de medio cuerpo dentro del dormitorio, lo solté. Solo sus piernas asomaban en el pasillo. Me limpié las manos en los pantalones de forma compulsiva, como cuando tocas algo tóxico y te da miedo que esa sustancia entre en tu organismo, te contamine o te enferme.

Apenas habrían pasado un par de minutos desde que Ignacio se fue a por el coche, pero yo cada vez me encontraba más inquieta.

Un gruñido de Abelardo. Su mano tratando de alcanzar su cara.

«¡El cuchillo!».

Había olvidado que lo llevaba apoyado en el pecho.

Corrí hacia él y se lo quité de encima. Lo sujeté con fuerza y se lo aproximé al cuello. La punta a unos centímetros del gaznate.

—No te muevas —le dije. Pero entre la borrachera y el aturdimiento por el puñetazo creo que no sabía ni dónde estaba.

«No puedo dejar que se despierte. Podría ponerse a chillar como un condenado».

Cogí una camiseta de su armario y corté un retal clavándole el cuchillo y dando un tirón seco. La tela se rasgó como unas cortinas quemadas por los rayos del sol. La hice un gurruño y se la puse en la boca para amordazarle. Me las apañé para darle la vuelta y, con el resto de la tela de la camiseta, atarle las manos a la espalda.

Empezó a respirar fuerte, como si le faltara el aire. No sentí ninguna lástima por él.

Mientras seguía esperando a que Ignacio regresara, metí las pilas dentro de la linterna.

Miré la hora: cerca de la una y veinte.

—¿A qué hora se habrá ido? —Empecé a hablar conmigo misma, susurrando. Me pasaron mil pensamientos por la cabeza, a cada cual peor. Llegué incluso a temer que Ignacio no regresara, que estuviera llamando a la Guardia Civil para delatarme o que estuviera preparando las maletas para abandonarme. Viendo cómo se había comportado en los últimos meses, de él podía llegar a creerme cualquier cosa.

Pasaron un par de minutos más hasta que de pronto escuché el motor de un coche aproximándose.

«Tiene que ser él».

Sentí cierto alivio.

Corrí hasta la entrada y abrí la puerta. Me asomé con sigilo para comprobar que no hubiera ojos acechando. Las ventanas parecían seguir igual, todas ellas cerradas, algunas incluso con las persianas bajadas. La calle desierta.

El motor del coche se paró.

«Se ha debido quedar a unos metros para no montar mucho escándalo. Habrá que arrastrarle hasta el coche», me dije, pensando en el cuerpo inconsciente de Abelardo.

Regresé dentro, dejando la puerta de la casa abierta. Agarré a Abelardo por los tobillos y tiré de él, esta vez en dirección a la puerta. Su cara arrastraba por el suelo como una mopa de cuero pegajosa.

—¿Qué haces? —Oí a mi espalda.

Di un respingo. El corazón se me subió a la boca. Los pies de Abelardo chocaron contra el gres. Supongo que la tensión provocó que no reconociese la voz de mi marido a la primera.

—¿Estás tonto? Me has dado un susto de muerte —susurré «a gritos».

Miró a Abelardo.

—¿Sigue inconsciente?

—Sí. Lo he atado por si acaso.

—No podemos llevarle a rastras. Tendremos que ponerle bocarriba. Tú agárrale por los pies; yo lo cogeré por las axilas.

—¿Dónde has dejado el coche? —le pregunté mientras procedíamos.

—Cerca. Doblando la esquina. Vamos. Date prisa. Y no hables.

—Cállate tú.

—Limítate a rezar para que no nos vea nadie.

«Vamos», me animé, «solo son cinco o seis metros hasta doblar la esquina». «No nos va a ver nadie».

Entre los dos trasladamos a Abelardo hasta el coche. Una vez fuera del alcance de posibles miradas indiscretas, sentí como si Dios me arropase con un manto de comprensión y protección.

Ignacio había dejado abierto el maletero del coche. Lo soltamos dentro.

—Dame un minuto. Voy a recuperar la camiseta y a cerrar la puerta.

—Date prisa y no hagas más ruido.

—*Noo...*, estaba pensando en ponerme a tocar una zambomba.

Me miró con cara de odio, la misma que le puse yo. Debía pensar que me había vuelto imbécil.

Anduve a toda prisa y de puntillas hasta la casa de Abelardo. Cogí la bolsa que había escondido en lo alto del armario y cerré la puerta de su casa dando un suave tirón. El pestillo hizo «click».

Comprobé que no me hubiera visto nadie.

Regresé al coche.

Mi marido me esperaba unos pocos metros más lejos, con el motor en marcha.

Al entrar, sentí mis fuerzas a punto de abandonarme. Pero llené de aire mis pulmones y me dije «no, Inma. Aún tienes que hacerle confesar».

53

La misma madrugada

Eran algo más de las tres y media de la madrugada cuando miré el reloj. Abelardo seguía sin abrir los ojos. Lo habíamos atado a una silla. La cabeza le colgaba hacia abajo, como si estuviera muerto. Pero no lo estaba; su pecho seguía hinchándose y deshinchándose como en cualquier persona que está echándose una cabezada. Puede que realmente lo estuviera. Que a pesar del fuerte puñetazo que le había dado Ignacio ya no estuviera inconsciente, sino durmiendo la mona. En cualquier caso, prefería que se mantuviera así hasta que amaneciera. Nuestras tierras de cultivo se encontraban a algo más de un kilómetro del pueblo, al otro lado de la carretera A-2412. Para llegar a ella había que seguir la carretera y luego tomar un camino de tierra. Nuestra parcela era la más alejada. La caseta, a su vez, estaba en un extremo, lindando con los terrenos vírgenes del Ayuntamiento. Nadie tenía por qué escuchar nada, pero de madrugada, con el silencio de todo un pueblo descansando, el aire se las apañaba para trasladar cualquier sonido con más facilidad. Aun así, en caso de que se despertara antes de tiempo, la mordaza impediría que se pusiera a gritar como un loco.

Me senté a un par de metros del desgraciado. Le observé durante mucho tiempo. Mi marido, en cambio, empezó a pasear por la caseta, de un extremo al otro, en diagonal, en línea recta, en círculos… Recorrió sus escasos treinta metros cuadrados decenas de veces.

Y el tiempo siguió pasando.

—Te podías sentar un rato. No son ni las cinco de la mañana. ¿Pretendes estar así hasta que amanezca?

—¿Y cómo quieres que esté? A ti puede que te dé igual, pero a mí no. No tenías que haberte colado en su casa. No tendríamos por qué estar aquí. Te has vuelto loca, joder.

—Baja el tono.

—Estamos en el quinto pino —dijo parándose ante mí, inclinando el cuerpo hasta tener su cara a la altura de la mía—. Aquí no puede oírnos nadie.

—Me da igual. Por si acaso.

—¿Por si acaso? Por si acaso te podías haber estado quietecita.

—Bueno, pues ya es tarde.

—Esto no va a salir bien.

—Cállate, hostias. Eres un agorero. Lo tendremos aquí hasta que confiese, y una vez lo haga llamaremos a la Guardia Civil y que lo detengan de una maldita vez.

—Lo ves muy fácil, ¿verdad? Y cuando sus amigotes vean que no se presenta a su cita diaria donde el Lorenzo, ¿qué? ¿Te crees que lo van a dejar pasar? No, señora. Irán a su casa a buscarle. ¡Ah! Y se te olvida que la puerta de su casa está llena de cristales. ¿Te crees que los vecinos no van a llamar a la Guardia Civil?

—Su casa es la última de la calle. No creo que a ninguno de los viejos que viven allí les dé por ir a hacerle una visita. Además, nadie me vio. Podría haberse dejado las llaves dentro o haberlas perdido. Él mismo podría haber roto el cristal para entrar en casa.

—Madre mía, Inma —se lamentó, llevándose las manos a la cabeza. Parecía que estaba a punto de echarse a llorar. Reanudó su vaivén por la caseta—. Necesitamos un milagro para que no nos pillen.

—¿Eso significa que no me vas a delatar?

—Francamente. —Paró y me miró—. No será por falta de ganas. Pero has conseguido que esté tan metido en esto como tú.

Agaché la cabeza y me quedé pensativa mientras él deambulaba de un lado para otro lloriqueando y hablando consigo mismo. «Maldita sea...», «¿cómo vamos a salir de esta?», distinguí entre sus balbuceos.

Durante un buen rato no nos dirigimos la palabra. Ignacio acabó sentándose en una esquina de la caseta, junto a unas cuantas tejas que compramos meses atrás para arreglar una gotera que se había formado en el techo. Tenía el cuerpo reclinado hacia delante. Su cabeza descansaba entre sus brazos, y estos, sobre sus rodillas. Al ver las tejas llevé la vista al techo. Se veía el pegote de cemento o lo que fuera que hubiera utilizado para tapar el agujero. Al lado de las tejas nuevas, otras tres o cuatro hechas añicos. Era evidente que si no había filtrado el chaparrón que cayó esa misma mañana, era porque también cambió las tejas correspondientes, tal y como en su día me aseguró haber hecho. De eso hacía meses; Samuel aún estaba vivo.

Los párpados me pesaban. Demasiadas horas despierta. Demasiada tensión acumulada en el cuerpo. Aunque parecía que los nervios empezaban a darme una tregua, el frío consiguió mantenerme despierta durante horas. A un lado teníamos una chimenea, pero no quisimos encenderla; a Ignacio no le pareció buena idea. Alguien podría ver el humo. Había que evitar levantar suspicacias. Ante cualquier pregunta que pudieran hacernos: nosotros no habíamos salido de casa en toda la noche. Eso era lo que diríamos.

El sonido de un golpe me despertó. Finalmente me había quedado traspuesta, sentada en la silla de mimbre, apoyada contra la pared. Miré alrededor asustada. Me costó identificar el ruido: Ignacio había cerrado la puerta de la caseta.

—¿De dónde vienes?

—Ya ha amanecido. Deben ser las ocho de la mañana.

Miré el reloj.

—En realidad, las nueve menos veinticinco.

—Voy a ir a casa a por algo de comida. ¿Te traigo algo?

—Un abrigo. Me he quedado destemplada.

—Vale. Mientras, si quieres, puedes encender la chimenea. Ahora no pasa nada si alguien ve el humo saliendo. Además, Abelardo también tendrá frío.

—No. No hace falta —respondí de forma seca. No estaba dispuesta a procurarle a ese individuo un lugar caliente en el que estar a gusto—. Además, ¿no ves que sigue durmiendo?

—*Bahj*. Haz lo que quieras. Ahora vuelvo.

En cuanto cerró la puerta, me levanté de la silla y me acerqué hasta Abelardo. Cogí el atizador que había junto a la chimenea y le di varios toquecitos con la punta. «Eh, tú. ¿Vas a despertarte hoy o mañana?». Un par de pinchazos más. Un quejido. Con la mano derecha le di un guantazo en la cara. Dio un sobresalto y alzó la cabeza. Me miró confuso, con miedo, suplicante. El trapo que le puse en la boca consiguió acallar sus protestas. Intentó chillar, pero solo pudo emitir sonidos nasales que no le sirvieron de nada.

—Calla. —A los quejidos añadió movimientos bruscos tratando de soltarse de las cuerdas que lo sujetaban a la silla—. ¡Calla, te he dicho!

Empezó a lloriquear. Sus ojos se pusieron rojos. Seguía agitándose.

—Que te calles, hostias —le ordené a la vez que le daba en el hombro un varazo con el atizador.

Soltó varios «*ummmm*» desesperados que de no estar amordazado hubieran sonado de otra forma. Sus intentos por chillar se convirtieron en gimoteos. Sin embargo, continuó agitándose sobre la silla.

—Ya te cansarás de moverte, maldito bastardo. No vas a ir a ninguna parte hasta que confieses que mataste a mi hijo.

Negó con la cabeza.

Una lágrima le cayó por la mejilla. En vez de apiadarme de él, sentí aún más odio.

—¿Acaso te crees con derecho de quejarte, de llorar, de pedir auxilio, de que te deje libre? No, señor. Tú no tienes derecho a nada más que a pudrirte en la cárcel.

»¿Me has oído?

»No te aguanto. Me das asco. Jamás he odiado a nadie tanto como te odio a ti. Me has arruinado la vida. No mereces más que estar muerto.

Me di media vuelta y dejé que llorara un rato.

Abrí la puerta y salí. Necesitaba respirar aire fresco, limpiar mis pulmones de la pestilencia que desprendía aquel asqueroso.

Llevaba unos minutos sentada en una piedra, junto a la caseta. Me encontraba tan cansada que apenas podía pensar en lo que estábamos haciendo. Lo que sí recuerdo es que no tenía ningún tipo de remordimiento. Estaba haciendo lo que debía hacer.

La mirada se me perdió en el horizonte y, en medio de las ondas marrones dibujadas por el barro a consecuencia de las lluvias del día anterior, vi que Ignacio regresaba.

Le vi bajar del coche con expresión ausente. No me dirigió la palabra. Tampoco yo a él.

Me levanté de la piedra y me aproximé al maletero. Traía comida, un par de mantas, agua y mi abrigo.

Entre los dos lo metimos todo en la caseta.

—¿Te ha visto alguien?

—No.

Miró a Abelardo.

—¿Ha dicho algo mientras yo no estaba?

—Solo sabe gimotear como una niñita.

—Tendremos que darle algo de comer, ¿no?

—¿Te has vuelto loco? No. No vamos a darle una mierda hasta que confiese. —Le miré—. ¿Me has oído? No vas a comer nada hasta que digas la verdad.

—No lo vas a conseguir —me susurró Ignacio acercándoseme a la oreja.

—Eso ya lo veremos.

Dejó la comida y el agua sobre la mesa y se dirigió a la puerta.

—¿A dónde vas?

—No voy a estar aquí toda la mañana viendo cómo le torturas.

—¿Qué? No voy a torturarle.

—Ah, ¿no? Pegar a alguien para que diga lo que tú quieres, ¿no es torturar?

—No. Solo le pegaré si miente.

—Eres como los majaderos aquellos de la Inquisición o la gentuza esa de la Gestapo.

—Y tú sigues siendo un cobarde.

—Pues muy bien, por eso te las vas a apañar tú solita.

Salió de la caseta dando un portazo.

Miré a Abelardo, que me observaba con las cejas alzadas y los ojos muy abiertos. «*mmm...*», «*mmm...*», se quejó, moviendo la cabeza, los hombros y las piernas.

Cogí el atizador y caminé hacia él.

Me puse delante. Mis ojos se clavaron en los suyos.

—¿Confesarás?

«*Mmm...*», «*mmm...*».

Aquello parecía un «no».

Alcé la barra de hierro por encima de mi cabeza y la bajé como si fuera uno de los látigos con los que azotaron a Jesucristo. El atizador tembló al impactar contra su pierna.

—¿Confesarás?

Los mismos quejidos.

La misma resistencia a decir la verdad.

Mi misma respuesta.

Perdí la cuenta del número de azotes que le había dado y del tiempo que llevaba tratando de sonsacarle algo.

Necesitaba un descanso.

Me aproximé a la mesa y dejé el atizador sobre ella para beber un poco de agua.

El extremo puntiagudo de la barra se había teñido de sangre. Los pantalones de Abelardo estaban hechos jirones, manchados de salpicaduras del mismo rojo vivo.

Oí sus sollozos mientras el agua bajaba por mi garganta.

Empecé a dudar sobre aquello. ¿Y si era tan tozudo que no confesaba nunca? Era normal que no quisiera pudrirse en la cárcel.

La palma de mi mano estaba roja. Me saldrían ampollas.

Abrí la puerta de la caseta y salí a que me diera otra vez el aire.

Caminé unos metros para alejarme de la caseta.

Estaba desesperada, nerviosa, inquieta, temblorosa, asustada. No podía más.

Durante el tiempo que estuve delante de él preguntándole y dándole golpes me mantuve impertérrita, pero todo era una fachada. Yo no era así. Jamás le había hecho daño a una mosca.

Ignacio se encontraba trabajando la tierra, a unos doscientos o trescientos metros de la caseta. Desde allí era imposible que hubiera escuchado nada, ni mis amenazas ni sus quejicosos lamentos.

«Se me está yendo de las manos», pensé. «Si se enterase alguien…». «¡Ay, Dios! Si se entera Maxi. No sé cómo podría explicárselo». Sentí que me derrumbaba moralmente, y mi cuerpo no tardó en hacer suyo ese eco de malestar y arrepentimiento. Mi corazón empezó a bombear de forma rápida y sin ritmo. Me estaba dando un patatús. Me acuclillé en el suelo y traté de respirar hondo. Una lágrima cayó de uno de mis ojos. El otro, no tardó en nublárseme. Lloré sintiendo que me faltaba el aire. «Samuel, hijo…». Y de pronto oí un ruido a mi espalda. La puerta de la caseta se había abierto. Alcé la vista hacia el horizonte: Ignacio seguía en el mismo lugar. Me giré y vi que era

Abelardo. Se había desatado, no sé cómo, y trataba de huir. Su cara de pánico se acentuó cuando se sintió descubierto. La mordaza aún le tapaba la boca. No podía chillar, pero según avanzaba trataba de quitársela. Miró un par de veces hacia atrás, para controlar mi posición. Yo seguía paralizada. Atónita.

A pesar de lo doloridas que debía tener las piernas, corría; de forma torpe y lenta, pero corría. Y al fin reaccioné. Aquella estampa me provocó un efecto extraño, como si me hubiera tomado una droga que despejó mi mente y mi malestar físico. Me puse en pie y salí corriendo detrás de él. Se dirigía hacia el pueblo. Tenía que alcanzarle antes de que se pusiera a chillar como un histérico. Su estado deplorable me estaba dando ventaja. Nunca había sentido tanto miedo. Seguí corriendo. Cada vez lo tenía más cerca. Se bajó la mordaza. Lanzó un grito. Temí que alguien lo oyera. Saqué fuerzas no sé de dónde y aceleré. Parecía que la que huía era yo. Como un esclavo tratando de escapar de los latigazos de su amo atravesando un cultivo de algodón. Nos separaban unos diez metros. Corrió hacia una zona pedregosa. Notaba que mis tobillos se torcían y que mi velocidad disminuía. Pero la suya también. Seis metros. En un par de ocasiones estuve a punto de caerme, pero Dios me dio fuerzas para continuar y alcanzarle. Abelardo debió pisar una de esas piedras, lo que le hizo caerse hacia un lado. Los tres metros que me distanciaban de él desaparecieron. Me abalancé sobre su cuerpo no sé con qué intención. Aunque parecía un jilguero era un hombre y sabía que tendría más fuerza que yo. Pero aun así lo agarré y lo giré, y lo sujeté por la pechera de la camisa. «No te vas a ir a ninguna parte, basura», le dije jadeante. Me lanzó un puñetazo a la cara. Sentí sus huesudos nudillos clavándose con violencia en mi mejilla y en mis labios. Traté de darle yo uno, pero se movía como una cucaracha panza arriba, moviendo sus patas para darse la vuelta y evitar que le pegara. Yo solo veía brazos moviéndose, los suyos y los míos. Al fin, atiné a darle un puñetazo, pero aquello despertó sus ansias de venganza. Consiguió devolverme el golpe, tirarme hacia atrás y ponerse encima de mí. Me cogió por el cuello con las dos manos y apretó con todas sus fuerzas. No podía respirar. Sentí miedo. Dolor en la garganta. Pánico. La imagen de mi hijo apareció en mi mente. Le di manotazos en la cara para que me soltara, le clavé las uñas en las manos. Nada. Necesitaba un milagro. Palpé el suelo en busca de algo con lo que defenderme y encontré una piedra de buen tamaño. Aquella era mi única oportunidad de salir con vida para contarlo. La agarré con todas mis fuerzas y le di con ella en la cabeza. Automáticamente dejó de apretarme. Inhalé aire, cogí impulso y le di otro golpe en la sien. Se desestabilizó, cayendo hacia el lado contrario por donde había recibido la pedrada. En ese momento no fui consciente del dolor de mi cuello, de las heridas en mi boca, del corte que me había hecho en la pierna al caer sobre una piedra, de las palpitaciones que me daba el ojo y la mejilla como si tuvieran su propio corazón. Estaba fuera de mí.

Renqueante, me incorporé y me abalancé sobre él. Estaba blanco, seguramente mareado. Pero no me importó, una parte de mi mente solo pensó que tenía que defenderme: había tratado de matarme y volvería a intentarlo a la mínima oportunidad. La otra parte, entendió que jamás confesaría su crimen, que jamás se entregaría a la Guardia Civil, y no podía permitirlo. Alcé la piedra y volví a golpearle en la cabeza. Una vez. Otra vez. Otra vez. Otra. Me dolían los dedos. Se me había arrancado una uña. El cuerpo me temblaba. Pero seguí atizándole hasta que su cara quedó desfigurada.

Solté la piedra y durante unos instantes contemplé la sangre que continuaba saliéndole a borbotones de las heridas.

Me puse en pie con dificultad, tambaleándome, jadeante. Me dolía todo el cuerpo.

Llevé la vista al horizonte. Ignacio me estaba buscando. Llegaba demasiado tarde. Al verme, corrió hacia mí.

Suspiré; no por alivio, sino por resignación.

Agaché la cabeza. Me miré las manos. Las tenía llenas de sangre: suya y mía. «Otro cerdo», pensé. «Pero este sí era una bestia».

—Pero ¿qué ha pasado? —preguntó mi marido con los ojos fuera de las órbitas, cogiéndome por los hombros, zarandeándome, mirándome de arriba abajo, supongo que buscando el motivo por el que estaba tan manchada de sangre.

—Se ha escapado.

Miró a mi espalda. Boquiabierto, me soltó y caminó hacia Abelardo hasta que lo perdí por el rabillo del ojo. No me quedaban fuerzas ni ganas de girarme y ver de nuevo su cadáver. Seguí con la mirada perdida, intuyendo en el horizonte nuestro cultivo y la caseta de la que ese miserable no debía haber huido nunca. Era como si me hubiera convertido en un muñeco de paja que no era capaz de mover ni los brazos, ni las piernas ni la cabeza. Un muñeco de paja sin sonrisa burlona, pero con los ojos tristes, la cara hinchada y el labio partido.

A mi espalda, oí que Ignacio se movía. Tal vez comprobaba si Abelardo continuaba con vida; aunque yo sabía que no. Era imposible.

Esperé los gritos de mi marido, sus reproches, sus insultos… No me recriminó nada.

—Inma. Ayúdame.

No me moví.

333

—Inma.

Me giré.

—Tenemos que llevarlo a la caseta.

—¿Qué pretendes? Acabo de matarle. Tendré que entregarme a la Guardia Civil.

—¿Qué? No. No. No. No…

Vino hasta mí y me agarró las manos. Las envolvió con las suyas y las apoyó en su pecho.

—Esto es culpa de los dos. Olvidémoslo. —Le miré sin saber qué pensar—. Querías justicia y ya la tienes. No se hubiera entregado nunca. Sabes que no. Y tú ahora podrás descansar sabiendo que no volverá a acercarse a ningún otro niño.

—Lo buscarán. Desconfiarán de nosotros. De mí.

—Mírame, Inma. —Me alzó la barbilla—. Ya ha acabado todo.

—Los caminos del señor son inescrutables —susurré, agachando la cabeza.

Me abrazó unos segundos.

Mis ojos no fueron capaces de derramar una sola lágrima por Abelardo. Todavía no sabía ni me preguntaba si en algún momento de mi vida me arrepentiría de lo que había hecho. En ese instante, no sentía nada; era como estar teniendo un sueño largo y extraño.

—Lo superaremos juntos. Pero ahora, debemos esconder su cuerpo y pensar qué hacemos con él.

Por segunda vez a lo largo de aquella mañana, Ignacio fue a casa y me dejó sola en la caseta. Necesitaba ropa limpia que ponerme.

—Aquí no viene nunca nadie, no tienes por qué preocuparte. Pero de todas formas lo dejaremos contra la pared, envuelto en una manta.

—De acuerdo.

—Así tampoco mancharemos nada.

No respondí.

«Ayúdame», me dijo. Entre los dos le cubrimos con la manta y lo trasladamos a la caseta.

—¿Estás bien? —me preguntó según lo soltábamos en un rincón.

—Sí.

—Vale. Quédate aquí. Ahora vengo. Te traeré ropa limpia.

Asentí.

—Nos quedaremos aquí hasta que caiga la noche. Luego nos lo llevaremos con el coche a algún sitio del bosque y lo enterraremos.

—¿Estás seguro?

—Sí. Tranquila.

—¿Tú no estás nervioso?

No sé por qué le pregunté aquello si ya veía que le temblaban la voz y las manos.

—Claro que lo estoy. Pero nos irá bien.

Me dio un beso en la frente.

—Ahora vengo.

Salió de la caseta y me quedé allí, sin moverme, durante al menos dos o tres minutos. «Has matado a Abelardo», me dije.

Miré el bulto, la manta. Me miré las manos y la ropa: sangre y barro.

Alguna de las veces que fantaseé con su muerte pensé que sentiría descanso. Una cierta paz. Pero eso no estaba sucediendo.

Encendí la chimenea.

Saqué un cubo de agua del pozo.

Me quité toda la ropa; a excepción de las bragas.

El agua estaba helada, pero me lavé de todos modos. Tenía restos costrosos hasta en el pelo. Los dientes me castañeaban.

Cuando acabé, me senté frente a la chimenea para secarme y entrar en calor. Los leños crepitaban entre las llamas. El aire cálido acariciaba mi cara como si tratase de consolarme. La imagen de Samuel surgió entre los naranjas y los amarillos: cálido y sonriente. Era como si estuviera dándome las gracias. Sonreí. Deseé abrazarle. «Ya puedes descansar en paz, hijo», dije al aire, confiada de que podía oírme. En cuestión de segundos mi cuerpo se secó. Me puse el abrigo que Ignacio me había traído esa mañana, el mismo que me quité para moverme con más libertad y no mancharlo cuando empecé a azotar a Abelardo con el atizador.

«Está tardando mucho», pensé al ver mi ropa ensangrentada y embarrada tirada en el suelo. «La quemaré».

Cogí la camiseta y la eché a las llamas. Un humo negro empezó a subir hacia la campana. Me levanté a por el atizador. La empuñadura estaba manchada con la sangre de Abelardo. Lo tuve que limpiar como pude antes de poder usarlo.

«El fuego terminará de quemar los restos».

Cuando me disponía a echar la siguiente prenda al fuego, oí las ruedas de un coche aproximándose.

El corazón empezó a bombearme con inquietud. Imaginé lo peor: a la Guardia Civil viniendo para llevarme presa. «No creo. No puede haberme delatado». Noté que me faltaba el aire.

Con el atizador en la mano, corrí hasta colocarme detrás de la puerta.

Paró el motor.

Oí que se abría la puerta.

Un golpetazo para cerrarla.

Pasos acercándose.

Mi corazón a mil.

La barra, por encima de mi cabeza, dispuesta para servirme de arma defensiva.

La puerta de la caseta abriéndose despacio.

—Inma. Ya he vuelto.

—Dios Santo, Ignacio. ¿Tú no puedes decir que eres tú? He estado a punto de atizarte con esto en la cabeza.

—Pero…

—Me creía que eras la Guardia Civil.

—¿Para qué iba a venir aquí la Guardia Civil?

—Pues…

—¿Que no confías en mí?

—Sí. Claro que confío, pero…

Entró y soltó de mala gana una bolsa sobre la mesa.

—No voy a chivarme. Nunca. ¿Entiendes? Así que, relájate y confía en mí, joder —dijo tajante. Se había enfadado—. Voy a por la otra bolsa.

Al cabo de unos segundos regresó con el resto de las cosas que fue a buscar a casa: ropa limpia para mí, jabón, otro par de mantas, algo de comida para ambos: una barra de chorizo, otra de salchichón y el pan que sobró el día anterior, agua, fruta…

—En cuanto se haga de noche nos iremos y lo enterraremos. ¿De acuerdo?

—Sí.

—Si nos preguntan: hemos estado en casa toda la noche. Y no le hemos visto desde hace días. ¿Lo has entendido? ¿Serás capaz? —Asentí y él suspiró—. Empezaremos de cero.

54

Los faros iluminaban el camino de tierra. A un lado y a otro, árboles y hierbajos. Las ventanas subidas. El cielo encapotado, amenazando con romper a llover en cualquier momento.

Ignacio conducía despacio, pero el coche se balanceaba de forma brusca con cada socavón o pedrusco que pisaban los neumáticos. Aun así, en otras circunstancias ese bamboleo podría haberme resultado relajante.

En el maletero: el borracho de Abelardo, esperando a recibir su entierro. Para cualquier otra persona, muy alejado de ser digno; para él, uno mejor al que se merecía.

En el asiento trasero: un par de linternas, dos palas, un pico y unos guantes. Ventajas de trabajar la tierra.

—¿A dónde vamos? —pregunté al cabo de un rato. Llevábamos al menos cuarenta y cinco minutos dentro del coche.

—Pues no lo sé. A algún sitio que esté oscuro, que esté suficientemente alejado y al que podamos acceder con el coche. Nos va a llevar un buen rato cavar un agujero. Por suerte, ayer llovió y la tierra estará más blanda.

—Dios está de nuestra parte.

No respondió.

Al cabo de otro cuarto de hora, paró el coche. El sitio se veía bastante prometedor. A la derecha se encontraba una zona con una pequeña arboleda, pero sin arbustos ni malas hierbas; solo tierra y árboles.

Sacamos las herramientas. Él se quedó con el pico; yo, con la pala. Ambos nos pusimos los guantes.

—Aquí mismo —dijo después de ojear el lugar. Encendí una linterna y la dejé junto a sus pies. Alzó el pico y lo dejó caer con violencia sobre la tierra. Un cúmulo de arena compacta salió despedida.

A partir de ese momento no volvimos a dirigirnos la palabra. Él agrietaba la arena con el pico y yo la recogía y la echaba a un lado.

Un silencio roto por el sonido del pico y la pala, por el cántico de los grillos, por algún que otro crujido de rama lejano de algún animal que pasaba cerca, y por nuestra respiración cada vez más jadeante.

Las pilas de una de las linternas se acabaron.

Llevé la vista al cielo. La luna en cuarto menguante y unas estrellas parcialmente cubiertas por las nubes que seguían concediéndonos una tregua, abriendo pequeños claros.

Los minutos pasaban. No descansamos. Los músculos de nuestros brazos luchaban contra el sobreesfuerzo. Mis párpados habían renunciado a sentir sueño. Temí por la espalda de mi marido. Pero no se quejó. Picó y picó, una y otra vez. Si conseguía perdonarme lo que había hecho, aún quedarían esperanzas para nuestro matrimonio.

—Creo que así será suficiente —dijo al fin.

Miré el agujero y, sí, estaba de acuerdo, ahí entraban dos del tamaño de Abelardo.

Sacamos el cadáver del maletero y lo trasladamos hasta el hoyo.

—Espera un momento. Bájalo al suelo. Le quitaremos la manta, que ocupa demasiado. Ya la quemaré mañana.

—¿Y la ropa?

—No. La ropa déjasela. Al menos que llegue al otro barrio con un mínimo de dignidad.

No iba a discutir con él por eso. Debía empezar a perdonar y olvidar lo que le hizo a mi hijo.

Manta a un lado, en el suelo.

Mis manos, agarrando por última vez los escuálidos tobillos de aquel individuo. Las de mi marido, sujetándole por los brazos. Lo balanceamos hacia un lado para tomar impulso y, según descendía, lo tiramos dentro del agujero.

Noté la primera gota de lluvia cayendo en mi nuca.

Miré hacia el cielo. Por extraño que pareciera, alguien debía estar llorándole desde ahí arriba.

«Incluso los asesinos tienen a gente que los quiere».

Palazo a palazo, cubrimos su cuerpo hasta que desapareció de nuestra vista. Sentía las palmas de mis manos ampolladas, pero ya quedaba poco para terminar. Seguimos echándole arena hasta que el suelo se quedó plano. La lluvia, aunque escasa, nos estaba ayudando a compactarla. La tierra sobrante la esparcimos con los pies por los alrededores.

—Si sigue lloviendo, parecerá que aquí no ha pasado nada —dijo mi marido—. En fin. Vayámonos a casa.

Comenzó a andar.

Le seguí varios pasos por detrás. Hasta que algo me hizo parar en seco.

—Espera, Ignacio. Quisiera…

Se giró, me miró y yo no supe cómo continuar. Agaché la mirada y él interpretó lo que quería hacer. Vino hasta mí y me quitó la pala de la mano.

—Voy a recoger. Te espero dentro.

Asentí, aunque ya se dirigía de nuevo hacia el coche.

Desanduve mis pasos sintiendo un nudo en la boca del estómago. Observé el suelo. Estaba oscuro, cada vez más

341

mojado, menos distinto al resto. Las gotas golpeaban la tierra, las ramas, las hojas de los árboles…, mi cabeza y el resto de mi cuerpo. Las sentía resbalar por mi cuero cabelludo hacia mi cara.

Entrecrucé los dedos a la altura de mi pecho.

Agaché la cabeza y cerré los ojos.

—Padre nuestro que estás en los cielos. Santificado sea tu nombre. Venga a nosotros tu reino. Hágase tu voluntad, en la tierra como en el cielo…

Tercera parte

55

Ignacio Arriaga

Hasta que no te pasan las cosas no sabes cómo vas a reaccionar. Es fácil juzgar y hablar cuando se trata de otros, pero luego te toca el turno de tomar decisiones y no aciertas ni una. A mí me pasó. Desde la muerte de mi hijo viví una mentira. Me obligué a olvidar lo sucedido, actuando como si no hubiera pasado nada. Dejé a un lado el pasado y miré al frente sin prever las consecuencias. Sin embargo, debí entender que el pasado siempre vuelve. De pronto me encontraba sentado en el asiento del coche, esperando a que mi mujer se montara y pudiéramos volver a casa de una vez. Esperando, mientras mi cabeza le daba una y mil vueltas a cómo podíamos haber llegado tan lejos. Mi mujer acababa de robarle la vida al hombre que creía que asesinó a nuestro hijo, y yo no fui capaz de hacer nada para evitarlo.

Lo que menos me importaba era el dolor de brazos que se me había quedado de tanto picar para cavarle un hoyo en el que enterrarlo. Tampoco que el lumbago llevase un rato amenazándome con hacerme una visita en cualquier momento y dejarme doblado. Aunque recé por que se esperase a estar de vuelta en casa. Lo que realmente me dolía era que mi hijo nunca regresaría con nosotros.

La lluvia me acompañaba mientras esperaba a Inma. Una compañía que me hacía sentir triste de veras. Las gotas se escurrían por la luna del coche como si fueran lágrimas, uniéndose unas a otras y serpenteando hasta toparse con el limpiaparabrisas que descansaba como el tronco de un árbol cortado. A mí ya no me quedaban lágrimas.

Miré por la ventanilla. Lo había matado y ahora estaba, ¿qué? ¿Rezando? ¿Hablando con tu tumba? Tal vez eso le ayudaría a limpiar su conciencia. A mí me costaría más que unos rezos llegar a olvidarme del calvario que llevábamos viviendo desde hacía meses. Aquello no tenía que haber pasado.

Encendí la luz del habitáculo y me miré las manos. Tenía las palmas enrojecidas, durezas en la parte donde empiezan los dedos.

«Si realmente existe algo después de la muerte, iremos derechitos al infierno».

Al cabo de un rato, Inma acabó lo que estuviera haciendo.

La seguí con la mirada. Apenas se distinguía su sombra y sus movimientos. Me pareció que se llevaba la mano a la cara, como si estuviera enjugándose las lágrimas. Luego pensé que tal vez solo se estaba secando la lluvia.

Se subió.

No dijo nada.

Yo tampoco pregunté.

Puse el motor en marcha, di la vuelta y regresamos a casa.

Casi una hora de camino.

Llegamos. Por fin.

Aparqué dentro del garaje. Me bajé y cerré con llave. Ya me ocuparía al día siguiente de borrar las huellas que pudieran quedar: quemar la manta en la que envolvimos a Abelardo, devolver las palas y el pico a la caseta, limpiar el barro del coche...

Inma se dirigió a la puerta.

—Tal vez nos siente bien darnos una ducha caliente. ¿Te apetece? —propuso. Su voz era débil, como si no tuviera fuerzas.

—Bueno. Supongo que nos sentará bien.

—Vale. Voy entonces cogiendo la ropa. —Me sonrió con un gesto lánguido y entró en casa.

—Ahora voy.

Caminaba como si fuera un espíritu. No arrastraba los pies, pero casi, como si de su tobillo colgase una cadena con una bola de plomo. Parecía que se iba a caer en cualquier momento. El pelo lo llevaba recogido con una goma. Aún lo tenía mojado. Y ese abrigo que antes le quedaba tan bien, ahora no conseguía disimular que su cuerpo se había consumido por la pena y la sed de venganza. Temí que terminase de consumirse por la culpa, de que Abelardo se colase cada noche en sus sueños hasta convertir su vida en una constante pesadilla, en su condena.

Al cerrar la puerta del coche, la vista se me fue a la caja donde durante semanas estuvo escondida la camiseta de Abelardo.

«Ya no se puede hacer nada. No debí mentirles».

56

Unas horas antes

De la noche a la mañana me había convertido en un necio que no se enteraba de la misa la mitad. Se levantó de la cama con cuidado de no despertarme. Pero lo que ella no sabía es que yo llevaba sin pegar ojo desde que apagó la luz de la lamparita que usaba para leer. Estuvo haciendo tiempo, pasando las hojas de un libro que tenía en la mesilla acumulando polvo desde hacía meses. Obraba exactamente igual que la vez que se coló en casa de Abelardo. No había que ser muy listo para sospechar que pretendía volver a hacer lo mismo. Fingí que dormía, pegando unos ronquidos, al parecer, bastante convincentes. Fue de puntillas hasta la puerta, salió y cerró. Si de verdad hubiera estado dormido no me habría enterado, pero ese día me tenía con la mosca detrás de la oreja desde que volví de la faena.

Esa mañana, como de costumbre, desayuné y me fui al cultivo. Poco después de llegar se puso a llover como si fuera a acabarse el mundo. Estaba claro que esa jornada no podría hacer nada, de modo que pensé en ir a echar un vistazo a los cerdos y luego, si no amainaba, volver a casa.

Cuando estaba llegando a la cochinera, desde lejos, vi a mi mujer saliendo, echado el pasador y corriendo calle arriba.

«¿Qué se le ha perdido en la pocilga?», me pregunté. Que yo supiera, hacía meses que no la pisaba.

Al entrar no vi nada raro. Puse pienso a los gorrinos y luego vi qué tal iban los cochinillos. Normalmente no lo hacía, pero ese día me dio por contarlos y faltaba uno. Fue cuando entendí que Inma acababa de llevárselo.

Me entretuve un poco más por allí, a ver si paraba de llover, colocando y apartando a un lado la mierda de los animales. Cuando vi que aquello iba para largo, me dije: «Vete a casa y punto. Mañana será otro día». Así que, fue lo que hice.

Cuando llegué, sorprendí a mi mujer medio desnuda. «Se me ha caído un tarro de aceite usado encima», alegó. Pero la cara que puso fue como si hubiera visto a un fantasma. No dije nada de que la había visto salir de la porqueriza, y menos aún le pregunté por el cerdo. Se comportaba de forma extraña, por mucho que se esforzara en disimular. Me dio una toalla para que me secara.

—Voy a ponerme una camiseta y a terminar de recoger el aceitazo del garaje.

—Vale. ¿Dónde dejo esta ropa?

—Trae. Dámela. —Se puso pálida—. Ya la meto yo en la lavadora. Deberías darte una ducha para entrar en calor, no vaya a ser que te dé una pulmonía.

Estaba claro que no quería que entrara en la cocina, pero ¿por qué?

«Vete al baño», me dijo, y yo obedecí sin hacer preguntas. Sí, estaba demasiado amable para lo que venía estando los últimos días, y rara. Muy rara.

Me miré la barba frente al espejo, buscando las ganas para afeitármela.

—¡¿Qué comeremos?!

—¡Cochinillo!

Entró de forma brusca, con mi ropa limpia en brazos. Me examinó de arriba abajo. La soltó encima de la tapa del retrete. Cuando se iba, insistí en la pregunta de la comida: «¿Has dicho que vamos a comer cochinillo?»

—Sí.

—Vale.

Abrí el grifo del agua caliente mientras le daba vueltas a por qué no me estaba diciendo que acababa de coger un cochinillo de la porqueriza. Pero lo averiguaría.

Al mediodía dejó de llover. Podría haber comido e irme al cultivo, pero no me dio la gana dejarle a sus anchas toda la tarde. Comimos. Vi la televisión con ella. Cenamos. Nos metimos en la cama. Agarró el libro y yo fingí que dormía. Al cabo de un rato: lo que ya he contado.

Me levanté detrás de ella. Tenía que seguirla.

Abrí despacio el picaporte y entorné la puerta hasta conseguir un pequeño hueco por el que espiarla: se estaba vistiendo con ropa de color oscuro.

Cuando terminó, de pronto miró hacia la habitación; parecía una estatua en mitad del pasillo. No sabía si me había visto. Por si acaso, me aparté ligeramente de la puerta y fingí que seguía durmiendo, roncando como un cerdo congestionado. Esperé un minuto, dos, tres... No oía más que mis propios ronquidos. Cuatro, cinco. «¿Seguirá ahí parada en el pasillo?». Seis.

Dejé de hacer el tonto y me acerqué a la puerta a ver si seguía allí. Ya no estaba. La busqué por toda la casa. Me asomé al garaje. Se había largado. Solo podía haber ido a un sitio: a casa de Abelardo. Me vestí como alma que lleva al diablo y me dirigí a su casa.

«Como Abelardo la pille en su casa se va a meter, no, nos va a meter en un buen lío. Sobre todo, a mí».

Me quedé un rato escondido en una esquina desde donde se veía el bar de Lorenzo y podía tener controlado a Abelardo. Estaban jugando a las cartas. Supuse que al póker, ya que solo eran tres. Lorenzo estaba de pie, junto a la mesa. Parecía que les metía prisa para que se largaran. Abelardo le dijo algo que tampoco oí. Solo los veía gesticular. Abelardo cogió el vaso que tenía a su lado, lo alzó por encima de su cabeza mirando a sus camaradas y se lo trincó de un trago. Más de medio vaso. «Debe ir como una cuba», pensé. De pronto, echó la silla atrás arrastrándola con el culo. Se puso en pie, tambaleante.

«Joder. Seguro que va para su casa».

Era lo más probable, así que traté de adelantarme.

Al llegar a su puerta, encontré cristales rotos bajo una de sus ventanas.

«Encima la habrá oído medio vecindario».

Me colé por la ventana.

Sorprendí a mi mujer y empezamos a discutir. Hasta que entró Abelardo por la puerta y vi que el mundo se me caía encima.

No lo pensé dos veces. Me abalancé sobre él y le di un puñetazo que, sumado al pedal que llevaba, lo dejó inconsciente. Y ahí fue cuando Inma terminó de perder la cabeza y yo no fui capaz de frenarla. Tampoco tenía muchas opciones. ¿Qué iba a hacer, dejarle ahí tirado y que al día siguiente nos denunciara?

Inma quería sacarle una confesión que, salvo que quisiera ir derechito a la trena, jamás le daría. En cuanto a mí, claudiqué. Pensé que así al menos dejaría de verme como a un cobarde. ¿Acaso se creía que ella quería a nuestro hijo más que yo? Jamás. De modo que obedecí sus órdenes: fui a casa, cogí el coche y la ayudé a trasladar a Abelardo a la caseta.

Cuando lo sentamos en una silla, me encargué de atarlo con unas cuerdas. La vi tan desenfrenada que no me quedó más opción que dejar flojos los nudos de las cuerdas que sujetaban las manos de Abelardo. Con un poquito de esfuerzo, podría soltarse y huir. ¿Que nos denunciaría? Sí, era probable. O a lo mejor, el miedo a que le pudiéramos hacer algo peor le quitaba las ganas de jugar con fuego. En cualquier caso, era un riesgo que decidí correr. No estaba dispuesto a torturarlo o a dejar que mi mujer lo hiciera. Estaba tan desatada... En sus ojos podía verse que le había perdido el respeto a la vida.

Sin embargo, con el tiempo me lamentaría. No imaginé que mi decisión provocaría la muerte de aquel desgraciado.

¿Hubiera pasado de todas formas?

Supongo que nadie lo sabe.

Pensar que unos días antes vino a casa a pedirnos que le dejáramos en paz...

57

Unos días antes

Me lo encontré de pronto en mitad del pasillo.

—Abelardo. ¿Qué haces aquí?

—Me estáis volviendo loco —lloriqueó. Llevaba el ojo izquierdo amoratado, el labio partido, la camiseta dada de sí y manchada de sangre—. Yo no he hecho nada.

—Lárgate ahora mismo. No puedes entrar en mi casa sin permiso.

—Como tu mujer, ¿no?

—Estás borracho.

—Puedo estar borracho, pero sé lo que digo. Lo he leído. Sé lo que tu mujer va diciendo de mí. La muy loca está consiguiendo que me odien. Mira. Mira lo que me han hecho por su culpa.

—Ella no ha hecho nada.

—Mírame la cara. ¿Que no se me ve o qué?

En ese momento me di cuenta de que Inma estaba detrás de mí, viéndolo todo. Escuchándonos. Su cara era un poema trágico.

—¿Qué haces tú aquí? Largo. Vete.

Miré a mi mujer con desconfianza, temiendo que llevase un cuchillo escondido, que se abalanzase sobre él como un banderillero a un novillo.

—No pienso marcharme. Vas a dejarme en paz de una vez, maldita bruja.

—Vete ahora mismo de mi casa, degenerado, o llamaré a la Guardia Civil.

—Llama a quien quieras. ¿Qué más te falta, quemarme la casa?

Inma se fue corriendo a la cocina.

Parece imposible, pero en un segundo pasaron mil pensamientos por mi cabeza. «Estúpido borracho..., podría cerrar el pico. Solo faltaba que le dé ideas». Y sí, lo reconozco, me acojoné. De pronto me vi yendo a casa de ese desgraciado, con antorchas encendidas, dispuestos a quemar su casa y, de paso, con un poco de suerte, quemarle a él dentro. Parecíamos los descendientes directos de aquel loco inquisidor, Torquemada, con las ideas retorcidas y la misma crueldad. Me había casado con una mujer cariñosa, atenta, religiosa y buena. Jamás se había enfadado con nadie. Jamás le había deseado mal a nadie. Sin embargo, la muerte de Samuel la había transformado por completo. Se había convertido en una mujer rencorosa y vengativa. La vi más que capacitada de quemarle en una hoguera. Estaba convencida de que Abelardo era el asesino de su hijo, el que nos había arruinado la vida.

—No le des más motivos para pensar que tú tienes la culpa —le dije entretanto mi mujer seguía en la cocina.

—Yo no me he matado a nadie.

—Intentaré hablar con ella, pero ahora te pido que te vayas. Necesitamos tiempo para perdonar y aceptar la pérdida de Samuel.

—¡Vete ahora mismo o te rajo hasta que te desangres como un cerdo! —gritó mi mujer según volvía de la cocina. Empuñaba un cuchillo, el más grande que debió encontrar.

—Márchate de una vez —le pedí a Abelardo. Era necesario dejar de echar leña al fuego por la cuenta que me traía.

—Como me vuelvas a acosar, a perseguir, a, a, a..., como te acerques a mi casa llamaré a la Guardia Civil.

—Sí. Llámalos, y de paso, confiesa que mataste a mi hijo, maldito bastardo.

Conseguí que se marchara. Cerré la puerta y eché la llave. Cuando me di la vuelta, Inma tenía la cara encendida como una resistencia al rojo vivo. La rabia se le mezclaba con la pena. La pena con la impotencia. Y yo me sentí un pelele en medio de un tornado, a punto de salir volando por los aires y no volver a pisar tierra.

—Ave María purísima.

—Sin pecado concebida.

—Padre, no puedo más.

—¿Qué ocurre, hijo? —Intuí la silueta del padre Miralles a través de la celosía de madera. Una madera con tono añejo y con olor a confesiones, pecados y vergüenzas.

—Ayer se presentó Abelardo en nuestra casa. Entró sin llamar. Inma lo amenazó con un cuchillo.

—¿Qué quería?

—¿Pues qué iba a querer, padre? Que mi mujer le deje en paz de una vez.

—Deberías hablar con ella.

—Sabe que eso acabaría con nuestro matrimonio. Ya me acusa de cobarde y eunuco. No puedo darle más motivos para que se crea que solo ella amaba a nuestro hijo. Yo también estoy sufriendo, padre. Cada día. Cada minuto.

—Lo sé —dijo calmado. Se me escapó un suspiro.

—No sé qué hacer.

—He leído el artículo.

—¿Y quién *no* lo ha leído?

—Le acusa de cosas muy feas, Ignacio. Tu mujer está fuera de control.

—Ya lo sé. Tal vez si usted hablase con ella...

—¿Yo? ¿De verdad crees que a mí me va a escuchar?

—Antes venía todos los domingos. Confiaba en usted. No creo que haya dejado de creer en Dios, solo está enfadada. Además, sabe que ella nunca ha sido así. Creo que a usted le escuchará. Tal vez...

—Necesita perdonar, y eso solo lo puede hacer ella. Por mucho que yo pretenda, tiene que ser ella quien acepte la voluntad del Señor.

—¿La voluntad, dice? Sabe que las cosas no son así. Necesita pasar página.

—Bueno. ¿Y tú cómo estás?

—A mí se me ha acabado la vida.

—Tú no tienes la culpa de lo que le pasó a Samuel.

—Ya. Pero no puedo olvidarlo.

—También tienes que perdonar y pasar página. Te vendrá bien rezar un par de Aves María y algún Padre Nuestro.

—Sabe que no voy a hacerlo, padre. He venido aquí por mi mujer, no por mí. ¿Hablará con Inma?

Suspiró.

—Sí. Esta tarde me pasaré por tu casa, si te parece bien.

—Se lo agradezco.

—No me lo agradezcas a mí, agradéceselo a Dios.

Esa misma tarde, el padre Miralles vino a casa a ver a mi mujer. Pero ella lo tomó como una traición. Lo único que conseguí fue que durante semanas no me lo perdonara.

Solo me quedaba rezar.

58

Unos días antes

Jamás pensé que acudiría a un cura para mitigar mis penas. No recuerdo qué día fue, pero sí recuerdo mi desesperación. Estaba en el cultivo, sentado en una roca mirando la caseta, y no hacía más que ver a mi hijo correteando alrededor. Sonriendo. Jugando. Chillando. Hablándome.

¿Cómo un hombre abatido, que nunca había creído en Dios, que se compadecía de los pobres miserables que sí lo hacían y que había visto cómo su mujer renegaba de la Iglesia, podía caer en eso?

La primera vez que fui a ver al padre Miralles fue también la primera que me aconsejó que se lo contara. Pero no le hice caso. El miedo ya no podía salir de mi cuerpo. La mentira se iba haciendo cada vez más grande. No veía el momento de que acabase.

18 de agosto de 1986

—Cuéntaselo.

—¡¿Se ha vuelto loco?! ¡Jamás! —Mi voz resonó entre las frías paredes de la Iglesia de San Bartolomé. Miralles guardó silencio, sin recriminarme el tono con el que acababa de hablarle. Creo que no me pidió que bajara la voz porque de alguna manera llegaba a percibir mi angustia; además, estábamos solos. Nadie podría escucharnos—. No me perdonaría en la vida. Por mi culpa he hecho que un pobre diablo parezca…

—No puedes dejar que una persona inocente cargue con la culpa.

—No puedo hacer nada. Ahora no le puedo decir que Abelardo simplemente pasó a lo lejos, que ni siquiera miró a nuestro hijo. De todas formas, no tienen pruebas para meterlo en la cárcel.

—Ya, pero ¿y tu mujer? ¿Se va a quedar satisfecha con eso? Sabes que no. Va a querer justicia. Y no creo que pare hasta conseguirla.

—Yo no puedo hacer nada, padre.

—Pero si le dices que Abelardo no hizo nada raro, tal vez le deje tranquilo. Y…, a los agentes también les dijiste lo mismo, claro.

—Pues claro. Por eso no voy a cambiar lo que dije. Abelardo no va a entrar en la cárcel, no han encontrado nada en su contra.

—Sigo pensando que deberías hablar con Inma.

—Pues yo solo espero que deje la caza de brujas. Vivimos en una constante angustia. Han pasado ya casi cuatro meses y cada día vamos a peor. Siempre nerviosos, desconfiando de todo el mundo. Durante semanas no he podido compartir lecho con mi mujer. ¿Le he dicho que habla en sueños, padre? Delira.

—¿Y qué dice?

—Apenas se le entiende nada. Pero pronuncia el nombre de Abelardo.

—No la conozco tan bien como tú, pero viendo cómo ha reaccionado y lo que me cuentas, dudo que se detenga. Tendrás que hablar con ella.

—Ella no lo entenderá.

26 de abril de 1986

Aquel fue el último desayuno que compartimos los tres juntos como una familia normal, en nuestro caso, una familia feliz.

—Qué cariño le tienes a la camiseta de Naranjito, hijo —le dije bromeando. Se sentó a la mesa con una sonrisa. En verdad, aquella camiseta empezaba a irle demasiado ceñida y la tela había perdido color.

—Se ha empeñado en ponérsela —explicó mi mujer.

—Pues entonces tú le tienes cariño a esa camisa de cuadros que llevas siempre —respondió mi hijo poniendo cara de pillo.

Su madre se echó a reír. Se miraron con complicidad y Samuel puso cara de satisfacción. Cada día estaba más espabilado. Era un niño alegre e inteligente. Hubiera llegado lejos.

—Pues sí, hijo, es mi camisa favorita. Por eso está llena de pelotillas y más desteñida que un trapo viejo. ¿Acaso no te gusta?

—Pues la verdad es que no. Te podías poner otra.

—Bueno. Mañana me pongo otra.

—Sí. Y esa la puedes tirar.

—De acuerdo. Pero tú harás lo mismo con tu camiseta de Naranjito.

—¿Qué? No, papá. La de Naranjito no se tira.

Sonreí ante su cara de pánico. Parecía que le quería quitar su tesoro más preciado.

—Bueno, al margen de la ropa, ¿te vienes entonces conmigo al cultivo?

—Sí. Y si da tiempo, podríamos ver a los cerdos.

361

—Claro.

Terminamos de desayunar y nos marchamos.

Hacía una temperatura estupenda.

—¿Y qué haremos? —me preguntó Samuel. En la mano llevaba un yoyó que lanzaba arriba y abajo con maestría.

—Pues si te digo la verdad, he pensado que podrías ayudarme a arreglar la gotera de la caseta. Le dije a tu madre hace dos o tres semanas que ya lo había hecho.

—¿Y no lo has hecho?

—Pues no. —Me miró con cara de no comprenderlo.

—Últimamente me estaba doliendo el lumbago y no quería preocuparla o hacer que ella viniera a ayudarme.

—¿Y por qué no me lo has dicho a mí para que te ayudara?

—Porque eres muy pequeño todavía. Tú te tienes que ocupar de estudiar. Esa es tu obligación.

—Pero al final te voy a ayudar.

—Sí, bueno.

—Y has mentido a mamá.

—Pero eso no se lo puedes decir. ¿Me oyes? Quedará en una mentirijilla de nada.

Sonrió alzando una ceja.

—Tranquilo, papá. Seré una tumba.

—Gracias, hijo.

Llegamos a las tierras. A unos metros estaba la caseta. Se guardó el yoyó en un bolsillo y me quitó las llaves del mío.

—¡Yo abro! —vociferó eufórico.

Salió corriendo hacia la caseta como un galgo tras de un conejo.

362

Cuando llegué, estaba inspeccionando por allí, creo que mirando las herramientas y el material que utilizaríamos.

Preparé un poco de cemento mientras él me apañaba una escalera para subirme. Durante unos minutos estuve tapando un pequeño agujero que se había hecho en el techo de la caseta, por dentro. La caseta tenía muchos años y el agua había ido estropeando el yeso antiguo hasta hacer que se desprendiera un trozo.

—¿Cuándo puedo ayudarte?

—Cuando acabe esto.

—¿Y te falta mucho?

—Pues no. Ten paciencia, hijo.

Rebufó como un animal enfadado. Sin embargo, después simplemente se quedó callado, observando, sentado en una silla que había puesto junto a las tejas nuevas. Fue como verle en la escuela atendiendo al profesor; por desgracia, yo de profesor tenía poco.

—Toma. Ya he acabado. ¿Quieres ir llevando esto afuera? —le pregunté, sosteniendo en alto el capazo con la llana dentro.

—Sí. Yo lo llevo.

Me lo quitó de las manos como si fuese un caramelo y corrió hacia afuera. Me bajé de la escalera y la doblé. La dejé a un lado y cogí la de dos tramos, de madera. Pesaba bastante, así que le pedí ayuda para cogerla cada uno por un extremo y sacarla. Para ser tan pequeño y flacucho tenía bastante fuerza.

—¿Y ahora qué? —me preguntó expectante mientras estiraba el tramo de la escalera y la apoyaba contra la fachada.

—Pues tengo que quitar las tejas viejas.

—¿Te traigo las nuevas?

—Vale.

—¿Cuántas?

—Pues no lo sé. Ahora te digo. Pero tráelas de una en una; no quiero que te deslomes.

—Yo puedo con ellas. Seguro que puedo con varias a la vez.

—Lo sé. Pero de una en una, ¿vale?

Apenas eran tres metros y pico de alto, pero cada vez que subía, la sensación de poder resbalarme me causaba un agobio extraño. Si caía podría acabar con una pierna rota, con un brazo roto... No me apetecía, la verdad. Subí hasta el tejado agarrándome con fuerza a la madera. Una vez arriba, me estabilicé y busqué las tejas que debía cambiar.

Samuel volvía con la primera. La dejó en el suelo, cerca de la escalera.

—Necesitaré un mazo de goma.

—Voy.

—Estará en la caja de herramientas.

—Sí. Ya lo sé.

Corrió a la caseta y al cabo de un rato regresó con él en la mano. Mientras él iba y venía, yo seguí examinando el tejado. No quería arreglar una gotera y a los dos meses encontrarme con otra.

—¿Te lo subo?

—No. Ve trayendo más tejas.

—Pero ¿cuántas te traigo?

—Seis o siete.

—Vale.

Samuel terminó de traer las tejas y apilarlas junto a la escalera.

—¿Te subo el mazo?

364

—Pero ten mucho cuidado.

—Sí.

A pesar del vértigo que me daba mirar abajo, me asomé para vigilarle. Él estaba tan contento. Con el mazo en una mano, empezó a subir como si a sus años no existieran los peligros. Subía peldaño a peldaño con agilidad, mucho más confiado que yo.

—Toma —me dijo al llegar arriba—. Sí que pesa un poco, ¿eh?

—Gracias, hijo. Sí. Lo que falta ya lo subo yo.

—No, no. Yo te lo subo. No es para tanto. Además, así acabaremos antes. Mira esas nubes. Lo mismo llueve.

El cielo cada vez estaba más gris.

—Bueno, ya veremos.

Con el mazo me ayudé para quitar las tejas que no valían, unas salieron enteras y otras se rompieron en varios pedazos. Entre tanto, Samuel fue subiéndome las nuevas y yo las fui colocando.

Cuando acabó de subir la última, se quedó arriba conmigo. Estuvo mirando cómo trabajaba hasta que le dio por jugar a tirar los trozos viejos lo más lejos posible.

—Y luego, ¿qué? Habrá que recogerlos, ¿no?

—Sí, papá. Luego. Ya verás, esta va a llegar hasta ese palo.

Tomó impulso y lo lanzó. El pedazo cayó a tres o cuatro metros del palo.

Apenas vi dónde cayeron un par de trozos más, pero por el ruido a tejas rompiéndose y chocando, supe que no fueron a parar muy lejos de los primeros.

Tan solo me faltaba colocar un par de tejas más, así que hice un descanso para ver lo bien que se lo pasaba mi hijo con algo tan simple.

—Me temo que como tirador de peso no tienes mucho futuro.

—¿Qué dices? Si cada vez las tiro más lejos. Mira.

Me asomé. Había un sembrado de casquetes disperso por la tierra, ocupando no más de un par de metros cuadrados de diámetro, pero casi todos en el medio de ese círculo.

Cogió un trozo de una teja que se había partido por la mitad y la tiró llevándosela al hombro derecho y empujándola con las dos manos con todas sus fuerzas. Cayó a pocos centímetros de la montonera del centro.

—Mira. ¿Ves? Cada vez más lejos.

—Eres un poco tramposo, ¿no?

—¿Por quééé...? —preguntó quejicoso y con el ceño fruncido.

—Eso era un trozo muy pequeño, hijo.

—De eso nada. Era media teja.

—Ya verás. Deja a tu padre que te demuestre cómo se hace.

Cogí media teja y la lancé lo más lejos posible. Voló, cayendo varios metros más lejos que las suyas. Al terminar el movimiento me dio una punzada en la espalda que me dobló a la mitad. Maldito lumbago...

—Tú sí que eres un tramposo. Tienes mucha más fuerza que yo.

Me llevé la mano a las lumbares, a la vez que sentí un ligero mareo.

—Mierda. Ya me he jodido.

El niño puso cara de susto y de pena al mismo tiempo; la que siempre ponía cuando un nuevo pinchazo me dejaba como a un viejo decrépito. En ocasiones era como si me atravesaran con un hierro al rojo vivo. Aquella vez fue así. Pero Samuel no dijo nada, solo se compadeció de mí. Lo veía en sus ojos despiertos, ahora tristes.

—¿Te duele mucho? ¿Quieres que te traiga algo?

—No. Estoy bien. Voy a terminar esto y descansamos un rato —dije, lo más controlado posible.

Asintió.

Mientras yo cogía la siguiente teja y la arrastraba para colocarla, él terminó de echar abajo los pocos cascotes que quedaban, empujándolos. Se habían acabado las risas y los juegos. Coloqué esa y luego empecé con la otra. La última. Cada vez me dolía más. «Pareces gilipollas», pensé, pero me parecía tan triste no poder jugar con mi hijo como lo hacía cualquier padre... Sentía rabia y pena de mí mismo. Samuel conocía mis cambios de humor en cuanto el dolor me estrangulaba cortándome el aliento. Y sí, el dolor me agriaba el carácter y envenenaba cualquier palabra que saliera por mi boca, pero lo multiplicaba la impotencia. Aún con todo, sabiendo que en cualquier momento podría estallar, el pobre se ofreció a ayudarme a terminar de poner la última teja. Le dije que no, claro. Tenía que acabarlo yo, que para eso era el adulto. No iba a cargarle con tareas del campo como hizo mi padre conmigo. Él solo tenía que preocuparse de seguir estudiando y traer buenas notas. Cuidar del campo y de los cerdos, traer dinero a casa y tener comida caliente cada día, era mi responsabilidad. Única y exclusivamente mía. «¿Te ayudo, papá?». Me preguntó la primera vez. Le contesté de forma seca. Tajante. «No». Pero el niño no era tonto. Cada vez que alzaba el mazo para ajustar la teja o a cada pequeño movimiento, sabía que veía las estrellas.

Se me puso detrás. «Ya acabo yo, papá». No le vi. Estaba alzando el mazo cuando Samuel trató de cogérmelo para continuar él. «Quita», le dije, haciendo un movimiento brusco para que no lo cogiera, empujándole sin querer.

No quise hacerlo.

Fue un accidente.

Samuel se desestabilizó y se cayó del tejado. No me dio tiempo a agarrarle. Ni siquiera le vi caer. Solo vi por el rabillo del ojo que mi hijo desaparecía de mi lado.

Luego, un golpe seco.

Después, el silencio.

Me asomé y lo vi con los ojos abiertos. Con una pierna para un lado y un brazo para el otro.

No se movía.

Bajé por la escalera y me acuclillé junto a él.

—¡Samuel! ¡Samuel, hijo!

Lo zarandeé, pero nada.

Lo abracé.

Lo acuné entre mis brazos. No podía ser.

Noté que le salía sangre por la parte de atrás de la cabeza.

Me miré las manos. Parecía imposible. Era una pesadilla.

Sentí que me moría. Por mi culpa se había caído. Solo yo tenía la culpa de lo que había pasado. Le había matado.

Lloré.

Lloré abrazado a mi hijo durante minutos pidiendo un milagro. Hubiera dado cualquier cosa por cambiarme por él.

Deseé que el tiempo retrocediera.

Pero entonces entendí que no podía salvarle.

Ni siquiera me dio tiempo a despedirme de él.

No quería soltarle.

No sabía qué hacer.

Comprendí que el infierno existe, y que no hace falta estar muerto para entrar en él.

Mi mal genio provocó la muerte de mi hijo, y mi pánico a perder lo poco que me quedaba hizo el resto.

Siempre me arrepentiré de aquella decisión. No por mí, sino por mi mujer y por las desgracias que conllevó. Por Abelardo.

A veces, en momentos extremos, haces cosas que parecen no tener ningún sentido. Sí. Puede suceder. A mí me pasó, y jamás entenderé por qué hice lo que hice.

Aunque no fue una decisión consciente. Simplemente, el miedo me manipulaba como un feriante a su títere.

Enajenado, actué.

El río estaba tan cerca… Y él ya estaba muerto.

Al cogerlo del suelo… Tuve la sensación de que pesaba menos que hacía unos minutos; su alma debía haber abandonado ya su cuerpo. Dudé si eso podía ser posible, pero lo pensé, recordando lo que en más de una ocasión le escuché decir a mi abuela: «Cuando mueres, tu cuerpo pesa menos porque tu alma se la lleva el Ángel de la Muerte».

Lo tumbé sobre una manta vieja en la parte trasera de la furgoneta y le cerré los ojos. Apenas tendría que recorrer unos cientos de metros para llegar al Matarraña. Aun así, me alejé todo lo que pude. Cogí la A-2412 y conduje hasta que vi un entrador. Sabía que salvo que alguien me siguiera, nadie podría verme. Sin embargo, la sensación de que cualquiera podría descubrirme aturullaba mi mente.

Con los ojos llenos de lágrimas y con más temor que un perro apaleado, desvestí a mi hijo y lo sumergí en el río. Notaba su piel en mis brazos incluso a través de la tela de la camisa: había perdido calor. El agua estaba helada. Sentí un desgarro por dentro. Jamás le desearía un dolor así a nadie. Ver cómo tu hijo es arrastrado por la corriente, cómo desaparece de tu vista sabiendo que no lo volverás a ver, cómo notas que una parte de ti muere con él. Muere para siempre. Muere de forma agónica y tortuosa. De la misma manera, tu alma se desgarra porque sabes que cuando llegues a casa, el simple hecho de ver a tu mujer cada día te volverá a abrir las heridas hasta que por fin mueras de verdad. Y sí, una parte de mí deseó no volver a ver su cuerpo nunca más, que el Matarraña se lo llevara para siempre.

El río limpió la sangre de su cabeza. El agua enfrió aún más rápido su cuerpo.

Respecto a la ropa de mi hijo, no quería deshacerme de ella. Era lo único que me quedaba ya de él. Así que, quise enterrarla allí mismo, junto al río, a los pies de un gran árbol. Pero no había cogido la pala.

Estuve durante unos minutos parado, escuchando el silencio, el agua y a los pájaros. Su cuerpo había desaparecido de mi vista.

Al cabo de un rato volví a las tierras.

Amontoné las tejas rotas a un lado, junto a la caseta. Vi la imagen de mi hijo arrojando una de ellas. La existencia es tan compleja que pasas de la vida a la muerte en un segundo.

Guardé la escalera.

Había quedado una mancha de sangre donde…

Cogí un cubo de agua del pozo y lo volqué sobre la tierra. Durante unos instantes el agua formó una balsa haciendo salir a flote algunas ondas de sangre, esparciendo sus restos. Cuando el terreno lo absorbió, volví dentro y cogí más agua. Repetí la

CUANDO MURIERON LAS ALMAS

misma operación hasta que mis recuerdos pasaron a ser la única prueba del accidente.

No sabía qué hacer con su ropa. Estuve a punto de quemarla, pero era la ropa de mi hijo. No podía echar al fuego su camiseta de Naranjito.

Empecé a hacer un agujero en un lateral de la caseta. Me llevó un rato. No por el dolor de espalda, ya que durante un tiempo no sentí nada, sino porque la arena estaba demasiado compacta. Cavé los centímetros necesarios para que entrasen su pantalón, su sudadera, su camiseta, sus zapatillas de deporte y sus calcetines. Los doblé como hubiera hecho su madre.

«¿Y si no puedo enterrar a mi hijo?», me pregunté. «¿Y si el río se lo lleva tan lejos que nunca lo encuentran?».

Se me hizo un nudo en el estómago y por segunda vez deseé morir allí mismo.

Entré en la caseta y cogí el rifle que tenía colgado en la pared, junto a la chimenea, justo enfrente de la puertecita que cubría el pozo. Miré que tuviera munición. Me senté en la silla donde estuvo sentado mi hijo unas horas antes. Me metí el cañón en la boca y cerré los ojos. Las lágrimas se escurrían por mi cara. Mi dedo acariciaba el gatillo.

«No puedo hacerle esto a Inma». «No es justo para ella». «Tienes que...».

No sabía qué, solo que no tenía derecho a morir. No aún. No de esa forma.

Abrí los ojos y me aparté el rifle de la cara. Me quedé mirándolo. La vista se me nublaba, pero vi que las mangas de la camisa se me habían manchado de sangre. Sangre de mi hijo.

Dejé el rifle a un lado y me la cambié por otra que guardaba en la caseta para posibles imprevistos.

371

Estuve un rato allí escondido sin saber qué hacer, mirando las tejas que habían sobrado.

Necesitaba hablar con alguien. No solo había matado sin querer a mi hijo, sino que encima le acababa de robar a mi mujer el derecho de despedirse de él. De velarlo. De enterrarlo. Sabía que no me iba a perdonar en la vida.

Oí el replicar de las campanas de San Bartolomé. Eran las doce y media del mediodía. «Hoy no hay misa». Lo pensé con alivio.

Mi necesidad de decir la verdad me condujo, por cuarta vez en mi vida, a entrar en la iglesia. La primera, el día de mi boda; la segunda, el del bautizo de Samuel; la tercera, el día de la comunión de mi hijo, y la cuarta, para confesar que lo había matado.

El padre Miralles me recibió con sorpresa. No entendía qué hacía allí. Era tan raro para él como para mí. Pero a pesar de todo, me invitó a tomar asiento y aceptó escucharme en confesión.

No me juzgó. Simplemente se limitó a escucharme, a tratar de ayudarme a comprender que había sido un accidente, a intentar convencerme de que hablase con Inma. «Ella lo entenderá», me dijo. «Te perdonará». «Los accidentes ocurren».

—Que haya tirado a mi hijo al río no es ningún accidente.

—Tenías miedo. Simplemente eso.

—No puedo. No puedo.

—Si lo deseas, yo puedo hablar también con ella.

—No, padre. Jamás puede saberlo. Me tiene que jurar que jamás se lo contará.

—Lo juro, hijo. Pero…

—No. Necesito tiempo. ¿Qué hago? —No podía parar de llorar.

—Tranquilo, Ignacio. Quédate aquí el tiempo que necesites y cuando llegues a casa verás que también le querrás confesar a tu mujer lo que ha pasado.

Estuve dentro de la iglesia más de una hora, escondido en la sacristía, donde él se acicalaba antes de salir a dar misa, sentado en un banco pegado a la pared.

Cuando llegué a casa y vi a mi mujer preparando la comida, la bolsa de chucherías que le había comprado al niño, su felicidad... No. No tuve valor.

Me dirigí al cuarto de baño. Y sí, entré dolido de la espalda. Eso fue lo único en lo que no mentí. Me dijo que me diera un baño y obedecí sin rechistar; no me merecía ese trato de cariño, pero no quería levantar sus sospechas. De igual modo, cuando salí del cuarto de baño y nos sentamos a la mesa para comer, tuve que engullir la comida como cualquier otro día. Nada en la vida me había quitado el apetito, ni los dolores, ni las malas épocas en el cultivo, ni siquiera la muerte de mis padres. Si estaba ocultando la verdad, tenía que ocultarla como es debido. Así que, comí como cualquier otro día. En cuanto ella terminó su plato y se fue a casa de Maxi y Emilio para preguntarles si habían visto a Samuel, corrí al cuarto de baño y vomité hasta el último pedazo de carne. Me costó tanto no ponerme a llorar... Pero cada vez que pensaba en contarle lo que había ocurrido me faltaba el aire y mi cabeza decía «no. Ahora ya no puedes».

Cuando se presentó la Guardia Civil en mi casa, el miedo se convirtió en pánico, así que fui con mi mentira más allá, arrastrándome a verter sospechas sobre el pobre Abelardo. Sin realmente pretenderlo, le colgué el muerto. Nunca imaginé que la cosa se me iría tanto de las manos. En realidad, solo quería tiempo para reunir valor y enfrentarme a mi Inma. Pero no pude. Le oculté la verdad ese día. Y al día siguiente. Y al siguiente. Creé una montaña de mentiras y acepté que mi penitencia estaba siendo ver cómo mi mujer se obsesionaba con Abelardo, cómo nos distanciábamos, cómo ella también se moría poco a poco por dentro.

Nos condené para siempre.

Cuarta parte

59

Inmaculada Espinosa
Sábado, 29 de noviembre de 1986
Un mes más tarde

Por dónde empiezo.

Después de enterrar a Abelardo, de llegar a casa y darnos una ducha, nos fuimos a la cama. No voy a decir que tuve pesadillas, ni tampoco que no pegué ojo aquella noche. No me gusta mentir. Dormimos hasta tarde. Ni siquiera nos desveló la luz que se filtraba por las persianas.

¿Remordimientos de conciencia? No. Yo al menos, no. Había matado al asesino de mi hijo. Dios había obrado su justicia de una forma cruda, poniéndonos a nosotros de por medio, pero lo había hecho. Podía sentirme agradecida. Así me sentía.

Después de meses esquivándonos, de evitar cualquier roce físico que no fuera un esporádico beso de «hola», «buenos días» «hasta luego», me acurruqué en el brazo de mi marido durante unos minutos antes de levantarnos. No voy a decir que fue como volver a cuando estábamos los tres juntos, pero nuestra vida había vuelto a cambiar y mi marido al fin había demostrado que no era un maldito cobarde. Volvía a confiar en él. Sabía que no me delataría.

Al cabo de una semana empezó a escucharse el rumor por Beceite de que Abelardo había desaparecido. Alguien debió llamar a la Guardia Civil para denunciarlo. A diferencia con la desaparición de Samuel, en su caso nadie salió a buscarle. Supongo que su edad y su reputación no fueron de gran ayuda. Por supuesto, los agentes acudieron a nuestra casa para hacernos preguntas.

—Buenos días, Inmaculada —saludó Ramón González. A su lado, su inseparable compañero Jorge Álamos. Los meses habían hecho que la barbilla y el contorno de la boca del más joven se poblaran de una ridícula barba. Seguía pareciendo un crío.

Tocaba fingir.

—Buenos días. ¿Alguna noticia sobre el asesino de nuestro hijo?

—No. Y me temo que nuestra visita se debe a otro asunto. ¿Podemos pasar? Necesitamos hacerles unas preguntas.

—Claro. Pasen.

Me aparté. Ignacio estaba a mi lado. Entraron y cerré la puerta. Mi marido les invitó a entrar al comedor. Declinaron la oferta diciendo que no hacía falta, que sería una visita breve.

—Ustedes dirán, entonces —continuó mi marido.

—Hemos recibido una llamada para denunciar la desaparición del señor Abelardo Frutos Domingo.

—¿Desaparición? —repetí.

—Sí. Hace días que nadie lo ve.

—¿Cómo? ¿Y eso qué significa, que se ha escapado? Tienen que encontrarlo —aseveré—. Él mató a mi hijo. Tiene que pagar por lo que ha hecho.

—¿Ustedes no saben nada de su desaparición?

—¿Nosotros? No. ¿Creen que si lo supiéramos no se lo diríamos?

—¿Usted tampoco sabe nada? —preguntó el joven a mi marido.

—Les digo lo mismo que mi mujer: no sabemos nada. ¿Han preguntado a los amigos esos con los que estaba siempre en el bar?

—Sí. Ya lo hemos hecho. Ninguno sabe nada —respondió Álamos.

—De todas formas, puede que no se trate de una simple desaparición —continuó González—. Cuando fuimos a su casa encontramos el cristal de una ventana roto y la puerta sin cerrar con llave.

—¿Y qué tiene que ver eso con nosotros?

—Ustedes eran los únicos que tendrían motivos para... No sé, para agredirle.

—¿Por quiénes nos ha tomado, señor González? Tiene el morro de presentarse en nuestra casa después de no haber sido capaz de detener al asesino de nuestro hijo y ahora acusarnos de..., ¿de qué? ¿de hacer desaparecer a un borracho? ¿Acaso tienen algo que les haga sospechar de nosotros?

—Aparte de lo que ya les he citado, no.

—Y eso de la ventana... —planteó mi marido—. ¿Nadie ha sabido decirles quién lo hizo?

—No. Parece que nadie vio nada.

—Pues nosotros tampoco podemos ayudarles. Tenga por seguro que si me entero de algo les llamaré de inmediato. Aún quiero justicia para mi hijo y no descansaré hasta que la encuentre.

—Se lo agradecemos, señora. En fin. Seguiremos buscando.

—Gracias.

—Buenas tardes.

Aquella fue la primera y la última vez que los agentes nos preguntaron por Abelardo.

Los días siguieron pasando.

Empezaba a creer que la peor parte había acabado, que sería cuestión de tiempo volver a la normalidad, recuperar una parte de mi matrimonio. Sin embargo, a la vez algo me decía que a mi marido le costaría más pasar página; lo veía en sus ojos. Nunca lo dijo, pero notaba que seguía con remordimientos de conciencia. Hubiera deseado que la justicia se hubiera encargado de Abelardo. Pero como dijo el padre Miralles: «Teníamos que aceptar los designios del Señor y perdonar». Yo comenzaba a hacerlo, empezaba a sentir una ligera paz.

El último viernes de aquel noviembre, el cielo de Beceite se cubrió de nubes negras. Parecía que llegaba el día del Juicio Final. Aire, agua. Relámpagos. Truenos. Desde primera hora de la mañana la lluvia se hizo presente, anegando las calles, encharcando las tierras. El agua corría sobre el empedrado como si fuera un riachuelo. A medida que pasaban las horas, se arrastraba con más fuerza, barriendo cuanto encontraba a su paso, inundando los bajos de las casas menos elevadas. Los destrozos se harían notar no solo en las viviendas, sino en los cultivos. Algunos vecinos cubrimos los huecos de las puertas con maderas. El agua entraba más despacio, pero seguía entrando. Sufrimos las consecuencias de las lluvias torrenciales.

Las siguientes horas pasaron lentas.

La noche cruzó sobre nuestros tejados llevándose consigo las nubes ya vacías. Esa noche dormí de puro agotamiento, aunque tuve un sueño extraño. Fue la primera vez que soñé con Abelardo. Beceite estaba anegado de agua, al igual que los cultivos, y de pronto, Ignacio y yo nos encontrábamos lejos de nuestro pueblo, en el camino que recorrimos hasta encontrar un lugar donde enterrar su cuerpo. Abelardo estaba sentado en una gran roca. Y cuando llegábamos Ignacio y yo, nos saludaba.

Tenía un aspecto… Era como si nunca hubiera pasado nada. Su ropa estaba limpia. Su cara recién afeitada. Su pelo repeinado hacia atrás. Se le veía joven. Feliz. Ignacio y yo nos acercábamos y hablábamos con él. ¿El qué? No lo sé. No lo recuerdo. Pero al despertar me sentí extraña. Le había perdonado. Y sentí pena por él. Mucha pena.

Cuando desperté, me quedé un rato sobre la cama, tumbada bocarriba, con los ojos abiertos y la mirada perdida. Tuve sentimientos enfrentados. «Tal vez Dios lo ha acogido entre los suyos».

Desayuné con mi marido.

No le conté mi sueño; suficiente pena sentía ya.

Nos vestimos para ir al cultivo. Sabíamos que nos lo íbamos a encontrar todo hecho un desastre. La caseta debía estar llena de lodo.

Y bueno, ya lo dije al principio: «Dios nos pone a prueba».

Esa mañana hacía frío. Me calcé unas botas de goma que no calaban. Los riachuelos habían dejado charcos de buen tamaño. Ignacio caminaba a mi lado.

Los bajos de las casas estaban húmedos, con una marca que indicaba los centímetros de altura que había alcanzado el agua: más de un palmo en muchas zonas. La parte inferior de las puertas de muchas de las casas más antiguas estaban hinchadas.

Llevé la vista al cielo. Apenas se veía alguna que otra nube dispersa de gran tamaño, pero de color blanco en su mayoría.

Llegamos al cultivo. Las plantas estaban dañadas. Muchas ahogadas. La mayoría, arrancadas desde sus raíces. Ignacio se entretuvo en mirarlas. Se agachó y comenzó a tocar la arena. Mientras, yo me dirigí a la caseta. Miré dentro para comprobar que no hubiera alguna gotera. Él seguía fuera, tratando de recuperar alguna planta.

—¡No hay ninguna gotera! —vociferé para que pudiera oírme. Me hizo un gesto con la mano. Era más alivio para él que para mí; siempre tuvo miedo a las alturas.

Continué mi circuito de reconocimiento por la parte exterior para comprobar que tampoco se hubiera hecho ningún desconchón en la pared.

Tenías que mirar muy bien dónde pisabas si no querías pegar un resbalón y caer de bruces o meter el pie en algún agujero y torcerte el tobillo. Y según miraba la tierra vi algo sobresaliendo entre el barro que me llamó la atención: un trozo de tela que algún día fue de color blanco, ahora de un beige apagado. Pensé que era algún trapo de mi marido. Me acerqué y tiré de él. Tropezones de barro cayeron al suelo junto a mis pies. Mis dedos sujetaban la tela haciendo una pinza. La estiré en el aire. Y entonces se me cortó la respiración. Era una camiseta de Naranjito'82, blanca como la de mi hijo, como la que llevaba cuando desapareció. Tragué saliva. «No puede ser», me dije, pero algo me llevó a comprobarlo. Incrédula y estupefacta, como si se me hubiera quedado el cuerpo acartonado, busqué la etiqueta del cuello donde marcaba todas sus prendas con su nombre, y lo encontré: «Samuel».

Los ojos se me abrieron como platos. El corazón martilleó mi pecho. La respiración comenzó a entrecortárseme. Me agaché y revolví la tierra de donde la había sacado. Allí, entre el barro, encontré el resto de la ropa de mi hijo. Y entonces lo entendí todo.

Absolutamente todo.

Tambaleante, me puse en pie. Me tiritaba todo el cuerpo. La de barbaridades que había hecho pensando que Abelardo…

Sentí pena.

Ira.

Agonía.

Y no pensé.

Con la camiseta de Naranjito en mi mano izquierda, cogí una de las palas que había junto a la caseta y anduve hacia mi marido.

El sonido del metal sobre la tierra parecía el siseo de una serpiente dispuesta a atacar.

Ignacio alzó la vista y me miró. Poco a poco se le fue abriendo la boca. Sus ojos se posaron en lo que mi mano izquierda estrangulaba con rabia e impotencia. Su mirada empezó a brillar como el vitral de una iglesia alcanzado por los rayos del sol. «Lo siento», susurró negando con la cabeza. Una lágrima le resbaló por la mejilla hasta caer en la tierra. «Lo siento, Inma». «No pude hacer otra cosa». «Fue un accidente y cuando me di cuenta...». «Lo siento».

Alcé la pala con ambas manos. La camiseta de mi hijo se enrolló por el mango como una enredadera a un árbol. Y le golpeé. El metal sonó, penetrando en mis oídos, retumbando en mis entrañas, haciendo que mis brazos vibraran. Mi marido se venció hacia un lado. Lloraba. Gimoteaba, pero no se movía. «Solo quiero que sepas que fue un accidente». «Lo siento». Volví a golpearle con todas mis fuerzas. Su cuerpo tembló. Pero siguió sin revolverse, sin quejarse, sin pedirme que parase. Y yo, no podía parar. Quedó tendido en el suelo, bocabajo e inmóvil y yo seguí. Lo golpeé una, y dos, y tres, y... No sé cuántas veces.

La tierra, antes de un marrón oscuro, empezó a teñirse de rojo burdeos.

Mi respiración se convirtió en jadeos.

Miré el cuerpo inmóvil de mi marido, sus manos llenas de barro.

Solté la pala, tirándola a su lado, y le observé unos segundos.

El silencio penetraba en mis oídos como si fueran los gritos de mil niños.

Agarré con fuerza la camiseta de mi hijo y caminé hacia el pueblo.

Deambulaba absorta, sin pensar en nada concreto.

La sangre había salpicado mi ropa y mi cara.

Crucé las calles bajo las miradas estupefactas de algunos vecinos. Sentí que chismorreaban, que unos a otros se decían: «Mira a Inma», «¿Eso qué es?», «Parece sangre». Incluso hubo alguien, ahora mismo no sabría decir quién, que me preguntó si me encontraba bien. Lo ignoré.

Seguí andando con la mirada fija en el horizonte, sintiendo que todo lo que quedaba a mis costados eran sombras de almas errantes indicándome el camino al infierno.

«Dios nos pone a prueba».

Yo no superé ninguna de ellas.

Llegué a casa de Maxi. Abrí y entré. Escuché ruidos en su cocina. Me dirigí allí. Al verme en el umbral se asustó. No fui capaz de mirarle a la cara; no tuve valor para ver la decepción en sus ojos.

—¿Qué es esa sangre?

Se acercó y me agarró por los brazos. Sentí sus dedos clavándoseme en la carne.

—¿Qué ha pasado?

Su voz sonó asustada.

—Acabo de matarlo.

—¿Qué? ¿Qué dices, Inma?

—Acabo de matar al asesino de mi hijo.

Sus manos me soltaron.

Se quedó en silencio.

—Se acabó. Avisa a la Guardia Civil.

Made in United States
North Haven, CT
19 June 2023

37924555R10232